细节中国
系列丛书

游牧世界最高处

艾绍强 编

商务印书馆
创于1897 The Commercial Press

2011年·北京

图书在版编目(CIP)数据

游牧世界最高处/艾绍强编. —北京：商务印书馆，2011
(细节中国系列丛书)
ISBN 978-7-100-07499-5

Ⅰ.①游… Ⅱ.①艾… Ⅲ.①游记—作品集—中国—当代 ②散文—作品集—中国—当代 Ⅳ.①I267

中国版本图书馆CIP数据核字(2010)第223618号

所有权利保留。

未经许可，不得以任何方式使用。

游牧世界最高处

艾绍强 编

商务印书馆出版
(北京王府井大街36号 邮政编码 100710)
商务印书馆发行
三河市华新科达彩色印刷有限公司印刷
ISBN 978-7-100-07499-5

2011年4月第1版 开本 720×1020 1/16
2011年4月北京第1次印刷 印张 17 1/2
定价：49.00元

序

真实的历史是由点点滴滴细碎的事和物构成的。记得马未都先生在讲解鉴别古董时曾表述过，每一件真品的每个细节能比流传下来的历史书籍更为真实地反映出当时、当地的历史文化、生产能力及工艺水平，这才是古董的真正价值。

中国飞速发展的车轮掀起的喧嚣的尘埃正渐渐落下，匆忙的我们一段急行后也开始不觉地放慢了脚步。当我们能以较为平静的心情环视眼前那些曾被我们用心改造过的土地、山川、城市和人群时，也许会忽然发现，一段新的历史已被我们书写。而当我们发现我们书写的历史原来依旧是我们祖先创造的五千年文明史的延续时，又是何等的惊喜。

如果，当我们通过对事实的观察再次断定，延续数千年的中华文明是无法被割断时，我们就可以更加自信地相信，一个新的“文明复兴”将会又一次悄然惠顾这块古老而神奇的土地。

《华夏地理》的这套“细节中国”系列丛书，恰恰是通过对各类事物的细节进行多视角的观察和描述，多方面地来刻画我们这个时代的特征和发现其历史的延续性。似乎，也在不觉中记录下了我们正书写的这段历史；或者说，记录了我们中华民族在历史长河中走向再次“复兴”时留下的一段印记。

《当戏楼已成往事》讲的是关于城市的故事。近二十多年来的城市化飞速发展，城市面貌日新月异，看起来好像丢失了不少，但城市毕竟是充满创造力的，所以《华夏地理》在寻访老城市文化特征的同时，也描述了新城市的梦想与现实、创造与活力；在关注都市世俗生活的同时，也关注它的未来走向……

民族志式报道少数民族，是《华夏地理》的传统，《游牧世界最高处》讲的正是少数民族的故事。当然，这本书里的故事并不是为了猎奇。报道者在讲述他人的生活时，更多地关注他们与我们的共同命运，里面涉及的问题，关乎他人，也关乎我们自己。

《谁家的夜郎》这本书，从历史地理的角度对某些王朝进行了片段解读，通过对历史遗迹的寻访，探寻历史的真相到底如何，说的虽然是历史，但历史与现实不可分割，从一些历史的细节我们或许可以发现许多今天问题的所在。

《华夏地理》一直不忘自己的媒体责任与忧患意识，时时在关注着许多现实问题。《生命怒放在神秘之境》就是报道与思考了诸多现实问题的一本书。冬虫夏草毁灭前的疯狂、贵州的石漠化困扰、中国的丝绸还是世界最好吗这样的问题，以及盗墓、布达拉宫的维修、从黄金部队到地下金矿这样的故事，既神秘而又引人注目，报道者通过自己的探访，把我们带到了神秘境地。

也许有人会问，“细节中国丛书”是否能全面地展示我们的现世今生呢？不，当然不能。然而，通过这斑驳点点的印记，也许能勾起你一段对往日的回忆，或引发你片刻的沉思；也许，还有你一声猛醒的惊叹。

喧嚣后的沉思不正是我们这个时代所需要的吗？

而今天的历史，还是让后人去评说吧！

《华夏地理》助理出版人

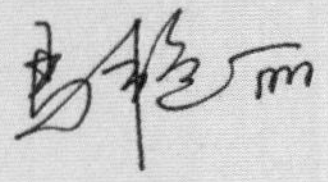

目录 Contents

飞翔的塔吉克人

回想起来，那些情景诡异如梦——海拔 5300 米，冰天雪地。我和两个鼻似鹰钩的白种男人赶着 6 头牦牛，路过一堆热气蒸腾的血肉。忽然，一只老鹰闪电般在头顶掠过……

几年前在乌鲁木齐街头，我第一次见到塔吉克鹰舞。那是在露天舞台上举行的一次民间歌舞会演，十二木卡姆、阿肯弹唱、玛纳斯史诗……新疆各个民族纷纷登台亮相。天完全黑了，表演接近尾声，观众渐渐散去，我也已经走到了街口，身后传来了报幕员的声音："塔吉克民族，以'鹰的传人'自居，鹰舞是最能表现民族性格的艺术形式……"听到"塔吉克"，我不由得转身回到场内——电影《冰山上的来客》使我对 20 世纪的中国电影仍然抱有敬意，更使我牢牢记住了阿米尔、古兰丹姆和塔吉克民族。

尽管早就知道塔吉克族是中国 56 个民族中唯一的世居白种人，可看到那几位高鼻深目、肤色白皙的舞者，我还是有点意外——他们与阿米尔、古兰丹姆的外貌差别太明显了。后来有意探究我才知道，阿米尔和古兰丹姆的扮演者不是塔吉克人，而是维吾尔人。即便身处新疆各民族中，塔吉克族青年男女的欧罗巴人种特征仍然很突出，其中一位女士的眼睛还是碧蓝色的，远远望去，闪闪烁烁，深不可测。

舞者甫一站定，高亢得近乎凄厉的鹰笛就响彻全场。随着笛声和手鼓，舞者男女成双翩翩起舞，男士双肩上下抖动，两臂起伏翻飞，如同山鹰展翅，时而俯冲，时而滑翔；女士双手敞开高高举起，随着手鼓的节奏从里向外翻旋，犹如扇动的翅膀。

整场晚会热烈奔放，虽非比赛可总有一点打擂的味道。塔吉克鹰舞也符合晚会基调，可我总是隐隐觉得，舞者身上散发着一种淡定疏离的气息。舞者和乐手大部分时间都面向观众，很显然，我看到的鹰舞是舞台化的表演。

那次演出之后，我就许了一个愿，一定要去趟帕米尔高原，到中国最西端的塔什库尔干县看看原生态的鹰舞。

卡拉苏牧场平均海拔 4200 多米，是喀喇昆仑山深处的一条宽阔峡谷，那里水电不通，手机没有信号。峡谷两侧的山坡上，又矮又稀的牧草贴着地皮生长，连鞋底儿都没不了。

每年5月，达吾提等七户牧民就拖家带口，赶着牦牛和羊群从热斯喀木村出发，沿着盖加克峡谷上行，翻越海拔 5300 米的冰雪达坂，到达绿意浓浓的卡拉苏牧场。

每年 5 月，达吾提等 7 户牧民就拖家带口，赶着牦牛和羊群从热斯喀木村出发，沿着峡谷上行，翻越海拔 5300 米的冰雪达坂，到达绿意浓浓的卡拉苏。那里气候冷冽，牲畜不易得病，一个夏天过后牛羊膘肥体壮。9 月末大雪封山之前，牧人们再次赶着牲畜翻越达坂，回到海拔较低的热斯喀木村。此时留在村里务农的人们已经秋收完毕，等待着游牧归来的亲人。10 月是塔吉克人最快乐的日子，粮食满仓，牛羊满圈，情投意合的年轻人大都选在这个月办喜事，人们弹琴唱歌，赛马叼羊，吹鹰笛跳鹰舞更是必不可少的。而此时的夏牧场

10月的卡拉苏，谷仓盈满，牛羊满圈，远行的亲人已平安归来，人们跳起鹰舞，一年的辛劳抛诸脑后。

重又成了杳无人烟的荒原，鹅毛大雪漫天飞舞，很快就把牧人们夏天居住的石头房子完全埋没。

我是6月初随同刘湘晨的纪录片摄制组去的卡拉苏牧场，当时人们忙得脚不沾地，很少得空儿专门唱歌跳舞。正因为如此，我看到了生活情景中的，或者说是最原生态的鹰舞。

一天中午，达吾提一家吃过午饭，把羊群赶到涧流边上，达吾提的儿子哈斯木给羊挨个洗澡，动作是抓起羊的两条前肢，把羊全身在水里泡一下再捞起来。哈斯木的小儿子，7岁的拜给克突然指着远处的山坡叫了起来，声音透着恐惧和震惊。哈斯木抬起头来，脸色骤变。

山坡上空一大群乌鸦在盘旋，天空好像泛起了一个巨大的黑色旋涡，还有乌鸦从四面八方飞来，不断卷入旋涡之中。

刘湘晨赶紧把摄影机转向山坡，眼睛往监视器边一凑，惊呼："秃鹫！……7只！"从监视器可以清晰地看到，这些猛禽泥塑木雕般地蹲在山坡上，半天一动不动。我们正在猜测秃鹫的下一步行动，它们突然顺着山坡往下猛跑，边跑边展开翅膀，利爪抓得石块飞溅。倏地一下秃鹫腾空而起，乌鸦马上趁机落地。等秃鹫全都飞起来我们才看清楚，至少有 12 只。

秃鹫一路滑翔到山坳中，借助上升气流盘旋。翅膀纹丝不动，就像钢筋铁皮做成的一样。不一会儿秃鹫就从谷底盘到了云端，在天上兜了几圈又冲着涧流俯冲下来，从我们头顶掠过，翅膀划过空气发出尖厉的啸叫。当秃鹫翅膀的阴影从脸上滑过，我感到一丝凉意。

那天晚上，达吾提家里气氛沉闷悲伤，油灯忽闪忽闪勾勒着几张棱角分明的忧郁的脸。

秃鹫群飞过之后，达吾提匆匆赶到山上，在一个陡峭的山沟里，他发现了两具血肉模糊的牦牛，身上挤了一层正在啄食的乌鸦，一个个脑袋血淋淋的……

达吾提也是第一次看到这么多秃鹫一起飞来，对他来讲，秃鹫的翅膀就是牲畜的死讯，也就是心血落空的判决。那两只牦牛是怎么死的呢？达吾提猜测，它们是打架掉下去摔死的。哈斯木一根接一根地抽烟，可这就是生活，无从抱怨也无从自责。牦牛在这里基本上就是天生天养，生死有命，没有人能整天照看它们。

烟雾缭绕中，哈斯木似乎想起了什么，有一搭没一搭地用手敲起了屋子中间的木头柱子，节奏轻快鲜明。孩子毕竟是孩子，7 岁的拜给克闻声跳到了屋子中间，随着父亲敲打的节奏，扎煞着胳膊“飞”了起来。大家静静地看着拜给克，没有人和他一起跳，也没有人制止他。达吾提的眼睛渐渐亮了起来，忽然，他和着儿子敲打柱子的声音，吹起了尖锐的口哨。有了“鹰笛”和“手鼓”，拜给克“飞”得更欢实了。达吾提一岁半的外孙女，刚刚学会走路的玛丽可汗也挥舞着小胳臂，嘴里发出“呜啾呜啾”的声音。悲伤尚未过去，欢乐已经启动。喜忧参半的一夜过去之后，太阳照常升起，生活依然继续。

我不了解鹰和秃鹫的飞翔有什么区别，转过天来问达吾提，达吾提说，它们飞翔的样子差不多，飞起来也都有声音。鹰比秃鹫小，可鹰一向独来独往，从不食腐。

一样是鸟，差别就这么大。当塔吉克牧人仰望天空，每种鸟都是一个含义清晰的词，秃鹫带来的是不祥，鹰带来的是愉悦、激情和向往。在悲伤的时刻把自己想象成睥睨腐肉的鹰，至少是一种解脱吧。

快要离开卡拉苏时，我又看到了一次鹰舞。

卡拉苏缺乏娱乐，大家就拌嘴。每次我为自己能扛着摄影机架子一口气爬到雪线而自鸣得意，几位弟兄就露出不屑一顾的样子，指着远处的达坂说，你是从塔县坐车过来的，我们是跟着达吾提一家转场，从天上下来的！

卡拉苏牧场是喀喇昆仑山深处的一条宽阔的山谷，哈斯木的女儿手里牵着一只奶子鼓胀着的母羊，出神地看着阿妈在一旁挤奶。

从我们的帐篷营地看上去，那个海拔5300米的达坂就像开在两座雪峰之间的一条细小的黑色凹槽，云来雾往难得一见。弟兄们说达坂上没有实在的路，脚下石头虚虚地堆叠在一起，如果稍不留神踩塌了，就地活埋。你掉一滴汗水，还没落地就变成了冰疙瘩。掉在石头缝里，你还能听到它碰撞着石壁的声音，很久不绝于耳。他们说，翻越达坂时遭遇大雪，多亏牦牛在雪中撞出一条路来。

这些说法纯属口头即兴创作，水分不可限量。不过弟兄们肯于如此这般地编造神话，想来该达坂也非等闲之地，这让我也觉得，没翻过那个达坂真的很遗憾。没想到的是，离开帕米尔之前我两天里翻越了两次达坂，翻过去，再翻回来。

米那瓦尔兄弟分家，要到达坂那边拉木头来盖新房。我知道了这个消息赶紧跟达吾提说，我和你们一起去吧！达吾提笑着

塔吉克人的传统房屋名为“蓝盖力”，是由石块搭建而成的平房，屋内无窗，屋顶设有天窗采光散烟。“蓝盖力”的墙很厚，一般都在半米左右，保暖性很好。

说，你没问题，我没意见。

于是达吾提、米那瓦尔和我，三个人赶着六头牦牛上路了。达坂看着近走着远，累到脚软依然遥不可及，于是我平生第一次骑上了牦牛。牦牛也累得呼呼直喘，就像肉做的鼓风机，可步伐并不见慢，不知不觉到了达坂脚下。

该翻达坂了，我跳下牦牛徒步而上——如果继续骑牛，我这一趟就没意义了。越往上走，石头被水流打磨得越少，棱角越尖利，踩不稳就会摔倒。停停走走，战战兢兢。过了雪线，脚下没石头了，可全是冰雪。似乎过了很长的时间，终于快登顶了，达吾提指着垭口说，这边是卡拉苏，那边就是热斯喀木！

米那瓦尔体力好，走在前面，将要登顶时，一只苍鹰突然蹿出，贴着米那瓦尔的头腾空而起，翅膀撕裂着空气，发出呜呜的响声。我们着实一惊，定了定神继续前行。在垭口我们赫然发现，路中间的碎石上有一团冒着热气的血肉，那显然是刚刚被苍鹰撕碎的猎物，已经看不出这堆肉活着时是什么。

站在血肉前茫然四顾，我们发现，那只苍鹰蹲在不远处一块突出的岩石上，目光如炬，一眨不眨地盯着我们。它明明已经飞到山下去了，什么时候又回来了？我拼死拼活走过的路，鹰一眨眼工夫，扇几下翅膀就飞了来回。我平生头一次发自内心地钦羡一只鸟，我想我终于真正理解了古人对鹰图腾的崇拜。

上山时走一步滑下来半步，下山时走一步又滑下去半步，渐渐地体力是次要的了，平衡能力才是王道。顺着山谷走下去，水流越来越大，雪线过了，山坡上有草了，紧接着我看到了多日不见的灌木，无数蝴蝶翩翩起舞。下到海拔3000多米时，山谷已经变得很开阔，那里无人居住，但有一个储存物资的石头房子，木头早就备在那里了。

第二天，每头牦牛身上捆着8根木头，我们再次冒雪翻越达坂。卡拉苏的人们都来接我们，我明显感觉到，人们已对我刮目相看，搞得我不停地告诫自己，以后千万不能炫耀户外经验，我所谓的冒险只是人家塔吉克人的日常生活。

摄制组离开卡拉苏的前一天，米那瓦尔的新屋上房梁。女人回避，男人们祈祷之后抓着一只羊爬上房梁，一刀下去，羊残存的呼吸把腔子里喷出的鲜血吹得咕噜咕噜直响，羊血顺着房子中间的柱子缓缓流下，边流边冒热气。

仪式结束后，羊肉交给女人去煮了，男人们聚集在屋子跟前，欢声笑语抽烟聊天。达吾提的侄子掏出手机，按来按去，不知道在干什么。小伙子在县里读中学，趁着牧假到牧场来帮忙。卡拉苏不通信号，也没电，可他抽空就会挂上耳机听几分钟音乐再匆匆关机，就那么点电，听完了算。

鹰笛和手鼓声忽然响起，小伙子得意地举起手机，以免提方式放起了音乐。代万率先起舞，右臂朝前手指朝上，左臂弯曲朝后，脚步随着笛声和鼓点旋转，两肩不停地上下抖动，米那瓦尔也跳了起来，两人先是沿场地边缘缓缓前行，随着节奏加快，两人追逐腾跃，如鹰起隼落。音乐结束再从头放起，第三遍放到中间电没了，乐声戛然而止，代万和米那瓦尔随着乐声定格，好一会儿才遗憾地收回舞姿。一粥一饭来之不易，欢乐更是来得艰难。

从卡拉苏回到偶尔会断电的塔什库尔干县城，就算是回到现

塔吉克人有谚云："圈养的马驹跑不了远路"，因此，塔吉克人主要的竞技活动都是一场场骏马的角逐。

代社会了。县城中心的十字路口矗立着一尊鹰的雕像，在县里任何地方抬头，都能看到它展翅欲飞的样子。塔吉克民族文化学者艾布力·艾山汗望着窗外的雄鹰雕像说，塔吉克民族对鹰不是简单的喜欢，而是崇拜，只有最了不起的人才配比作鹰。

艾布力送给了我一本《塔吉克族民俗文化》，书的作者西仁·库尔班认为："鹰舞最初是敬神仪式和宗教庆典，用以表现自己与图腾之间的神秘关系。塔吉克民族经历了拜火教、佛教、伊斯兰教，原来的图腾已被遗忘，但其影响仍然存在，鹰舞即是其中之一。"

在塔县的日子里，我每天都能听到与鹰有关的传说。

电影《冰山上的来客》插曲，脍炙人口的经典老歌《花儿为什么这样红》旋律取自于塔吉克族民歌《古丽碧塔》，也有人说《古丽碧塔》背后的传说才能揭示鹰笛和鹰舞的来源。相传，年轻的猎人爱上了国王的女儿古丽碧塔。爱情无望，猎人悲伤欲绝。猎人的一只鹰临死前对猎人说："我死以后，你取我的骨头做成笛子，把你的爱情吹出来，古丽碧塔一定会听到。"于是猎人把鹰的骨头做成了鹰笛，天天吹奏，果然有一天古丽碧塔听到了笛声……对这个传说，塔县文工团前团长穆巴拉克持保留态度，原因是鹰舞的舞蹈动力主要是 5/8、6/8、7/8 拍，可是《古丽碧塔》的节奏不能跳鹰舞。穆巴拉克的父亲曾向他提及，大概在 19 世纪末，每到秋天，三个阿富汗塔吉克族艺人就会千里迢迢骑马来到塔什库尔干，一个唱歌，一个弹热瓦甫，一个拉艾捷克，在婚礼上卖艺，他们最受欢迎的歌曲就是《古丽碧塔》。

鹰笛和鹰舞的产生年代已经难以考证，但新疆维吾尔自治区博物馆中藏有一件从南疆巴楚县脱库孜萨米出土的南北朝时期（420—581 年）的三孔骨笛，与今日塔吉克族的鹰笛一模一样。也就是说，鹰笛距今至少已有上千年历史，分布范围或许也比现在广。而鹰舞则很容易让人联想到唐诗中经常提及的“胡旋”、“胡腾”，现在鹰舞中的“买力斯”跳法最大的特色就是身体由低到高原地拧身旋转。

塔吉克最著名的民歌《古丽碧塔》与鹰笛鹰舞无关，而且是外来歌曲，这恐怕会让很多人难以接受。但穆巴拉克认为，这恰恰说明鹰笛鹰舞是中国特有的艺术形式——“塔吉克人分布于中国、塔吉克斯坦、阿富汗、巴基斯坦、印度等国家，我们和塔吉克斯坦的音乐节奏是一样的，但塔吉克斯坦的舞蹈和维吾尔舞、乌孜别克舞差不多，不是鹰舞。只有中国的塔吉克人有鹰舞和鹰笛。”

从帕米尔高原归来几个月后的一个傍晚，我坐在塔吉克族歌唱家阿洪尼克在北京的家里。浓艳厚重的地毯，墙角一米高的铜壶，再加上塔吉克民歌《古丽碧塔》，阿洪尼克的家关起门来，门外是浩大的北京城，门里活脱脱就是塔县的一户富裕人家。谈起塔县的事情，阿洪尼克提到的好多人我都认识，这种感觉真好，就好像我在塔县人脉很广一样。其实这也不奇怪，塔县总人口也就 3 万多，中国的塔吉克族总人口也才 4 万出头，大家拐弯抹角总能攀上亲戚。这位中央民族歌舞团的艺术家说，我们塔吉克的鹰舞，男女都很刚健，和新疆别的民族舞蹈不一样。说罢他端起肩膀，舞动胳膊“飞”了几下。此时我已经知道新疆其他民族也有模仿鹰的舞蹈，但都是以人的身份去模仿鹰；只有塔吉克舞者把自己想象为鹰，再以鹰的方式表现鹰和鹰之外的所有舞蹈题材，只要鹰笛一吹手鼓一响，即便舞蹈主题是放牧，那也是鹰在放牧。

穆巴拉克是第一代把鹰舞搬上舞台的艺术家。

1978 年，15 岁的穆巴拉克从新疆艺术学院舞蹈系毕业之后，分配到塔县提孜那甫乡接受半年“再教育”。那时候穆巴拉克青春年少，一跳舞就是全场焦点，所以他酷爱参加婚礼，为此不惜跋山涉水，最远的婚礼整整走了 5 天。半年里，他学会了 23 个音乐舞蹈组合。1979 年他编排了一场独舞，那是鹰舞第一次走上舞台。自此之后，鹰舞从塔县走到喀什，从喀什走到乌鲁木齐，又从乌鲁木齐走向全国。1992 年是穆巴拉克编导生涯的顶峰，他编导的 8 分钟，28 人参演的舞蹈《冰山上的婚礼》获得了全国少数民族文艺会演第一名。

塔吉克族的手鼓，与维吾尔族的达卜相同。单面蒙皮，鼓框内缀有小铁环，有时独奏，也可由两位女子演奏，一人奏基本鼓点，另一人加花装饰。

比穆巴拉克晚一代的鹰舞演员中，39 岁的伊库萨克是领军人物，他的主要贡献是在鹰舞中加上了空翻等高难度动作。这位艺术家天生一副鹰鼻鹰眼，塔县文化馆介绍鹰舞的片子就是他的一段独舞。与民间鹰舞相比，伊库萨克的鹰舞已经明显地舞台化了。他说在舞台上他觉得自己就是鹰，台下不是观众而是崇山峻岭，现在自己老了，准备放弃舞蹈，专心收集塔吉克神话传说。

2006 年 5 月 20 日，经国务院批准，塔吉克族鹰舞被列入第一批国家级非物质文化遗产名录，黄胄画过的鹰舞和关牧村唱过的鹰笛也由此获得了官方保护，可现实情况不容乐观。

穆巴拉克说，他小时候家家有枪，人们都打鹰做鹰笛，可到帕米尔依然到处是鹰。现在枪都禁了，鹰却越来越少。原因是这三四年鹰笛越来越贵，你花一两千元也不见得能买到一对合格的鹰笛。很多鹰笛匆匆制作，匆匆出手，一看颜色就不对。从前制作鹰笛是个慢功夫，先从一只鹰的翅膀上取下一对翅骨，截成等长，在碱土里埋上 10 天，使骨髓完全脱离骨壁。三个音孔开好，笛身雕出纹饰之后，还要放在房顶烟熏三个月，把骨头中的油脂完全耗干，制成后笛身颜色瓷白中透着浅古铜色。

在塔县的一个民族工艺品商店里，老板拿出了 4 对鹰笛告诉我说，这都是 18 岁的鹰的翅骨做的。我这个外行都一眼看出，笛身脏脏的，从里到外不均匀地渗着油脂的阴影。这位老板得知我来自北京之后很是兴奋，告诉我他的小儿子赛尼克就在北京上学。

把赛尼克等 80 多个孩子带到北京上学的人，就是歌唱家阿洪尼克。

北京东北郊邻近机场处有座深宅大院，门口的牌子上写着“中国少年军校示范校”几个大字。这里是河北张家口市青少年艺术军校在北京的校园。院里古色古香，亭台楼阁俱全。每当下课铃声响起，一群身着军装，高鼻深目的孩子就从教室里涌出

北京东北郊的张家口市青少年艺术军校分部，塔吉克孩子们在千里之外的北京排练家乡的鹰舞。他们未来的出路是考文艺类高校，或入伍当文艺兵。

来。阿洪尼克大概是塔县走得最远的人了。他少年时代离开塔县到中央民族大学上学，又从北京走到美国，走到澳大利亚，最后又回到北京。他最大的愿望就是让中国的塔吉克族汇入到中国发展的洪流之中。

离开了强烈的紫外线，孩子们的皮肤更白了。在这里他们唱歌跳舞，未来的出路是考文艺类高校，或入伍当文艺兵。

与在高原上转场放牧相比，北京的学习和生活大概没什么难度。可这里的天空没有鹰，只有飞机不时从头顶呼啸而过，舷窗清晰可见。我去的那天正好赶上鹰舞排练，孩子们换上鲜艳的民族服装，打起手鼓，吹起了笛子——大概是因为鹰笛太贵了吧，他们的笛子是用白色塑料管截成的。不过这并不妨碍孩子们的欢乐，一对塑料管笛，一人奏主旋律，一人加花儿，三孔的鹰笛吹出变幻的七个音节。阿洪尼克说，孩子们演奏的是叼羊时的曲子"腾巴克苏孜"，塔吉克人的马都听熟了这些曲调，只要笛声一起就急着往前冲，勒都勒不住。

塔吉克孩子们在北京起舞，乍看上去与卡拉苏牧人之舞并无二致。可阿洪尼克清楚，坐过飞机之后，鹰的神话已在孩子们的心中悄然远去了。

文 / 陈一鸣

图 / 刘湘晨

在干山与荒原间寻找罗布人

新疆的罗布泊及周边的罗布荒原一直被认为是世界上最荒凉、最干旱的地区之一。与罗布泊相邻的库鲁克塔格山，作为天山山脉的一条支脉，也被认为是新疆最干旱的山脉，2006 年 8 月，在一次短暂的考察中，我们意外走进了位于荒漠和库鲁克塔格山中的奥尔塘，这个村子位于山间盆地的高台上，道路两旁绿树郁郁葱葱，脚底下小河水潺潺流淌……为什么在干旱之极的地方会存在这样一片绿洲？绿洲上的人们是谁？他们来自何方？为什么能够在这里生存？

当地人告诉我，他们在这里生活了百年以上，完全依赖着从山涧里流淌的一口泉水，“一口百年不干的山泉养育着这里的人们”，这个事实使我产生了极大的兴趣，半年后我再次去那个荒原中的“世外桃源”。

我们乘坐的汽车离开了罗布荒原边缘最大的一个城镇——尉犁县城，朝东南方向驰去。维吾尔人把尉犁县称作“罗布淖尔”，因为这里是罗布荒原西北方的边缘，离早已消失的罗布泊只有几百公里。

5 个多小时后，远处隐现出了锯齿般的山影，这就是我们的目的地库鲁克塔格山，在冬日的阳光下，绵延不断的山体像一条

塔里木河下游洪水过后积水甚多，在大片胡杨林里，现在是罗布人后裔生活的村落。

匍卧在荒原边的巨龙，严峻地注视着我们。在维吾尔语中，库鲁克塔格的意思是干山，一个“干”字，无须再用语言描写它了。

奥尔塘是库鲁克塔格山中仅有的几个有人居住的地方之一，这里离尉犁县的直线距离为160多公里，我们的汽车整整行走了近6个小时。沿着一条山谷，汽车盘桓而上，眼前出现了库鲁克塔格山脉中罕见的景色：道路地面上厚厚的冰层，冰层下流淌着清清的泉水，道路两旁高大的胡杨，还有新疆原生杨、榆树和柳树，虽然没有树叶，但是与枯黄的芦苇花在寒风中婆娑而动，给人以一种生命存在的象征。汽车爬上一道高坡，我们的目的地奥尔塘村到了。

罗布人

奥尔塘村58岁的牧羊人牙克甫说他是罗布人，这使我们感到诧异。

近年来，罗布人和罗布文化成为了媒体和作家们议论的时尚话语，只要你打开任何一个综合性网站，输入“罗布人”的词条，都会浏览到上万条的信息，让人无法辨别哪些是罗布人真正历史的资料；而在一些“严肃”的研究罗布人和罗布文化的学术作品中，关于罗布人的历史和族源，也有着种种不同的说法。

中国古籍中从未见到过“罗布人”这种说法。人们从为数不多的清代文献中寻觅着。在清代和宁编撰的《回疆通志》中，记载罗布人“不种五谷，不知游牧，以鱼为食。织野麻为衣，取天鹅绒为裘，卧藉水禽之翼……不能食牲畜之肉，谷黍之食，食即大吐不止”。有人引用了清代西域地理学家徐松在《西域水道记》中的记载：“罗布人不食五谷，不牧牲畜，惟以小舟捕鱼为食。”但是又嫌徐松的记载不够详尽，于是在引文后加上了“他们有时嚼白嫩的芦苇根、喝玉米面掺沙枣的糊糊，偶尔也捕些兽类吃，穿的衣服一般用罗布麻做成。”既然“不食五谷”，怎么又“喝玉米面掺沙枣的糊糊”？坊间五花八门的出版物和网上文字，把罗布人描写成了“比印第安人还要‘古老’的人种”。近年来还有人提出，“罗布人是早已消失的楼兰古国人的后裔，罗布人的文化就是楼兰文化的延续”。

我不知道罗布人的后裔们看到这些结论后是怎么想的，在与奥尔塘村支书尤努斯的谈话中，我介绍了上面提到的一些描述，他没有对此作回应，而只是说，“我们的祖先是靠打鱼生存的”。

18 世纪后半叶和 20 世纪初叶，俄罗斯的普尔瓦尔斯基和瑞典的斯文·赫定曾经在罗布泊地区作过比较长时期的调查，他们记录下来的文字，至少印证了尤努斯记忆的历史，他们记载：夏天，罗布人戴棉布或毡子做的小花帽，妇女系盖头巾，赤脚生活。冬天，他们用罗布麻和野鸭皮毛做成大衣，男女老幼皆用两张动物皮做成鞋子。他们看到的罗布人帽上插有鸡翎作为装饰，身穿袷袢，脚蹬船靴。妇女则多穿裙装，上衣多带防尘头巾，就像现在带头罩的羽绒服。罗布人一般把衣服全部穿在自己身上，睡觉时也不脱下来。在《罗布泊探秘》一书中，斯文·赫定在其中两章中，描述了在 1900 年左右，他看到的罗布人在新形成的

由于迁移到了农牧区，罗布人后裔的生活饮食发生极大变化，现在他们也像农牧区的人们一样食用烤馕等面食。

罗布泊“喀拉库顺”湖上荡着用胡杨木树干凿挖成的独木舟捕鱼的场景，应该是很可靠的记述。

作为罗布人的后裔，奥尔塘村的书记尤努斯（实际上，村子里只有他一个党员）祖父辈和父辈们的生活图景，在他小时候经历过一些，但那段时间太短了，无法成为他对祖先的完全记忆；而村长牙生，也是村子里为数不多的罗布人的后裔，由于和大多数村民住在一起，平日里听到的更多些，他们两人的叙述，把我们带进了那个至今无法完全复原的罗布人的遥远过去。

传说以前柯尔克孜族和蒙古人经常打仗，两方互有胜负。然后出了一个主意，蒙古那一方出一个英雄，柯尔克孜族一方也出一个英雄。如果谁赢了，把这个地方让给谁。这样约定好了后，柯尔克孜族一方出了一个女英雄，蒙古人出了一个男英雄。结果女英雄打赢了。女英雄和男英雄相爱了，女英雄说，咱们以后一起生活在这个地方吧，再也不要打仗了。这个蒙古爸爸和柯尔克孜族妈妈生的后代就是罗布人的祖先。尤努斯特别强调：“如果你说我是胡说八道，我是有证据的。”他给我们讲了一个故事：“有一次，县长和一个蒙古局长在一个房子喝酒的时候，蒙古局长问县长：‘你们把特别深的地方用维语怎么说？’县长说：‘我们维语说 Gun。’蒙古局长说：‘我们蒙古语也说 Gun，这就意味着你们罗布人是蒙古的后代。’结果县长和局长打了一架。”

学者们在追溯罗布人的族源的时候，往往忘记了从非常古老的时期就开始的塔里木盆地人种和族的不断融合过程中发生的事件，但是这些并没有被历史书记载下来，于是今天的人们就有了许多美好的想象，那些把罗布人描写成“古代楼兰人的直接后裔”，给我们这些在当代水泥森林中生活的人们留下了无限的遐想空间。

研究罗布方言的语言学家门一致认为，罗布人的语言是现代维吾尔语的三大方言之一。今天的罗布人后裔和其他的绿洲维吾尔群体在语言沟通上并没有很大的障碍。瑞典著名的东方学家贡纳尔雅林上个世纪 90 年代中叶编撰出版了《塔里木盆地与罗布泊语言词汇》一书，其中详尽地考察了罗布人的语言，他提出的词表中，罗布人语言中与近代维吾尔语不同的词语不到 1000 个。但是至今学者们还是没有搞清楚，古代罗布人的语言究竟属于什么语系或语种，它和近代维吾尔语的融合发生在什么时候。

从今天的角度来看罗布人，他们在那个时代实际上就是“生活在罗布泊地区、以渔猎为主的、融入各种民族成分的、操罗布方言的维吾尔人”。我们不知道，在过去的几百年甚至上千年的历史中，究竟有多少被学者们称为“族”或“人”的群体曾经在碧水蓝天的罗布泊周边生活过？又有多少“族”或“人”融入了今天被我们称为“罗布人”的群体中。

因为百年前的环境变迁，原来居住在罗布泊一带的罗布人，被迫离开了自己的故乡，他们到底去了什么地方，在学术界，仍然有不同的看法。一直追寻罗布人踪迹的中国社会科学院学者杨镰，曾经找到过几个百岁罗布老人，他们居住的地方离奥尔塘非常遥远，那么这个村子里的罗布人到底是怎么来的呢？同样作为罗布人后裔的村支部书记尤努斯告诉我们，他们的祖辈离开罗布泊周边地区后，曾在一个叫做“阿布旦”的地方居住过，“阿布旦”在罗布方言中指“美好的地方”、或是“水草丰美的地方”，后来阿布旦也成了罗布荒漠的一部分，罗布人又被迫离开了自己的故乡。再也没有聚集成与过去在罗布泊周边靠打鱼为生的群体，而是四零八散，流落到了塔里木盆地的很多地方。其中的几户就辗转来到了他现在居住的地方“兴地”。

兴地——兴旺发达之地，不就是“阿布旦”的汉语意译名称吗？罗布人每迁徙一个新的地方，总是把这个地方命名为“阿布旦”，这个地名蕴涵着罗布人对于生命的向往和美好家园的憧憬。

事实上，我们不完全清楚过去几千年里在罗布泊周边生存的人们到底是什么人，但是可以勾勒出几百年来在这里生存的罗布人迁徙的粗略图景：罗布泊不能够为他们提供生存资源的时候，罗布人不断地向塔里木盆地的其他地方寻找着新的“阿布旦”，于是在新疆的和田、吐鲁番地区的鄯善和哈密的五堡（喀拉墩）就有了零散居住的罗布人后裔，于是在罗布荒漠中人类可以居住的地方，就有了由捕鱼为生的罗布人逐步转向放牧和农耕的罗布人后裔。

吐鲁番的农民来到奥尔塘，由于环境和资源的原因成为了游牧干山的牧民，而迁徙出去的罗布人后裔有的成为了牧羊人，

把捕鱼用的卡盆拉回家，用粗大杨树制作的独木舟卡盆是当年罗布人捕鱼的工具，绿洲地区仍有罗布人后裔使用卡盆捕鱼。

有的成为了农民。这种变迁，主要原因是人们对于自然环境的适应。

在尤努斯家的院子里，我看到了一个卡盆。那是他的祖先们用来捕鱼的小船。那个“卡盆”孤寂地沐浴着阳光，我们也在奥尔塘村几户人家羊圈看到了形状类似“卡盆”的胡杨木木槽，今天的牧民们用它们来喂羊，在晚冬的艳阳天里孤单地晒着太阳，我不禁感受到罗布地区历史的斗转星移，环境的巨大变迁。以捕鱼为生的罗布人，他们后裔的生产和生活中已经不再有祖先生计方式的丝毫痕迹，罗布泊生态环境的巨大变迁，不仅使罗布人群体解体，也使他们的家园成为了罗布荒原的组成部分。

奥尔塘和奥尔塘人

奥尔塘村是尉犁县古勒巴格乡的一个行政村，位于天山支脉库鲁克塔格山的一条峡谷中，呈盆地形状，距离乡政府所在地200多公里，村子坐落在盆地里的一个高台上，高台下面是由泉水汇集成的小溪在漫长的岁月中冲刷出来的沟谷。村子里一共有36户人家，150多口人。表面上看，这里的房屋格局与尉犁县和南疆塔里木盆地维吾尔农村的房子没有多大差别，但是，这是一个干山中的绿洲，与四周所看到的寸草不生的山头相比，这个小小的绿洲是这里生命的所在。

这里是库鲁克塔格山与罗布荒漠的交会处，奥尔塘在维吾尔语中的意思是“驿站”。历史上这里是古代丝绸之路的通道之一，隶属于奥尔塘村的兴地，离奥尔塘村70公里，虽然现在那里只有几户人家居住，在丝绸之路探险研究史上却大名鼎鼎，包括斯文·赫定、斯坦因在内的近代丝绸之路探险家的著作中，“兴地”的名字不止一次地出现，特别是斯文·赫定，曾经多次来到这里，把这里作为他前往罗布泊考察的补给基地。奥尔塘和兴地的罗布人，给这些外国探险家或是担任向导，或是提供食品。在斯文·赫定拍摄的当时兴地罗布人的照片中，就有现在奥尔塘村支部书记尤努斯的爷爷和姑姑。

今天奥尔塘的牧人们来自何方？这是我们十分关注的问题。

村子里的老人们告诉我们，这里有一部分人的祖上来自吐鲁番地区的鲁克沁，他们原来是农民，其他的人则是百年来陆续从尉犁县的塔里木乡或其他乡因为各种原因迁来的，其中也有流落到那些地方的罗布人的后裔。村子里最年长的一个老人霍加赛利姆告诉我们，他今年已经104岁了。他还清楚地记得他的爷爷是怎样背着他穿过沙漠来到奥尔塘的。

作为罗布人的后裔，尤努斯书记和牙克甫都认为，当时迁来的吐鲁番人和罗布人语言上有差别，但现在过了上百年的时间，差别不大了。牙克甫认为现在他们说的话又像吐鲁番的，也像罗布人的。“吐鲁番人说话很直，粗鲁。”尤努斯给我们举了一个日常称呼语有区别的例子，他说Aha这个词在罗布人中间是一种客气的称呼语，不分男女，只要比你小，你都可以用这个词称呼他，表示尊敬。但在吐鲁番迁徙过来的人中，Aha这个词是哥哥的意思。

40多年前，奥尔塘还没有形成今天这样的村落规模，人们在库鲁克塔格山的山谷里放牧，东一家，西一户，住得很分散。20世纪50年代，大部分牧人在铁干力克和英苏一带，奥尔塘也有几户人家居住，后来有一些人家在兴地修建了永久性住房，但那时候的房子还是地窝子，20世纪50年代后期，有些人家搬到了离兴地不太远的河柳沟，那条沟里水草丰盛，夏天下雨，还会形成洪水。一发洪水，就会把牧人修建在山边的地窝子和石头房子，还有被褥，甚至连他们的毛驴，都冲走了。冬天这里结冰，山谷太深见不到太阳，所以人们又开始了搬家。20世纪70年代，大多数人搬到奥尔塘，修起了房子。女人们住在这里，男人们去放牧，只是每年春天女人们到自家的放牧地，接羔刮山羊绒。

库鲁克塔格山和罗布荒原的地理位置决定了这里的人们与外界长期处于隔绝的状态，直到今天，没有到过尉犁县城的中年人

和老年人还大有人在。牙克甫回忆了他第一次到县城的情况："在我 18 岁的时候（按照他的年龄，那是 1967 年左右），第一次去了尉犁县，我觉得那里到处是人，好像是人的海洋一栏，巴扎上的东西一个样子一个样子的，特别多。除了胡萝卜外，我一样都不认识，临走前父亲给了我五元钱，让我进了城花，但是我不知道怎么花啊，因为东西都不认识，所以后来只花了两毛钱买了两个胡萝卜，吃了一个，把另外一个带回了家，父亲看到我这个样子，非常伤心，哭了起来，觉得我这样继续下去，对我不好，就决定从那时起，让我多到县城去。后来父亲带我去了车尔勒，在那里待了一天。在库尔勒我第一次看到了汽车，我听别人说，那东西是公牛的爹，长着一对特大的眼睛，吼叫起来惊天动地，当它向我奔过来时，我就一下子哭了起来，拼命跑啊，夜里做了很多噩梦。后来我还听说我们这里的人见了汽车后，还给汽车喂过苜蓿和苞谷。"

奥尔塘人与外界接触增多发生在 20 世纪 60 年代。那时国家在罗布泊荒漠试验核武器，古勒巴格乡现任副乡长的父亲从 20

罗布人过去以渔猎为生，现在生活在绿洲的罗布人后裔依然保留了烤鱼吃的习俗。

世纪 50 年代末到 70 年代一直在这里担任村子里的会计，他说，由于这里离试验场只有 100 多公里的直线距离，试验指挥部派出了解放军到这里警戒，第一颗原子弹爆炸的那年，解放军战士来到这里，每家都发了白布单子，让人们把白布盖在身上防护核辐射。部队的到来带来了许多奥尔塘人过去从来没有见到的事物。最重要的是部队的医生给这里的女人们接生，给这里的病人看病送药，让他们第一次接触了现代医疗技术。

今天，被人称为罗布人似乎在塔里木河下游地区成为了一种"时尚"，好几个县都在做罗布人的文化遗产项目，听到我讲述这种"时尚"，尤努斯没有任何反应，只是远望着库鲁克塔格低矮的山峰。也许他在思考着什么。由 100 多年前的捕鱼人，变成后来的牧人，又逐步地适应在这里开始的农耕，对于罗布人来讲，是一种沧桑巨变。而造成这种巨变的，仍然是罗布泊地区和库鲁克塔格山给他们提供的生存资源。

干山与荒漠里的生活

80 岁的阿尔腾汗坐在房子里的木炕上，阳光从窗外斜射进来，洒落在她饱经风霜而又安详的脸上。她有 5 个孩子，她回忆自己的 4 个孩子出生在放牧过程中，有时没有人照顾，就自己把孩子生下来。生孩子的时候，躺在放在平地上的一张新牛皮上，孩子出生后，牛皮上满是鲜血，有时候都搞不清楚那是自己生孩子留下的血，还是牛皮上原来就有的血。这里的人们认为，在新牛皮上生孩子，可以保证孕妇不受风寒和邪气的侵扰，也可以保证孩子出生的安宁。

奥尔塘的牧羊人使用各种民间偏方来帮助女人生孩子。如果不顺产，家里的人烧上一锅开水，看锅里水的情况判断生孩子的情况。如果水翻腾，从锅里溢出来。她能够顺利生孩子；如果锅里的水没有溢出来，生孩子不顺利。女人们说，有一种方法可以帮助孩子顺利降生：用热锅底去碰产妇的脚后跟。孩子就会很顺利地生下来。以前这里没有医生，奥尔塘的牧羊人有自己的治疗方法。感冒了，肚子疼了，他们把罗布麻的枝条熬成水来治疗。

现在村子里有了一个医务室，一个在乌鲁木齐上过中专的年轻人既是医生也是护士。常见病可以在这里得到初步的治疗，重病病人要送到尉犁县治疗。

尤努斯告诉我们，在20世纪五六十年代，这里的人穿的衣服或是羊毛做的，或是山羊皮做的。有钱人穿的是用麻布或一种粗劳动布做的大衣。他们戴的帽子是用羊皮做的。有一种鞋子，把皮子（当鞋底）用剪刀剪一下，然后在上面扎一些小孔，把山羊皮穿过小孔，就可以穿了。冬天天气冷的时候，有些人穿长外衣。他们的被子、褥子都是用羊皮做的，一直用到70年代。50年代末政府给这里的每个劳动力发了两米劳动布，才开始做衣服，现在很少有人再穿光板羊皮衣服了。

20世纪50年代前奥尔塘高台上一间房子都没有，人们在地上挖个大土坑，在上面盖上红柳条子就可以住了。站在高台上看，地面上平平的，什么都没有，有时突然会从地下冒出来一个人。现在他们住房的式样、装饰也与别的地方不同，房子是正方形的，宽度和长度没有大的区别。

与世隔绝几百年的奥尔塘牧羊人越来越多地感受到了库鲁克塔格山外和罗布荒原外世界的变化。来这里的汽车多了起来，进城的人也增加了。1990年以后，村子里又增添了新的成员，一些来自和田、阿克苏的农民，辗转来到这里寻求生计。刚开始时他们挖掘干草和收割野生罗布麻，后来村子里养的羊数量多了起来，经济条件相对比较好而又缺乏劳动力的人家开始雇用他们放羊。慢慢雇人放羊的人家多起来了，阿不都热扎克家的羊最多，但孩子年龄很小，于是雇了两个人放牧。尤努斯说，现在牧民对放羊的看法与传统牧民的看法有点不同。现在，奥尔塘村的大部分人家都雇用别人放牧。有些人嫌村委会给他们分的草场离奥尔塘太远，自己不愿意去放牧，就雇人。甚至只有两三百只羊的人家也雇用人放羊，自己待在家里没有事情干。

2006 年，县里给奥尔塘村安装了一个太阳能发电站，也给村子里安装了电视接收器和转播塔，这两件事在这个与世隔绝太久的村子里是破天荒的大事，很多人家买了电视机，那些家境困难的人家，县政府给他们赠送了电视机。75 岁的寡妇艾斯汗自己家只有 6 只羊，靠给别人放羊为生，日子过得非常艰难。她说自己一生经历的事情说也说不完。“政府给我赠送了一台电视机，给我免费送电，一年来，政府还给我发 100 多元的补助费，在我的晚年使我见到了光明。”

在我们离开奥尔塘的时候，晚冬的阳光依然是灰蒙蒙的，村长牙生一家送我们到门口，他说：“你们下次来的时候，我们这里又会有新变化。”奥尔塘村的沧桑巨变，无论是对罗布人的后裔，还是对吐鲁番农民的后裔，都具有深刻的人类与自然环境关系的意义，一个族群由于生存环境恶化解体了，另外一个族群则因为社会环境恶变而远离故土，他们的后裔，不经意地在一个极端干旱的地方依靠一口山泉，又重新组成了新的族群。他们改变了自己的生计方式，也在改变着自己的文化。

文 / 崔延虎

图 / 宋君

锡伯营箭手

我是从察县来的锡伯人。出生时，父亲以“箭锋之旺”的寓意给我取了汉人名字，我的锡伯名叫穆特慕，意思是“射箭能手”。另外，我的星座是射手座。

在锡伯族辽远的历史上，神箭手的大名布满了星空，是我们民族的骄傲。在汉语的典籍上，我们的族名经历了从“鲜卑”到“室韦”又到“锡伯”的变化，我们的牧场从呼伦贝尔草原向外漂移、扩散，但善射的威名始终是我们最大的荣耀。北朝的史书里说，鲜卑人人善射，以战为乐，以战死为荣；北朝之后一千年，室韦人的一支（蒙古室韦）在成吉思汗的统领下控弦骑射，打下了半个世界；到了清帝国，锡伯营的箭手还在八旗军中充当骁勇的前锋部队，所谓“死士”。

冷兵器时代的结束似乎来得有点突然。20世纪之初，“天朝”崩溃，我们这支乾隆朝奉命戍边的锡伯人就此在天山西部的伊犁河谷沉寂下来，马放南山，鸟尽弓藏，几乎要被人遗忘。

可是，也许是天意，也许锡伯人的血管里流淌的就是善射的血液，即使离开了草原和骏马，离开了战场和军营，锡伯营的子弟仍然能在弓箭上找回自己的荣耀。那是我们发现“体育”之后的事了。

天山深处的伊犁河谷，是整个新疆气候最湿润的地方，锡伯人就生活在这里。

1959年，在新中国的第一次全国运动会上，察布查尔锡伯族自治县的子弟金忠用一把借来的弓射出了射箭全能比赛的铜牌。从此以后，锡伯营箭手的后人开始横扫箭坛。1979年，郭梅珍、汝光包揽全运会10枚射箭金牌中的7枚；1993年，察县的锡伯人不仅拿下全运会的团体冠军，还破了世界纪录。

察县成了中国箭坛的重镇。从新疆到上海，锡伯人在全国的省级运动队执教射箭，国家射箭队也是锡伯子弟经常出没的地方：2004年，雅典奥运会中国射箭男队队员、残奥会中国队教练和所有队员都来自察县。前国家射箭队总教练徐开才曾对我说："锡伯族的射箭才能是从基因里传下来的。"他执教过的运动员中，锡伯族人给他留下深刻的印象。2008年的北京奥运会，锡伯族的神箭手们又将在射箭馆里重聚了。

每一名锡伯族的射箭健儿都会永远记得，他们是锡伯营的子弟，他们都是乾隆二十九年（1764）奉旨戍边而来新疆的1008名锡伯精兵的后代。当年先祖离开东北祖居之地，西出彰武台，跋涉万里终于来到帝国西陲，在伊犁河边扎下了8个锡伯营，从那时起，锡伯人就一直坚守在察布查尔。边境上人来人往，城头的“大王旗”时常变换，锡伯营的寨墙渐渐倾颓，锡伯官兵的后代繁衍成了今天拥有2.2万锡伯族人口的边疆小县。

在小小的察布查尔，每个人都相互认识，有几个大名鼎鼎的神箭手还是我的亲戚。可是小的时候我从不碰弓箭，也许是被《三国演义》里夏侯惇拔箭吞眼的故事吓到了，我总觉得箭随时会扎伤我的眼睛。很多伙伴玩射箭游戏，农闲的时候，乡间也经常举行射箭比赛，但我只是远远看一眼就罢，这种习惯一直延续到20岁，我离开察县去乌鲁木齐上大学那年。

大学的宿舍里挤满了来自天山南北的各民族同学，来自博乐县的乔龙巴图对自己成吉思汗的血统骄傲不已，哈萨克族的阿依奔时常表演他拿手的阿肯弹唱，维吾尔族的阿里木有空就讲他的恰恰克笑话，塔吉克族的图尔洪随身带着他的鹰笛，动不动就模仿山鹰边吹边舞，就连内向的艾达尔也给大家唱过一段柯尔克孜人的《玛纳斯》。

我这个锡伯人也对自己的民族很是自豪。

从记事起，长辈们总会问我同一个问题，你是什么民族？如果回答不上来便会受到长辈的训斥。这使我自幼便一直以自己是锡伯人为荣。然而面对朋友们关于锡伯族特征的问题，我却有点答不上来了。

我们的锡伯语和满语没什么太大的区别，锡伯服装属于八旗服饰系列，与东北蒙古、满族、鄂伦春的服装差不多，锡伯贝伦舞又和哈萨克的差不多，也许是因为同为北方游牧民族的缘故吧……有一次，阿里木凑到我旁边摸着他高耸的鼻子说：“兄弟，说句不太礼貌的话，我觉得你们民族好像没有什么特别的地方，至少从外表上看不出来。”乔龙巴图也说：“你们看我和锋珲长得多像啊，大圆脸，我相信锋晖也有着我们蒙古成吉思汗的血统。”大家顿时哈哈大笑，而我却一点也笑不出来。

为了寻找答案，我走访了许多锡伯族长者。

记得我与一位叫赵春生的尊长交流，他的回答很直接："在咱们民族当中，作为一个男子汉怎么体现？那就是射箭。"

锡伯族过去有结绳记载家谱的传统，男婴呱呱坠地，家族的长者便在结绳家谱"喜利妈妈"上，挂一副用红丝绳和柳条扎成的小弓箭，以此记下家族又添男丁的大事，也挂起家族对孩子长大后，能够成为一个好射手的期望（"文革"以后，"喜利妈妈"已经从锡伯人的生活里消失了，只有博物馆里还看得到）。今日锡伯族的《摇篮曲》中还有这样的歌词：巴卜喳，睡觉吧，上档喳，吊膀子，拉硬弓，射响箭，骑大马，跟着阿玛立功劳。

在老人们的记忆里，察县过去村村有箭场，家家有弓箭，正月里举行的射箭比赛总是像过节日一般热闹，很多人要赶一天的路程来看比赛。在更早的年代，老人们听说，锡伯营的子弟13岁起就要接受军事训练，年满18岁时测试百步外拉弓射靶，成绩合格者正式选入锡伯营。

居然是射箭！我们民族引以为豪的东西，竟是我曾经敬而远之的弓箭！我开始在学校的图书馆里翻找更多的证据：清朝开国五大臣之一，锡伯勇士"神箭"费英东12岁时就能开十石强弓，萨尔浒之战中被努尔哈赤称为"以一敌万"，顺治十六年被列为诸臣之首；嘉庆年间的布彦图，猿臂善射，在平定新疆张格尔叛乱时，领800锡伯官兵勇战近万人的叛匪并歼敌过千，孤身射杀30余敌，后被任命为西安将军；道光年间的萨凌阿是百发百中的神箭手，在南疆平叛中屡立战功，赐巴图鲁名号，升锡伯营副总管，其像置于紫光阁……

有生以来，我第一次产生了射箭的欲望。

乌鲁木齐市的射箭场在体工大队的院子里，周末的时候，我开始加入射箭爱好者的行列，也因此遇到了新疆射箭队的许多运动员。射箭队从教练到队员基本上都是锡伯族，大家在一起就像一家人，射箭的场面更有意思：专业运动员穿着运动服，在一边安静地射着装了平衡杆和瞄准器的现代反曲弓；场地的另一边则是我们这些传统射箭的爱好者，扎着头带，喊叫着，用的是没有辅助装置的传统角弓，就仿佛是两个时代的射手在一起角逐。

一个周末的傍晚，大家在习射后各自告别散去，只剩我一个人意犹未尽继续独自在场上射着。俊壮、富琴琴住在体工大队，他们吃过晚饭后又提着弓来继续找我交流。俊壮的年纪和我差不多，但论起辈分来却是我的表舅。他和富琴琴都是箭乡察布查尔的第三代运动员，第十届全运会上，他们分别拿了金牌和银牌。

我看得出他们俩对传统弓箭很感兴趣，就提议和俊壮赛上一场：第一局用自己的弓箭，第二局用对方的弓箭。富琴琴来担任裁判。

“好！”这位有着 13 年射龄的全运会冠军一听到战斗的消息立刻兴奋起来，而我这“游击队员”也很想挑战一下“正规军”。他戴上了护胸、护臂和护指皮，我也戴上了扳指和红色的头带。第一局我首先发箭，三支箭平稳脱手，虽未中靶心，但也在五环以内，差不多是我平时最好的成绩。俊壮则是一出手，三支箭就全部落在了靶心，乍看仿佛是一支箭。

“俊壮第一局胜！交换弓箭，第二局开始。”

富琴琴在我们身旁宣布。拿到我的角弓，俊壮不禁自言自语：“没有瞄准器可怎么射？”问题还远不止这些——习惯了用护指皮开弓的俊壮此刻拿着骨头制成的扳指竟不知如何开弓，不是扳指脱落，就是箭脱手。无奈之下，他只好改用护指皮开弓，这回弓顺利张满，但箭出手后摆动非常严重，像条鱼一样摆动着尾巴“嗖”的一声插入靶子附近的草丛里。第二支箭虽然中靶，但没有中环，而且摆动仍然很大。第三箭最糟糕，因为没有平衡杆，箭出手时弓身剧烈震动，离弦的箭急剧右偏，“咚”的一声插在了远处的树枝上。富琴琴鼓掌笑着对下场的俊壮喊道：“欢迎全国冠军凯旋！”

轮到我了。现代弓有着诸多瞄准仪器，使用方便且精确度高，我顺利完成了站位、提弓、开弓、靠位、撒放等动作，射出的三支箭虽然未中靶心，但也都在中心环位上。

于是，我和这位“冠军舅舅”最后战成了平局。“没想到仅仅 30 米射程居然会两支箭脱靶！”俊壮感叹道，“传统弓只一副光杆，古人的百步穿杨都是怎么练的？”

古人之所以百步穿杨，是调整心态和意志的结果。这是我习射最大的体会。传统弓箭的站法、指法和瞄法很容易学会，比现代反曲弓还要简单，但现代弓的精确度更依赖器材因素，同样的人，用好的器材，仪器配件精度高，比赛成绩就能提高，而传统弓更依赖精神因素。

这之后，俊壮在业余时间将现代弓的仪器配件全部卸去进行训练，随后又转成真正的传统弓。两个月后，他就用传统弓战胜了我。

习射最大的快乐，来自心智上的领悟。这些年里我认识了许多老师，其中有锡伯族的长者，体工大队的健将，也有研究传统射艺的学者。其中最特别的是一位英国籍的中国通，香港知识产权署署长谢肃方（Stephen Selby），在业余时间里，他是一位亚洲传统射艺的大家。他系统研究过中国古代的各种射学著作，收藏了大量亚洲古代弓箭，业余还在亚洲各地组织骑射活动。他曾对我说：“传统射艺的魅力在于简单与复杂的完美统一，看似简单的射箭动作和器具，却包含着复杂的精神内涵，包含着做人的道理。”

2004 年，谢肃方到我的家乡察布查尔与射箭体育学校的学生

新疆的夜色来得晚，九点已过，察布查尔射箭运动体育学校的运动员郭初山、郭甜甜还在箭场苦练。

进行交流，学生们至今仍然清楚记得，这个汉语比他们还要流利的老外如何在百米外弯弓搭箭，轻松射中了操场上的旗杆。那次他送了我一本清代爱新觉罗氏著的射艺教材《射的》，让我惊讶的是，他居然能用满语诵读书中的内容。

在这位英国人的影响下，我接触到了大量关于射艺的文献。我发现，所有的射艺训诫都强调把弓箭视为身体的一部分，发箭时注意力不应在箭靶，而在内心。只要将必胜的意志贯注在射箭的过程中，箭自然会命中目标。在《礼记·射义》里，中国古人说射箭必须“心平体正”，“射求正诸己，己正然后发，发而不中，则不怨胜己者，反求诸己而已矣”。这一古训现在成了韩国弓道协会的座右铭。

射箭不仅是磨炼技艺，更是修炼身心。在日本，弓道大师阿波研造为了让弟子明白这个道理，曾经在完全黑暗的箭厅里展示射艺，连发两箭，后箭将前箭劈为两半，正中靶心。一个念头开始在心中浮现：射箭对我们锡伯人为什么这么重要？也许，对于我们这样一个人口稀少、常常居无定所的民族来说，在射箭中“反求诸己”，找到自己，是我们保持民族自尊最重要的手段。

去年夏天，我回故乡拜访已经77岁的金忠老汉，他是体育比赛中为锡伯人争得荣誉的第一人。老人一生的故事极具传奇色彩。50多年前，让金忠老人走上射箭场的是一场噩运。那年夏天，他新婚的妻子突患急症，县里的医院无计可施，金忠用板车拉着妻子向15公里外的伊宁市飞奔，却遇到伊犁河猛涨的洪水。天绝人路，他眼睁睁看着妻子死去，被巨大的伤痛淹没。他无法承受这突然的打击，一蹶不振，每日在乡间无所事事地游荡。一个偶然的机会，金忠开始迷上村中的射箭游戏，以此排解心中的烦闷，从此一发不可收拾。恰在此时，自治区体委开始筹备参加1959年9月的第一届全运会，金忠在大家的推荐下便在生产大队的库房中进行一个冬季的集训。没有杠铃和哑铃，就抬石磙、擎车轴，通过以重压肩、以绳吊膀的传统方式来提高手臂的稳定性，没有比赛用的现代弓箭，就以破旧的传统弓代替。

金忠拿着清朝时锡伯营传下的200多年的老弓去了北京。天气一热，弓身上的牛筋和鱼胶都开始软化，“早上还能射七八十米，到了中午只能射 30 米了”。后来只好向国家体委借了一把现代弓才把问题解决。

这一届全运会，射箭项目第一、二、四、五名都被解放军队获得，金忠凭着一个冬天的训练夺得了第三名。

“早年间，小小的锡伯靠射箭赢得了皇帝的尊敬，如今我们的条件仍然比不上其他民族，只有射箭是最公平的。”金忠老汉对我说。

俊壮的教练郭梅珍是金忠老汉在 20 世纪 70 年代培养出的全国冠军，她还记得，当年金忠也是用这样的话来动员他们的。那时新疆队使用的器材仍远远落后于内地，是最为廉价的国产“燕子”弓，因为质量低，一旦变形只能以手压脚蹬的办法校正，被内地射箭队誉为“游击队作风”。为弥补器材的缺陷，郭梅珍每天训练 12 小时，箭场上悬挂箭靶的一堵土墙最后生生被她射塌。1979 年第四届全运会，郭梅珍与她后来的丈夫汝光共同囊括了 7 枚射箭金牌。

多么希望有一天我也能在箭场上感受一下作为锡伯人的荣耀！

这个机会很快就来了，就在我拜访过金忠老人之后不久。9 月，青海要举办全国首届民族射箭比赛，各民族的参赛队伍有 45 支，代表锡伯族的，就是我们这个出没在新疆体工大队箭场上的“民间射箭团体”。我们自己凑钱做了比赛服装，筹备了器材，激动地等着比赛日的临近。

比赛地是青海黄南州的藏族传统箭乡尖扎县。到尖扎的当天晚上，抽签的结果决定了我们次日的比赛是对战青海连续两年的省内冠军。他们使用进口的滑轮弓，带滑轮组的设计使弓的力量强劲，开弓后却毫不费力，稳定性极强，即使拆掉瞄准器，性能依旧要比我们所使用的传统反曲弓优越得多。当地的爱好者看见我们的弓便早早下了结论：“你们肯定输！”

锡伯人不这么认为。赛前我们集体向西对家乡和祖辈半跪敬酒，之后用锡伯语大喊叫阵，“Museaiwusule？ Sibe！（我们是什么民族？锡伯！）Museanemjieye？ Muktem！（我们为何而来？比

赛！）Museetengmutenna？ Mutenmie！（我们能胜吗？能！）”藏族对手好奇地看着我们这群服装、语言、礼仪迥异的射手，这也许是千百年来锡伯射手和藏族射手第一次对决。

在青海举行的全国首届民族射箭邀请赛上，锡伯族和藏族箭手比得难解难分。每射出一支好箭，锡伯箭手就会冲到箭靶前，狂舞一段锡伯贝伦舞。

藏式比赛的规则大概来源于古代武士决斗，胜负不在积分的多少，而在哪支箭更接近靶顶的“甲玛”，突出的是“一箭必杀”的效果。

比赛距离 85 米，双方各射 10 箭。对手开场的两箭均接近靶顶位置，而我们却显得有点不适应。藏族比赛时有赞箭和咒箭的习俗，射箭时队友会大声赞叹，对手则大声说些“不中、弓箭折断、箭在足下”之类的话，并且有诸多手势和指法进行干扰，这种激情十足的风俗让我们开始颇有些不习惯。

好在我们也很快进入了状态，每射出一支好箭，我们就冲入前方的开阔处，狂舞一段锡伯贝伦舞与藏族人的咒箭抗衡。比赛迅速进入高潮，青稞酒和经文伴随震耳欲聋的助威声漫天抛洒，让我们每个人有一种大地震动的感觉。

双方落在“甲玛”附近的箭越来越多，远远看去，靶顶箭支交错，根本分不清是哪方的箭，那种感觉就像拔河时双方势均力敌、僵持不动的时刻，令人窒息。

最后出场的是富琴琴，她的第一箭就非常精彩，高于对方的最高箭位，顿时双方的射手都沸腾了，然而接下来对方的成绩又高于琴琴的箭，全场比赛只剩下富琴琴的最后一箭。这一刻我们在场的所有人都忘了自己是谁，仿佛行为无法用意识来控制。裁判和保安已经阻挡不住观众涌入场地，而这时对方的射手有的指着琴琴闭目念咒，有的挥舞手中的弓箭，有的拼命打着口哨，就连当地的喇嘛也跑过来口念佛经注视着我们，而我们的队友都在齐声高喊“锡伯！锡伯！”比赛已经完全白热化，满满一箱青稞酒此刻已经抛洒得精光，战旗飘扬，纸片飞舞，烈酒如雨，喊声震天，每个人的嗓子都哑了，使得比赛仿佛变成了一场你死我活的战斗，激烈的气氛使我觉得所有人都疯了，包括我自己。琴琴在沸腾的赛场中心搭箭开弓，缓缓满弓，我们所有人都屏住了呼吸，不是因为紧张，在那时听觉、视觉和触觉的干扰已经不起什么作用，全场弥漫的浓浓的青稞酒味使人几乎无法呼吸，人们都快醉了。

只见那箭“嗖”地射出，在微风中划出85米的弧线，正中箭靶的“甲玛”，这是一个无法超越的顶端了，喜悦的感觉袭上心头，真如同梦境一般……

三天的比赛很快过去，我们在45支民族队伍中获得了第四名的成绩。我终于体会到了控弦征战的滋味。离开尖扎县时，我们路过黄河大桥，蜿蜒东去的黄河让我想起锡伯人在东北故乡的母亲河辽河和察布查尔的伊犁河。弓箭的精神造就了锡伯人的灵魂和锡伯族的历史，没有在岁月中断流，如同眼前这条伟大的河流。我们向她敬上一杯酒，感谢她给予我们无畏艰难和挑战的魂魄。

文 / 锋晖

图 / 储璨璨

哈萨克人的游牧生涯

早晨4点20分，哈列勒老人就跪在毡房内面向西方，做每天的第一次礼拜。在老人做完第一次礼拜后不久，天还没有放亮，哈列勒35岁的二儿媳古丽娜孜和24岁的四儿媳都曼就开始忙活了——她们先烧水做饭，紧接着就帮助男人拆卸毡房，整理什物，并进行装驼。

中午12点，我跟随哈列勒一家9人组成的转场队伍终于从阿合共盖提出发了。

女搬迁男赶畜老幼都不闲

队伍的前面是85岁的哈列勒老人和妇孺，后面是青壮年男人，他们绝大多数骑着马，只有个别人骑着骆驼，我和正在这里挂职锻炼的副乡长哈龙别克（陪同兼翻译）骑马尾随最后。可是走出不到一里，连续从马上摔下来两次，我再也没有勇气爬上马背，只好改乘出租摩托车采访。

哈列勒的老伴已去世，他和二儿子一家共同生活。老人有6个儿子，在牧场的3户分别是他的大儿子、二儿子和四儿子，在定居点上还有两个小儿子，转场前，两个小儿子特地赶来帮忙。因大儿媳身体不好，加之毡房和辎重过多，留下小儿子花300元租一辆大卡车拉走一座毡房和部分辎重，并让大儿媳随车而行。跟随牲畜转场的有9人，400多只羊，80多头牛，12峰驮物品的骆驼。

转场不同于一般的野外旅游，这既是一种长期的家庭生活，又是一种生产的必要形式，几乎所有的生产、生活用具都一应俱全。大到毡房、箱柜、铁炉，小到坛罐、木柴、斧头……还有从夏牧场带回的成袋的奶疙瘩、奶酪以及羊毛、驼毛等，每次摊开摆在地上，都有一个篮球场大小；不要说每天装卸，就是将这些物品捆绑好，集中在一起都不是一件容易的事。

上路后，古丽娜孜和都曼也不得清闲，不仅要照看孩子，还要牵着骆驼。到达宿营营地，一切工作又要重新开始……每天的劳动时间都在十四五个小时以上，但她俩从不说一声苦，叫一声累，我们偶尔帮帮忙，她俩还怕把我们累坏。

8点30分，先拆卸毡房，收拾日常生活用品和什物，并将所有物品按驮运要求打成捆，然后开始装驼……整个拆装工作一直持续到中午12时。

转场队伍由两部分组成：驼队和畜群。畜群有羊群和牛群，牛群由哈列勒的大儿子何孜尔别克负责，羊群由哈列勒的小儿子托留别克负责，二儿子、四儿子一家和哈列勒则跟随驼队。托留

妇女们除了做饭，照看孩子，还要帮助男人干许多活，如搭建依塔尔哈等。

别克介绍，转场中最艰苦、劳动强度最大的一项工作就是赶牲畜，尤其是羊群，一般只有青壮年男人才能担任。

托留别克的话是有道理的，在通过波拉提山口时，我们目睹了他赶羊群的场面。

波拉提山口位于海流滩和霍帕之间，全长不足 5 公里，但地形极为险峻，两侧是高山，中间是深谷，山的外表非常奇特，怪石嶙峋，寸草不生，好像人工雕塑的一样。一条不足 4 米宽的简易土路随山而建，路面高低不平，到处是大小不等半埋半露的石块。此山口不仅是转场路线同时也是进出山的唯一通道，由于路险，加之牲畜及过往车辆、人员较多，每次转场通行都特别困难，若赶上雨天雪天，经常出现牲畜被挤死摔死等意外事故。在牧民眼里，波拉提山口就是他们的鬼门关。托留别克骑一匹乌黑的烈性马，手拿马鞭，嘴里不停地发出吆喝声。他时而前、时而后；时而爬到山腰，时而又下到深谷。每当遇到汽车通过或与其他羊群遭遇在一起，他都要花上半小时乃至一个小时，才能把惊散的羊群集中在一起或把自己家的羊群分开。这样的情况频繁出现，仅 5 公里的路他走了近 5 个小时。出山口时，嗓子都喊哑了，浑身像个土人一样。托留别克今年 20 岁刚出头，还没成家，平时在定居点上负责管理草场和打草，是临时过来帮助转场的。

转场中的老人、孩子也不是旁观者。哈列勒虽已 85 岁，还

公路建设和城市化进程的加快使传统牧区面临窘境。

主动承担一些工作，每天上路，他总是走在驼队的最前面；在宿营地上，或帮助照看牲畜或收拾物品，从不闲着。

哈列勒老人每天坚持做 5 次礼拜，早晨第一次礼拜的时间是 4 点多，晚上最后一次礼拜的时间是 9 点多。早晨的礼拜都在毡房内，其他时间都在毡房外。在毡房外礼拜时，就在草地上随便铺一件上衣或毡垫，面向西方，时间 20 分钟左右。每次看到哈列勒做礼拜时，我总有一种庄严和神圣之感。我想，自己从马上摔下来两次还能坚持采访并且照相机没发生任何问题，可能得益于哈列勒求得了真主的保佑吧！

阿勒大（乳名）是哈列勒的二儿子别肯和古丽娜孜的小儿子，虽然刚满 6 岁，但他已学会了帮助大人干活。每天早晚，阿勒大都在宿营地附近骑马照看畜群，有时在外面一站就是一个多小时，由于个子太矮，每次上下马都靠父亲抱。阿勒大长得很漂亮，又非常聪明——但我们从不敢夸他，因为哈萨克人拒绝夸孩子，认为那是不吉利的。一次，他胳膊遭蚊虫咬伤，我将随身携带的蚊虫药拿出来给他涂上并将那个很好看的小药瓶连同药一同送给了他，他十分高兴，装在衣兜里，经常偷偷拿出来看，还向

哈列勒老人每天要做 5 次礼拜。哈萨克族过去信仰萨满教，公元 11 世纪前后改信伊斯兰教。

家人炫耀，这令我既高兴又痛心。

转场是艰苦的同时又是快乐的，转场前哈列勒全家集中在一起杀羊庆贺；途中许多人还换上了新衣帽、并精心梳妆一番；尤其是两个儿媳，她们穿红色上衣配以白色披肩，给转场队伍增添了喜庆的色彩。

每年转场二三十次

哈列勒老人介绍，转场是哈萨克牧民的传统，一年四季，绝大部分时间都是在转场中度过的。一般每年转场 20—30 次，距离 500—800 公里，途中时间 30—50 天。每次距离远的 100 多公里，近的几十公里；时间长的一星期，短的一两天，经常是走走停停。

转场的时间，主要视气候和草场条件而定。气候和草场条件好，转场的时间可能要推迟一些；气候和草场条件差，转场的时间可能要提前一些。

近几年，随着哈萨克牧民定居的实现，进出冬牧场主要由每个家庭的青壮年男人负担，其余人则在定居点生活。他们每年转场都是从萨吾尔山冬牧场开始，经阿洪图别克、克依克拜、阿合共盖提、哈拉共盖提、铁尔沙汗等春秋牧场，最后到达耶麦盖提夏牧场，然后再原路返回，往返一趟要 600 多公里，途中时间 40 天左右。我们这次转场，是从阿合共盖提到克依克拜，在当地哈萨克人的转场中算距离最短、也是各方面条件（包括季节、道路、气候、人文环境）最好的一次。

阿合共盖提是当地的一个春秋牧场，位于布尔津县城北部约 130 公里，有一个牧业村的 1200 多口人，2.2 万多头牲畜在此放牧，隶属于布尔津县也格孜托别乡管辖。哈列勒一家住在牧场东北角一个独立牧点上，有 3 座毡房。我们去的时候，大地已由绿变黄变褐，山头上出现了积雪，清晨的溪流旁也开始结冰。

转场前，牧民要做许多准备工作。首先是羊的药浴，不经过药浴的羊是不允许转场的（主要是防止瘟疫)。药浴由乡里统一组织实施，牧民将自家的羊群赶到药浴池轮番进行。每天可药浴几千只羊，整个牧场的羊一周就可药浴完毕。药浴池是乡里专门修建的，在牧场的中心。其次是准备转场的牲畜和驮具，牲畜主要是骆驼和马匹，大多数牧民饲养的骆驼和马都可满足自家使用，驮具也是相配套的，如果没有或不够，就得向别的牧民去借。转场的牲畜提前一两天就要控制进食——尤其是骆驼，如果肚子吃得过大，就不便于行走和驮运。另外就是寻找牧群，因为平时牧群一般无人看管，转场前要全部找回并清点数目，防止转场中丢失。

转场时间是由乡里统一规定的，任何人不准提前和推后，一般都在规定的时间（5—7 天）内分期分批地进行，先后顺序相互轮换。我们跟随的这次转场是 9 月 25 日开始，2002 年冷得早，比以往提前了近 10 天，计划全村共分成三批一周内转完；哈列勒家是第一批，和他家同时转场的还有村内的其他 30 多户人家。

选择有草有水的路线

从阿合共盖提到克依克拜全长 60 多公里，途中要行走 3 天：第一天到达海流滩，第二天到达霍帕，第三天到达克依克拜。我们发现，转场路线大都选择有水有草的地方，尤其是宿营地都靠近水源、河流或泉水，并且周围还有大小不同的草场以及居民点或人家等。

海流滩距阿合共盖提约 25 公里，我们是走了 5 小时后到达的。这里群山环绕，泉水涌流，中间是一个巨大的天然盆地，盆地内河流纵横、绿草茵茵，有许多用铁丝网围起来的人工草场。听当地人说，四五十年以前这里曾长满黑柳，海流滩就是以此谐音而得名。当年的布尔津县城曾准备建在这里，后因生态环境恶化而改变。

宿营地设在盆地西侧一处水草丰美的凹形山梁下，东侧约 5 公里处是海流滩牧业转运站，这是县、乡为牧业转场而专门建立的，有四五十栋土房和木刻楞房屋，大多是私人开设的饭店、商店、旅馆以及其他服务设施。许多转场牧民包括其他进出草场的人都要在此路过或停留，我们的出租摩托车就是从这里找到的。

何孜尔别克今年50岁，从出生到现在一直没离开过草原，对转场路线是非常熟悉的。何孜尔别克赶着牛群向我们介绍，牧民转场选择有草有水的路线，主要有两个原因：一是人畜都离不开水，尤其是羊，一天不饮水不进食，不仅掉膘，还可能引发疾病或渴死；二是有水有草的地方不仅生态环境和小气候较好，同时与转场有关的生活资料也比较充足。他还告诉我们，冬季转场解决水的问题，牲畜主要靠吃带雪的草，人主要靠拉冰化水。所以冬季转场必须在下雪后才能进行，并且降雪和融化的早晚决定着进出冬牧场的时间。但是，降雪多了或不降都不行——降雪过厚，牧草被覆盖，牲畜吃不到，就成了“白灾”；而风强无雪或极少雪，致使牲畜无饮水和受冻，便是“黑灾”了。这些灾害都会使牲畜大量死亡。

何孜尔别克说，转场路线都是世代延续下来的，每年转场基本都按此路线，如果哪一年或某个季节水源或草场发生了变化，他们临时再作一些调整。宿营地也是固定的，在哪个点上住几天都有要求。我们这次走的转场路线，一直没有任何变化，因为路线短，加之天冷，所以在每个宿营地上只停留一晚。

我发现，每次宿营，哈列勒一家不仅大小便远离水源，连洗衣服做饭也与水源保持一定距离。取水时，宁可自己费时费力，也不对水源做任何改动，一切保持原始自然；居住过的宿营地，从未见过裸露的地表，也没有任何垃圾，哈萨克牧民对水源和草地的爱护，在其他民族包括游牧民族中是不多见的。哈列勒一家和其他哈萨克牧民一样，对宿营地周围的一草一木都非常熟悉，并能巧妙地加以利用，为转场服务。仅以拴马、拴骆驼为例，在阿合共盖提草场，他们选择木桩，因为那里附近有树。在海流滩，他们选择石块，因为那里紧靠石山。石块是放进土坑里的，这样很小的石块就可将骆驼和马固定住。而在霍帕和克依克拜，他们选择野草，因为那里靠近河谷，有没人高的野草。野草选择成把

转场路线是世代延续下来的。

的，朝下拧成绳状，然后将骆驼和马的缰绳固定在上面。

每到一地，哈列勒一家第一件事就是搬去骆驼身上的物品、卸下马鞍，并将骆驼和马赶到附近水草最好的地方去放牧，若吃不饱，还要喂些精饲料。骆驼驮运的物品都经过专门的包装处理，质地硬的物品（包括木器、铁器等）外面大都罩上特制的毡套，防止把骆驼表皮磨伤。在骆驼身上装物品时也格外小心，前后左右的重量、大小不但要搭配均衡，还要根据不同骆驼的体力、能力合理配载。表面看骆驼好像一个庞然大物，其实非常善良温顺。每次装卸物品，无论是谁，只要拉一下缰绳，喊一声："确柯（哈萨克语）确柯……"骆驼马上就会卧下；再喊一声："居尔（哈萨克语）居尔……"骆驼又会马上站起来。马也是如此，几乎不分男女老幼人人都可乘骑。马在哈萨克人心目中的地位可以说是至高无上的，牧民自己的坐骑一般都不外借，如果谁用马鞭打马或对马说些不吉利的话都被认为是对主人的一种污蔑。

吃干粮、住简易毡房

转场中的主要食品就是“包尔沙克”、奶茶以及奶疙瘩、奶酪等。“包尔沙克”是哈萨克语，意为油炸果子，半个手掌大小，呈平行四边形，用面粉在油锅里炸制而成，以葵花籽油、胡麻油为主，也可加入少量酥油。“包尔沙克”是哈萨克牧民的传统食品，具有制作简单、便于携带保存、好吃等特点。做“包尔沙克”大都由妇女负责，一般在毡房外支起大铁锅炸制，如果原料充足半天就可炸制一面袋（约 20 公斤）。转场前，每家都要炸制很多，以满足途中食用。哈列勒二儿子一家准备了两面袋，四儿子一家准备了一面袋，我们跟随二儿子一家共同用餐。食用时，和奶茶、奶疙瘩、奶酪等结合在一起。我们几乎每日三餐都是吃“包尔沙克”，刚开始有些不适应，很快就习惯了，最后甚至还有些离不开。

奶茶也是每餐必饮，但这里的奶茶与其他游牧民族的奶茶在制作方法上有些不同——奶和茶都是单独煮好，饮用时，先取少量的奶放入器皿中（约一两汤匙），再用茶水冲开，根据口味不同，还可加入适量的酥油、白糖、食盐等。这主要是适应转场的需要，一般奶都是提前煮好的，等喝奶茶时只需要准备茶水就行了。喝多少冲多少，奶用不完下次可以接着用，剩下的茶水就倒掉，这样既方便又可防止浪费。

转场中牧民也吃面片汤，大都在晚上，因为中午和早晨是没有条件也没有时间做这种饭的。面片汤的做法与西部其他地方没什么区别，先将面擀好切成条状，等水烧开后再将条状的面用手揪成拇指大小丢入锅内。所不同的是面片汤内加入了羊肉干和野果酱，我原以为肯定膻味很大，没想到不但没有任何膻味，还特别香。听说这与当地水草丰美、羊肉质量好密切相关。

转场中住简易毡房。简易毡房的形式有两种，一种较大的叫依塔尔哈（哈萨克语），可住 8—10 人，里面还能架一座铁炉；另一种较小的叫阔斯（哈萨克语），可住 2—3 人，里面不能架设铁炉。

依塔尔哈呈圆锥形，直径约 5 米，是用毡房上部的房杆（哈萨克语叫“乌合特”）搭建而成，房杆数量的多少视屋顶房毡的数量而定，一般只需30根左右，最多可达到六七十根。外面罩以3块房毡，周身两块大的，顶部一块小的。建这种简易毡房最少需要两三个人配合才能完成，一般先由一个人（最好是有力气的男人）用顶棍（专用的）将毡房圈顶（哈萨克语叫“恰哈拉克”）架起来，其他人紧跟着就朝毡房圈顶上架房杆，房杆架完，撤出顶棍，然后再盖房毡。房毡上面都有固定绳索，覆盖时，两人配合，一人用木棍挑起房毡，另一人拉绳子，整个过程只需10多分钟。

阔斯呈“人”字形，宽2米，深3米，是用毡房栅栏（哈萨克语叫“开来盖”）搭建而成。一般只需两块栅栏，一座毡房最多能搭建四座这样的简易房屋。外面也罩以三块房毡，中间一块大的，两端两块小的。建这种简易房屋更简单，人多人少均可，一般先将两块栅栏打开架好并用绳索固定起来，外面再用房毡覆盖，整个过程不超过10分钟。

这两种简易毡房实际上是原毡房的一分为二，上部基本还保留着原来的穹形，只不过是圈顶的房杆少了，外面的房毡数量少

转场出发前每家都要炸很多“包尔沙克”，满足途中使用。

了；下部则由圆柱形变成了“人”字形，但仍使用的是原毡房下部的材料。简易毡房一般都建在背风向阳处，坐西面东，距水源五六十米（距离过近，水源容易遭污染，同时人畜也不安全；距离过远，生活不方便）。

哈列勒一家共搭建了两个简易毡房，一个依塔尔哈；一个阔斯。我们跟随别肯一家住依塔尔哈，房间内共有8人，睡成两排，里边5人，外边靠铁炉两侧3人。睡觉时，地上铺一层毡垫、一层棉被，每人再盖两床被子。因为我们是远方来客，别肯夫妇倍加热情，把他们结婚时做的新被子都拿了出来。尽管如此，我睡起来仍感到很不适应，一是地下不平，到处坑坑洼洼，躺下来几乎找不到一个舒服的位置；二是到处漏风，几个晚上我都和衣而睡，连帽子也没摘。

路遇人家就有奶茶喝

转场队伍到达海流滩宿营地，刚卸完骆驼身上的物品，就从远处的毡房内走出两位姑娘，一位手提装奶茶的铝壶，另一位怀里抱着花头巾包着的“包尔沙克”。走过来之后，就招呼我们吃饭，我以为是哈列勒的亲戚，所以也没客气。哈列勒一家吃得更是随便、舒心，并且边吃边和来者交谈，不时地发出阵阵笑声。快要吃完时双方互问地址姓名，我才知道他们彼此根本不认识。

这种关心、帮助和支持是相互的，哈列勒一家对待别的牧民也是如此。

在波拉提山口中间，有一辆转场马车突然翻了，哈列勒的四儿子阿迪力别克见到后，几乎二话没说就骑马奔向出事地点，又帮拦惊马，又帮抬车，忙活了一个多小时，等把马车恢复原貌，又安慰一番主人，才重新上路。

通过波拉提山口出口处的一个武警边防检查站时已是下午3点多，人困马乏。恰巧路边有一个私人开设的小饭馆，我想，何不在这里请哈列勒一家吃顿饭也顺便歇歇脚？于是，就提前订了两个大盘鸡和几斤花卷。大盘鸡在西部大城市算不了什么，但在当地就算最高档的。吃饭时，为了让他们放心，我主动到外面去看护骆驼。一般情况下，转场途中驼队是不能停留的，一旦停留，负重的骆驼就要相互碰撞或卧下，这极容易造成驮架的歪斜和物品的损坏。时间不长，他们就从小饭馆纷纷走了出来，看着他们红光满面的样子，我心想，他们一定吃得很饱、很舒服。重新上路后，我才了解到，两个大盘鸡，他们只吃了一盘，另一盘送给了其他转场的牧民。

虽然哈萨克人转场都是一家一户为单位组织实施，但离不开其他牧民的关心、帮助和支持。这种关心、帮助和支持都是真心实意，无私、无报酬的，包括距离远的与距离近的、相识的与不相识的、关系密切的与不密切的等等。

在当地流传着这样一首民歌："谁也别夸自己的牲畜，暴风雪袭来该怎么办？谁也别夸自己勤劳勇敢，一个人绝不能搭座毡房。谁也别说经过长途跋涉，搬迁一个新地方要靠众人指点。互相帮助，互相支持，热忱文明的习俗要代代相传。"

第 3 天下午 3 点多，我们终于到达了克依克拜。

20天后，哈列勒一家还要去阿洪图别克、萨吾尔山……明年、后年……他们还要来到这里。我们上路了，握着那一双双亲切的手，看着那一张张熟悉的面孔，3 天的生活再次浮现在我的眼前。转场不仅孕育了伟大的哈萨克民族，还培养了哈萨克人独特的民族精神和性格，随着社会的发展进步，转场也会发生一些变化，乃至最终消失，但是哈萨克人这种独特的民族精神和性格却永远不会改变，更不会消失，还将在这片土地上留传、延续……

文 / 杜殿文

图 / 杜殿文

当牧民不再游牧

阿吾丁若有所思地站在离牧道不远的地方，望着缓慢移动着的牛羊群，他家的那只老牧羊犬，仍不改游牧时养成的习惯，朝过往的牧人和牲畜“汪汪”地吼叫。又是转场的季节。3月的额尔齐斯河谷里，天气仍然很冷，但是河谷冬窝子（游牧民和他们的牲畜冬天生息的冬草场）里的哈萨克牧民，陆续驱赶着牲畜离开河谷，向北朝阿尔泰山脉前山地带的春秋草场进发。

沿牧道修筑的布尔津至阿勒泰公路上，不时有汽车和拖拉机驶过，行进的牲畜群与那些“会跑的铁马”拥挤在公路上熙熙攘攘，最终被挤出路面的牲畜，只好涌进路边的草地和农田。去年冬天的积雪仍然覆盖着大片大片的土地；吃了一个冬天干草和积雪的牛羊，一边贪婪地啃食向阳处刚露头的稚嫩小草，一边你争我抢向前行进着。

每年到了转场的季节，阿吾丁都要守在牧道边，看着一群又一群的牛羊经过他家的草地和庄稼地，直到转场结束。许多定居牧民家的地边种了带刺的灌木，有些甚至用土筑起围墙，以防止过往的畜群践踏、啃食庄稼和牧草，阿吾丁没有那样干，他要看着牛啊羊啊一群一群地走过，尽管已经定居 15 年了，阿吾丁依然觉得自己是个牧民。

牧民变农民

阿吾丁身后不远的地方是他的住房和牲畜棚圈。房子是1998年第三次重盖的，红砖墙的房子在这个季节里显得很扎眼，路过的游牧民不时地扭头看看这座面积300多平方米的房子和面积更大的牲畜棚圈。从1990年定居以来，阿吾丁一家再也没有到北边的草场游牧了。

“2817”是新疆布尔津县最大的牧民定居地，位于额尔齐斯河与布尔津河之间台地上的沙尔胡木，是1989年由联合国世界粮食计划署资助的游牧民定居点，“2817”是当时资助项目的代号，后来也就成了定居点的名称。

“2817”项目区地势比较平坦，有关方面在关于“2817”项目区的《申报立项报告》说，沙尔胡木属于“荒滩戈壁”，但杜来提乡几位年长的牧民告诉我，沙尔胡木一直是牧民“转场”的牧场，每年春秋牲畜转场时都要在这里停留一段时间。离此地不远处额尔齐斯河谷“冬窝子”的牧民，冬天则在这里放牧，以解决冬牧场饲草不够的问题，靠近河漫滩的地方是他们的天然打草场。“2817”项目区出现之后，一切全改变了，牧民告诉我，沙尔胡木在开发之前，植被和邻近的额尔齐斯河岸地区是基本一样的。我发现，额尔齐斯河岸地区现在仍然有小片的草甸草地并且间杂着比较密集的灌木丛。现在，沙尔胡木地区的荒漠化倾向逐年增加，植被也出现了明显的退化。

这是我第四次来到“2817”牧民定居点，也是第四次来到阿吾丁的家。

“去年的收入怎么样？”

“五六万块钱吧。”话语中带着一丝喜悦。

“那你们家人均收入快上万了！？”

“花销也大，买农机买化肥花钱的地方多了。”

“你的牲畜还是那么多吗？”1997年我来的时候，阿吾丁家养羊300多只。

“现在少了一些，一部分种草的地改种粮食了，草不够了。

再加上这两年冬天雪下得多，政府让我们在冬天腾出一些耕地，让河谷里冬窝子牧民的羊在这里放牧，我们只好减少羊只。”

越来越多的牧场被铁丝网圈了起来，草场边开挖了深深的水沟，牧场变农田，牧民变农民，看起来容易但后面还有许多问题。

说话间，阿吾丁的小女儿走了进来，告诉父亲她要到城里书店买书。我注意到，与上次我来时相比，阿吾丁房子里的书多了起来，不仅有哈萨克文的，而且有汉文的。前年，阿吾丁把小女儿送到县城的汉族小学学习。阿吾丁说，女儿在家的时候是他的“翻译”，晚上看电视的时候女儿把汉语台播放的“种地”节目的内容翻译给他听。

“哈语出的农业书太少了，哈语电视台没有种地的节目，也没有圈养牲畜的节目。”上次在阿吾丁家里时，他就给我说过这些。他家每间屋子的面积都很大，客厅至少有 40 多平方米，哈萨克牧民家中必有的炕依然存在，但炕上放着一个样式新颖的茶几当炕桌用；房子里放着一套沙发，可以供 8 个人坐；29 英寸的电视机、书架都是我过去没有见过的。他的妻子也有了一间“工作室”，里面摆着一台缝纫机和刺绣用的架子。

看着这一切，我的脑海中浮现出 1992 年第一次来阿吾丁家时的情况。

阿吾丁原来在杜来提乡放牧，“牲畜作价归户，草场使用权归户所有”的时候，他刚结婚不久，按人口分得50多只羊、2匹马和几头牛，草场面积也不大，日子过得很艰难，好几年靠政府补助才勉强维持生活。1990年，作为第一批搬迁的游牧民，他家来到“2817”，分得180亩耕地和三间土坯房。当时32岁的阿吾丁已经有4个孩子，他家的房子里除了几件简单的家具和一台旧台式半导体收音机之外，几乎再没有什么东西了。

章明是从安徽省一个农校毕业支边到阿勒泰的，40多年来一直在布尔津县从事农业技术工作。“2817”项目开始实施他就是主要的技术人员，后来担任了项目办公室主任，阿吾丁一家是他的办公室一开始就重点帮助的家庭之一。

“刚迁入时，阿吾丁一家确实穷得很，就那么点羊只，孩子们都不大，什么事都得他干。那时候他常站在地头发愣，怎么让地里长出草来（刚开始项目区要求定居牧民种草养羊、卖草获得收入）？他老是问我这样的问题。哈萨克人认为草是天生的，是老天赐予的，现在让他们定居种草，能行吗？”提起当年的情形，章明记忆犹新。

第一年，阿吾丁种的地里稀稀疏疏地长出了些苜蓿苗，章明和他的部下要求阿吾丁把“野草”拔一拔，好让苜蓿根扎得深些，长得旺些。阿吾丁很不理解，不都是草吗？牛羊可以吃啊。“我跑了几趟，他就是不动，说不拔野草，到了秋天一样打草，一样喂牛羊。我们就给他做了个样子，硬是把他一块地的野草拔了个干净，过了一个多月，这块地的苜蓿苗长得比其他地块的好，开花时满地紫色，哈萨克牧民知道，开紫花的苜蓿‘劲大’（有营养），阿吾丁不再坚持了，动员家里人起早摸黑拔野草了。”章明说。

阿吾丁第一次看着自己耕地里长出的麦苗虽然歪歪斜斜，虽然地里仍然疙疙瘩瘩不平整，虽然苗儿出得不齐，但是看到经过自己的劳作，生命从嗷嗷待哺育的羊羔变成了挣扎着露出土壤表层的麦苗、苜蓿苗、豆苗，那种心情用他自己的话说：“这是我种出来的吗？”

“第一次看到庄稼出苗了，我知道种地可以养活我的家了。

过去羊羔出生了，我知道自己怎样把它们养大，但是麦子出苗了，我不知道它们能不能在秋天收获。”阿吾丁说。

“到了第四年，他家地里的收成就超过了大多数定居牧民家庭地里的收成。阿吾丁开始相信自己了，种地和放牧一样，也是要技术的，于是每年冬天我们办的培训班，他都要参加，学开拖拉机、学播种、学田间管理，样样都要问好几遍。那年，大部分定居牧民还在为怎么种好草犯愁的时候，阿吾丁决定扩大自己的小麦播种面积，从开始定居时种草为主，到以种粮食为主了。”章明回忆道。

为容纳更多的定居游牧民，也为了吸引更多的游牧民定居，布尔津县政府决定把先定居牧民的土地分出一半给新来的牧民，阿吾丁家的耕地面积减少了一半。现在，他正考虑增加牲畜数量，并且与一个亲戚商议好，由亲戚代牧，自己提供粮食和牲畜过冬的饲料。

提起种地的难处，阿吾丁神色凝重，他望着不远处地里绿油油的麦苗说：“比放牧难多了，但是人勤快了，地和草原一样，也会给你好报酬。”

1995 年，阿吾丁拆掉了刚定居时盖的土坯房盖了砖房。1998 年又在原来基础上，盖起一座大砖房，在砖房旁边他还用土坯和砖，按照毡房的式样盖了一座“毡房”。闲暇的时候，他常常到“毡房”里坐上一阵，有时晚上干脆就睡在那里。他说：“在那里，可以想好多事，心里很安静。”在“2817”定居点，大多数定居牧民房子旁边都盖有这样的“毡房”。

我离开“2817”定居点时，阿吾丁对我说：“过几年你再来啊，我要盖一座蔬菜大棚，到时候你来吃我种的新鲜瓜和菜。”

半耕半牧

巩留县历史上是诸多游牧群体的故乡，62 岁的阿库勒别克老人的定居房坐落在县城 5 公里外的库尔旦。库尔旦在哈萨克语中是“丰饶繁荣之地”的意思，是巩留县靠近伊犁河最近的地方。库尔旦所在的这片草地，沿着伊犁河谷从南到北绵延数十公里，面积大约有63万亩，当地人称之为“北河滩”,1989年印刷的《巩留县地名志》记载，这里“多数地段仍呈自然发展状态，定居牧民较少，人口稀疏”。在过去几百年间，这片草场一直是游牧民的冬草场。

1980年代末，巩留县政府决定，把“北河滩”63万亩冬草场改造成牧民的定居点。于是，20多年间，这里出现了长达几十公里纵横交错的道路、灌溉渠和排碱渠，排碱渠里长出了高高的芦苇，田地边也出现了只有在农区田地间才可能见到的“野草”。大规模的开发工程延续了近10年，游牧民大规模定居了，依据人口多寡，每户都得到面积不等的农田，并在田地边修建起自己的住房。刚开始修的房子大都是土坯房，由于盐碱和地下水侵蚀，没过几年，房子基础和墙体就开裂了，经济条件比较好的牧民，就推倒土坯房，盖起了砖房。

阿库勒别克老人在自己大儿子的定居房里接待了我们。那天有几个老朋友来看望他，老人的儿媳妇正忙着做饭。定居房两年前才翻盖，是伊犁农区常见的那种式样，外面有一个廊檐，与很多定居牧民的房子不同的是房外墙贴了瓷砖。房子后面的牲畜棚圈，也是用红砖砌的。

我上了炕，阿库勒别克老人示意我应该坐在中间靠墙的地方，那是贵客坐的地方。儿媳妇马上给我取来了招待客人用的褥子和靠垫。闲聊了一阵后，“嚓——咿唏”（喝茶）开始了。哈萨克牧民招待客人从喝茶开始，阿库勒别克老人的儿媳妇在炕的中央铺上了喝茶的饭单，饭单里摆放着日常吃的馕和“包尔沙克”，然后端上了糖果、饼干、干果、奶油和“塔儿米”（用小米加羊油炒制而成）。儿媳妇调好奶茶，第一碗由阿库勒别克老人递给了我这个来自远方的客人，然后依次递给所有的人。所有这一切，与我熟悉的毡房里待客的礼节没有多大变化，但是食品显然比在毡房里喝茶时要丰富多了。

喝茶延续了一个多小时，老人的儿媳妇一直守在茶炊壶边，随时给我们调制奶茶，奶茶中飘荡着只有在哈萨克人毡房里才能闻到的特有香味。

“当初你们为什么定居呢？”

“政府说我们游牧是落后的，说要从根本上改变我们几千年来逐水草而居、靠天养畜的生产方式，说是为了减轻天然草地压力，防止草地继续退化。主要还是草场超载了。”

“定居前后有什么变化？”

“变化很大，但是每个家庭的情况不一样。有的定居前很穷，定居后富起来了。有人游牧的时候很富，定居后穷了。你们来的时候也看了，房子盖的不一样。这里盐碱多，得把盐碱排掉才能种地。有些家庭分到的耕地种粮食不行，只能种草，但是会种不会种也是个问题。种草不如种苜蓿，一捆草只卖 1 块钱，一捆苜蓿可以卖到 3 块钱。一亩地至少可以卖上 50 捆牧草。”

为了成为一个合格的农民，定居的牧民在正在学习播种。

村长介绍说，由于盐碱地多，分到盐碱地多的家庭困难就多些。盐碱地除了长草什么都不长。“当初分配土地时，有的地平坦还没有盐碱，有的地盐碱大，怎么解决？”

“抓阄呗，只能用这样的方法。”

来时我在村外看到，原来一望无垠的草甸草场，现在变成了一块块农田，按规划在排碱区和灌溉渠道两侧种的林带，生长得并不繁茂，有些渠道两侧的林带只剩下稀稀疏疏的几棵树。还有一片片夹在耕地中的小草甸和沼泽，由于水位高或是不好排水，没有开垦，牛羊在那里悠闲地啃食着青草。不远处，几台吼叫着的拖拉机正在耕着还未开垦的草甸，隆隆的声音传得很远很远，各种颜色的鸟跟在拖拉机后面觅食，有几个人跟在拖拉机后面捡拾被翻出的甘草根。远远望去，个别排碱不好的地块，白花花的盐碱与周边的绿色在春日的阳光照射下，显得非常不协调。

阿库勒别克老人说：“库尔旦另外一个地方，有几家从内地来的回族农民，刚来时很穷，什么都没有，邻居说他们除了人，连毛驴都没有，现在拖拉机都有了。他们用 8 年时间把地里的盐碱排掉了，现在他们的地里种什么长什么，富得很。”

“你是怎么学会种地的？”

“我年轻的时候不会种地，只会放牧。我父母住的地方周围有几家满族农民，满族人种地，我父母就学会了，后来也就教给了我们。”

“定居以后会不会种地，学习种地技术快慢与家庭贫富有关系吗？”

“那还用说，关系大着呢！看看那些回族农民你就知道了。学会学不会要看你的脑子聪明不聪明，要靠你的智慧。比如你(指着笔者说)，你在这里住下，脑子也开放，你种地，你的哈萨克邻居也跟着学，你播种他们也播种，你上肥他们也上肥，脑子聪明点的就学得快。”

库尔旦定居点的居民分为两种，一部分完全定居，种庄稼种草圈养牲畜为生；另外一部分半定居，他们在库尔旦有永久性住房和种草地。每年 5 月中旬，把老人留在定居点，一边管理草地和庄稼地，一边照顾上学的孩子，有些家庭干脆把耕地承包给附近的农民管理；青壮年牧民则赶着牲畜，先到春秋牧场，然后再到高山夏牧场，一直待到 9 月下旬。赶在下雪之前，赶着牲畜顺原路回到春秋草场，到 11 月初再回到定居点。

“从冬草场到春秋草场走几天？”

“赶着牲畜至少走四五天。”

“那么到夏牧场又得走几天呢？”

“也得七天吧，现在路不好走了，一路上农田越来越多，牛羊都挤在一条道上，难得很。”

“政府已经把你们算定居牧民了，你们为什么还要游牧啊？”对他们依然去游牧我有些不解。“没有办法，家庭里负担重啊，得多养点牲畜过日子。”大家几乎异口同声地说。

近 20 多年来，游牧民的食品结构发生了很大变化，过去主要吃肉和奶，很少吃菜，哈萨克语言中没有“炒菜”这个词，现在不仅吃菜多了，而且现在消费的粮食数量也大大增加。由于粮食价格涨得比较快，牧民购买粮食的支出增加了近两倍。阿库勒别克老人的大儿子刚成家那几年，每年买面粉、大米和清油（植物油）只用四五百元，去年则花了 2000 元左右。

巩留县政府一位负责畜牧工作的副县长告诉我，游牧民定居下来只是他们开始新生活的第一步，从放牧到种粮种草，得有一个过程。学得快的要三四年，慢一些的得六七年。10 多年前定居的牧民，到现在还有个别仍侍弄不好自己的庄稼地，生活相对就困难一些。其实，我发现不少牧民在定居之后仍然进行游牧，主要是因为土壤太差无法耕种，或者种地无法满足生活需要。

土地危机

从巩留县北河滩定居点向北行，越过伊犁河，再穿过伊纳公路，就进入了尼勒克县的低山丘陵地带，这里是尼勒克县克令乡牧民的冬窝子。

在新疆，三大游牧民族共同生活在一个牧业乡的情况并不多见，克令乡却生活着蒙古族、哈萨克族、柯尔克孜族三个新疆主要游牧民族的牧民，说明这里具有发展畜牧业得天独厚的草场和水源条件。克令乡牧民们非常自豪的是，他们的草原曾经是历史上著名的“天马”的故乡之一。新中国成立初，克令乡一带培育出的“伊犁马”，参加全国第一届运动会万米赛马，获得了第一名。

离克令乡政府驻地不远的群吉山沟里，牧民的定居住房星星点点分布在山坡两侧，与布尔津县“2817”项目区和巩留县库尔旦定居点不一样的是，克令乡定居牧民的房子不是分散开的，而是形成了一个个小的村子，有的有七八户人家，有的只有三五户。在小村子旁边的小河岸边，是他们一小块一小块的耕地。

安尼瓦尔老人的房子坐落在半山坡上，院子很大，分为前院和里院。我们到他家的时候，他的妻子正在前院的地上制作毡房的毡墙，毡子是白色的，老人跪伏在毡子上，一针一针地缝着两块毡子的接缝。看到我们进来，老人站了起来，微笑着把我们让

新疆牧民的定居点大多选择在河谷或相对平坦、靠近水源的地方，这些地方以前一般是传统的牧场。在巩留到尼勒克的沿途，不时能看到拖拉机开垦草场的景象。

到了里院。

在安尼瓦尔的定居房子里，我与三位已经定居的哈萨克老年牧民，以及曾经担任过克令乡人大主席团主席的纳瑟尔老人攀谈起他们的过去与现在。纳瑟尔老人告诉我，1949 年以前，这里只有百十户人家，人口不到一千，都是放牧的。那时候这条山沟里长满了灌木，有红柳和兔儿条，两边山上草长得非常高，小牛犊钻进去都看不到，而喀什河漫滩里的树木密得连牛都钻不进去。

刚解放的时候，克令乡基本没有农田，个别哈萨克族和蒙古族牧民从回族和汉族农民那里学习了种旱田的技术，就在丘陵和河漫滩上种地。在 5 月里，他们使用从苏联引进的三匹马拉的犁，犁开比较平坦的草地，撒上谷子，然后就赶着牲畜到春秋牧场去放牧了。下上一场雨，谷子出苗了，但是，长得更快更高的草就把谷子苗盖掉了。到了秋天，游牧回来的牧民从草丛里收获上一点谷子，制作成“塔儿米”。到了 1962 年，陆续有一些农民从甘肃、青海迁来，才开始在河漫滩上种庄稼，发展起了农业。但是在冬草场上种庄稼，是近 20 多年的事。

放牧 40 多年的哈萨克老牧民安尼瓦尔，担任过生产队的干部，他和老伴在 1980 年就定居在这里。“主要是为了孩子上学方便，原来在冬窝子有一个游牧学校，牧民走到哪里，学校也就跟着走，由于居住的很分散，孩子们上学要走很远的路。”

纳瑟尔曾经担任过牧场小学的教师。定居前，他要骑马走很远的路给孩子们上课，有时候一个游牧点只有十几个孩子，还要分成几个年级，前一个小时给一个年级的孩子上课，后一个小时上另外一个年级孩子的课，一个游牧点上完课，骑上马再到另外一个游牧学校去上课。他说：“在游牧学校上课，人累得不行不说，质量也没有办法保证。”

克令乡大多数牧民是半定居，因为乡政府没有办法给他们提供完全定居需要的土地。本来喀什河边的漫滩地可以提供一些定居土地，但在 1961 年后让迁移来的汉族和回族农民开垦成耕地了。乡里的干部很发愁，因为县里每年都给他们布置游牧民定居的指标，没有土地，只好在丘陵一带的冬牧场找一点相对平坦的地，分给每户 5 亩，让他们种草、修建永久住房供老人和孩子们居住。于是，大多数牧民有两所永久性住房，一个在 5 亩地边，另一个在冬天游牧的冬草场。

宰娜甫汗一家是五年前定居在加依巴斯陶村的，这个村是克令乡最大的牧业村。宰娜甫汗的丈夫 22 年前去世，丈夫去世的第二年村里就实行“牲畜作价归户、草场使用权归户所有”。因为带着三个未成年的孩子，她家的日子过得很艰难，孩子小的时候，里里外外的活都要她一个人干。后来大儿子成婚，有了儿媳妇，多了个帮手，她家的生活才有了改变。五年前定居时乡政府、村委会和亲戚朋友们帮助宰娜甫汗家盖起了房子，现在她带着上学的小女儿和两个孙子住在定居点，一边照顾孩子上学，一边种地。大儿子和儿媳妇每年仍然要去游牧。

“现在生活还有困难吗？”

“怎么没有？！刚分到牲畜时，我们家有 60 多只羊，几头牛。草场就那么大，现在畜群扩大了，有 100 多只羊、20 多匹马、20 多头牛，草场不够了，想多发展都不行。现在给我分了定居耕地，我种地技术不行，还得别人帮忙。孩子们上学，毕业找不到工作，你说有没有困难？”

走出宰娜甫汗家，我发现院子里有一块面积约有半亩的地，虽然围了起来，但是可以看出还没有种什么，地里的野草长得很旺。

看着草场和牛羊，看着远处刚刚开垦出的耕地，当过乡干部和教师的纳瑟尔不无感触地对我说："当年牲畜作价归户时的牧民家庭的小孩子，今天已经是成年人了，按照哈萨克族的习俗，父母应该给他立个毡房，分给一群牛羊，给他一片草场，让他成家立业。1984 年分给各个家庭的草场面积，'生不加，死不减'。新的毡房的出现，意味着一户牧民草场被分割了一次，又一顶毡房出现，草场又被分割一次。多次分割，1984 年得到的草场，今天已经变成了几块，分属一个大家庭的几个小家庭。但是牧民得改善他们的生活，还得增加牲畜，面积已经够小的草场能经受住这样大的压力吗？看看我们周围山上的草场，20 世纪 60 年代的时候，孩子们在那里玩耍，藏在草窝里，大人骑在马上都看不见，今天放上一个鸡蛋，远远地就可以看清楚！这样下去，过不了几代人，我们哈萨克牧民就没有放牧的地方了。"

一路走下来之后，我发现虽然政府认为游牧是一种落后的生产方式，要求牧民定居是为了改善他们的生产和生活条件，让他们尽快参与到国家现代化的进程中。但是，大规模牧民定居点的出现，新疆草原社会、生态环境和游牧经济，正在发生根本的变化，不少地方由历史上的"初级可持续发展"，到今天已经显现出了不可能持续发展的危机。

在与巩留县库尔旦村原村支部书记肯德来提谈话时，我脑海中突然涌现出了一个这样的问题："哈萨克是马背上的民族，现在牧民定居规模越来越大，种庄稼的家庭越来越多，骑马的人越来越少，以后还是马背上的民族吗？"

听了我的问题，肯德来提看着门外的草场和牛羊，看着远处刚刚开垦出的耕地，深沉地说："不管是骑马，还是坐车；不管是放牧，还是种地，我们永远是马背上的民族。"

文 / 崔延虎

图 / 王景春

游牧人归来

天空很透明，有一点微云，阳光雪白雪白的，无遮无盖地晒在枯黄的大地上。浩毕斯嘎拉图皱着眉头眺望远方：四周土地平旷，一条省级公路从他的牧场中间切了过去，那些飞驰而过的车辆对他今天的处境没有任何帮助。他要迁场了——在羊群吃光地上的枯草之前，他要离开这里。向西 150 公里以外，他已经借好了一块牧场，那里不像他的家乡一样久旱无雨。20 多年前，迁场只是一次普通的“走敖特尔”（“敖特尔”是蒙语的译音，意为“移场放牧”，俗称“走敖特尔”或“走场”）。但是现在，土地为不同的家庭经营，迁场变得困难而罕见。

浩毕斯嘎拉图这次迁场要路过很多人家的牧场，那些牧场的牧民正坐在自家的井上等他，等着收过路钱。他们的草场也同样干旱，但他们不准备迁场，因为他们没有钱付过路费。大片的牧场正在这些定居的牧民脚下退化。

“蒙古族人游牧就到 1985 年，1985 年草场一分就不行了。”巴拉沁老人在他锡林郭勒盟东乌珠穆沁旗满都宝力格苏木（乡）上的家里凝望着窗外不太规整的街道说。2008 年夏，我从赤峰市到锡林郭勒盟，在草原上跑了上千公里，穿过了大面积的农垦地区，路过了围栏纵横的定居牧业地区，一直跑东乌珠穆沁旗接近边境的地方，传说这里还有游牧存在。听说我要了解游牧的情况，苏木书记把巴拉沁老人介绍给我，说他什么都懂。可是，他却住在苏木上的房子里，远离牧场。

巴拉沁老人做过嘎查（村）书记，他所在的嘎查叫巴音布日图，“巴音”是丰富的意思，“布日图”是湖水的名字，那里曾经是一个天鹅湖，每到天鹅飞来的季节，湖面上会落着一片白茫茫的天鹅。1985 年分草场时，巴拉沁老人正在任上，那时草场上没有房子，没有网围栏，也没有牲口棚圈，还有二三十匹一群的狼在草原上活动。那时，上面要求他的嘎查建 13 个牲口棚，2 个网围栏，牲口棚用于牲口过冬，网围栏用来围住种牛和种羊。巴拉沁老人认为巴音布日图的草原足够广阔，不需要用网围栏给动物分群，为此他和旗长发生了争执。经过争论，旗长最终接受了巴拉沁的意见，但是要求他一定建好牲口棚，并且来年要下来检查。就这样，巴音布日图有了最早的固定建筑和 13 个牲口棚圈。

以后草原上的变化开始变得不可逆转。陆陆续续，每家都有了牲口棚、网围栏，还盖了房子。

巴拉沁老人也承认有了房子以后居住更方便，冬天更暖和。尽管房子和棚圈周围的草场大面积退化，房子，还是不可避免地越来越多。

巴拉沁老人拿来一本挂历，挂历上有一张照片，一队牛拉着勒勒车在缓缓地迁徙。巴拉沁激动地指着勒勒车说：“我来给你讲游牧的事情，这是很重要的。”以前牧户迁移用 5 至 7 辆勒勒车，非常灵活，也很讲究。套上牛拉车，第一辆车坐老人和孩子，第二辆车放上最重要的家具——柜子，第三辆车放生活必需品，第四辆车放其他家具，最后一辆车放拆下来的蒙古包。一队车迁移到了地方，手快的人家一个小时就可以把蒙古包架起来，并且让家具归位，一个新的季节的生活就此开始了。那时候没有能源消耗，也没有汽油造成的环境污染。“那时候有了马，汽车、摩托车、手机都代替了。有事骑上马去告诉一趟就都有了。”巴

拉沁老人手中的那张照片很美，无边的天空下一队牛拉着勒勒车，披着金色的霞光。

草场很快就要变得光秃，今后畜牧业何去何从，古鲁格正为此犯愁发呆，他准备卖掉大部分羊。

“游牧从形成到现在，已经存在了几千年。”内蒙古大学蒙古学研究中心主任吉木德道尔基教授对我说。农牧地理性分界带的形成，有人认为根据夏家店上层文化来看应在西周到春秋战国时期。“夏家店上层文化”覆盖了内蒙古赤峰、辽宁、河北北部及京津地区，这里大量出土了车马具、兽骨，再加上其房屋遗址的特点，可说明当时生活在夏家店附近的是游牧民族，同时说明游牧在那个时期逐渐取代农耕成为当地的主要文化形态。“到了清代，草原上建立了盟旗制度，游牧的范围被划定了界限；到现在，牧民基本游牧不起来了。”吉木德道尔基教授说。

我决定去巴拉沁老人的牧场看看。车出苏木，草原上静悄悄的，一个多小时的路程几乎看不到任何牲畜，也没有野生动物。

开车的大哥叫哈斯巴特，他现在是巴音布日图嘎查的嘎查长。“这里是冬季牧场，我们嘎查的牲畜现在都在夏牧场，在乃林高勒那边。”哈斯巴特大哥说，“游牧这个东西最科学，到了季节你不走，牲畜都要走。这边夏季蚊虫多，牛待着不舒服，到换季的时候，它们自己就往那边走了。”虽然每家都只分到一小块牧场，但是巴音布日图嘎查的牧场比较宽阔，牧民可以在冬牧场分一块，在夏牧场分一块。

在去往布日图湖的路上，哈斯巴特不断地停车，将地上的草、路边的柳树丛指给我看，告诉我哪一种草可以解渴，哪一种草可以治病。他还将一棵根很浅、茎秆很粗的草掰下来，剥开茎秆的皮，让我尝它的芯子，那是一种水分含量很高的草，酸酸的，味道有一点怪。这是块湿地，水分丰富，生长着含水量丰富的草种，牛羊马吃了这种地方的草可以补充水分，就像在喝水；有些地方，气候干燥，甚至有盐碱，牛羊吃那里的草就像在吃咸菜。水草和碱草要搭配起来吃，而它们的分布区可能相距几十至上百公里远。草场分到各户后，有人分到的草场只有水草，有人分到的草场只有碱草。这种区别，外来的人是不会轻易看出来的。

短短几十年时间里，内蒙古草原发生变化的何止是草场，大量野生物种悄悄灭绝，许多地方的牧草变成了庄稼，连家畜也发生了巨大变化。蒙古族传统上驯养“五畜”，即马、骆驼、牛、绵羊、山羊。其中，马和骆驼的活动范围很大，养一群马至少需要上万亩草场。但并不是说这上万亩草场只能养马，马可以和小畜分享草场。马喜欢最顶梢的青草，它们跑过去吃过后，羊可以跟在后面吃。但是草场划分以后，供养马和养骆驼的整片草场变得很少，牧民们便渐渐放弃驯养大型牲畜，不仅马和骆驼，连牛也减少了。“牲畜品种单一化很不好。”哈斯巴特说。当我不解地问他这是为什么时，他嘬着牙发愁地看着我，似乎我在问他一加一为什么等于二——这个问题还真不好回答。“哎！骆驼吃那些比较硬的草，现在没有东西吃，这样不好……”牲畜的单一化，使草的品种也变得单一化，虽然看上去都是绿油油的草原，但是不一样了，只有本地牧民能看出来草原不健康了。

我们路过哈斯巴特家的牧场时，他把车停下来，让我看他牧场上的一只小狍子。在沾满露水，白雾缭绕的草原上，远远地一只孤零零的似鹿非鹿、似羊非羊的小动物静静地站着。“它一直在这里，已经3年了。”哈斯巴特说，“几年前，这边的山坡上还有15到20只的一群，现在就剩这1只了。”

打猎是不合法的，但却是这个地方无法祛除的顽疾。在过去的30到50年时间里，各种野生动物群落都消失了。20世纪60年代，这里还有50多匹一群的大狼群活动，那时巴拉沁老人也参加过打猎，他是一名优秀的猎手。他的前辈反对打狼，年轻时候的他还不理解。后来发现，狼可以防止牲畜疫病的流行——有病的牲畜很快被狼吃掉，病源就不会继续扩散。

比起现在用西药防治疫病，狼的作用更加绿色和健康。但是，狼的数量迅速减少了，到1998年，巴拉沁老人还见过10多匹成群的狼，到去年只听人说在一个地方发现了4匹狼，实际上狼已经绝迹了。草原上曾经有数不尽的黄羊，现在也没了踪影。今年雨水好，有一些黄羊跳过边境线，从蒙古国来到满都宝力格地区，但是很快被打光了。除此之外还有旱獭，它是蒙古人传统生活中除五畜之外最重要的动物——皮可以用，肉可以吃，油也可以用。以前蒙古人曾依靠草原上大量的旱獭度过灾年。现在，只是偶尔的，一户牧民上万亩的草场上才会出现三四只獭子，牧民都拿它们当宝贝保护，生怕外人知道。

“有枪的人打的。”哈斯巴特说。“谁是有枪的人？”我问。“反正不是牧民。”他笑着说，笑得有点神秘，仿佛在说一个尽人皆知的秘密。

传统上蒙古族牧民也打猎，但是打了3000年，草原上仍然有狼群、狍子群、黄羊群和獭子山。在过去50年里，牧民的枪陆续以防止打猎的名义被收缴，但野生动物也灭绝性地消失了。

另一种威胁在草原上也日渐突出。草原地广人稀，如果要在草原上开一处矿山，需要搬迁的牧民很少，土地占用费相当低，一亩地常常只要几十元钱，最便宜时只要两元钱。众多采矿者蜂拥而入，他们能给旗里、盟里带来可观的财政收入，牧民在保护草场反对开矿的问题上总是处于劣势。我们路过一个铁矿山时，哈斯巴特把车子开上一个高坡，山顶已经被削平，寸草不生，远远地可以望见一个占地数百亩的污水池。这个铁矿一共打了 11 口井用于洗矿，有了这 11 口井，山那边的布日图湖就干涸了。

布日图湖曾经湖岸清晰，湖盆里长着草和芦苇。现在的布日图湖蚊虫很多，没有天鹅，也没有其他水鸟，湖干了以后，鱼都死光了。今年雨水大，干涸的湖底新形成了两片不相连的水洼，但依然养育不了水鸟。意外地，我们在湖岸另一侧的湿地上，远远看见了两只蓑羽鹤，这是一种小型鹤类，却是这里难得一见的大型鸟类。风吹着长长的草，遮住它们的半个身子。我们举着照相机，深一脚、浅一脚，踏着满地的水试图靠近它们，离着还有数百米的距离时，它们展翅飞走了。这片湿地也是牧场，蒙古族人一直乐意与各种野生动物分享他们的牧场。

“有了网围栏，去哪儿都要绕着走，马走起来太辛苦，很多人都心疼马，就改骑摩托车，我们的传统就这样丢掉了。”当初浩毕斯嘎拉图说这话时，我并没有太理解，不骑马很重要吗？除了他们心心念念的马，还有什么传统流失了呢？

2009 年初，我在呼伦贝尔草原曾采访过一位名叫吉德木德的老人。他出现的时候，我正在一个奶茶馆里。老人穿着灰色的蒙古袍，外罩一件狼皮短外套，腰里别着刀。同来的蒙古族干部感叹说：“你看老人多么重视你，穿这样的衣服来见你。”我深感惭愧，我并没有做什么，我记录下来的跟老人一生的经历相比不过九牛一毛。老人消瘦而硬朗，戴着一副眼镜，很健谈。他年轻的时候是个出色的马倌，那曾经是草原上最受尊敬的职业。后来，他又被委任了一种重要的职务“努图克沁”。努图克沁是专门管理草原的人。一个优秀的努图克沁可以认识三百到四百种草，可以根据云彩的变化判断天气，根据野生动物的迁徙判断当年的年景，预测雪灾、洪水、旱灾和风灾。过去牧民迁场前都要由努图克沁先勘查草原，看哪里的草长得好适合度过下一个季节。但是现在老人的经验已经没用了，草场分到各家各户后，牧民无法搬出自家的草场，也不需要人勘察草原了。

“现在三四十岁的牧民放牧真是乱放，七八十岁的老爷子还真有两下子，但是又没人听他们的。现在当家的牧民都是六七十年代长大的，他们受的都是批判父辈的教育，老一辈很多放牧的技术都没继承下来。”年轻的牧民宝音说。宝音很有理想，但是看上去却有点“不务正业”，他很少参加家里的劳动，经常去外面学习，在本地区调查，走访牧户，还弄来电脑和网线，建了草原信息站，他还想搞个牧民协会，但是一直没搞起来。他家在东乌旗西边的额吉淖尔，过去苏木所在地在盐湖边，现在被并到40公里外的哈日高毕。苏木南边有一所学校。学校已经被撤销了，空荡荡的校舍划给宝音作信息站。宝音只需要其中两小间，其他整整三排房子都空着。洁白的少先队员吹号的雕像还立在操场的旗杆旁，这里已经没有学生做操了。

宝音见到我后就缠着我给他写宣传单，让牧民重视孩子教育问题。他说现在实行九年制义务教育，孩子们从小有近十年时间

那仁格日勒和朝勒蒙顶着沙尘暴保护她们的小羊羔。蒙古人称沙尘暴为“黑灾”。沙化的草场越来越不堪重负，一向五畜兴旺的草原已是五畜堪忧。

在城里上学，每天坐在教室里，长大了什么活都不会干，也不能在城里就业，希望牧民们重视这个问题，至少让孩子们利用假期多多参加劳动。

三年前，内蒙古开始撤并学校。苏木、嘎查的中小学校全部撤销了，有些甚至是自治区重点学校。学校撤销后，孩子必须去旗里、盟里上学，有些孩子的家距旗里有四五百公里远。家长不得不放弃牧场上的劳动到城里去陪孩子，由此带来缴纳房子租金、几百公里来往路费等额外花销，使本不富裕的牧民经济雪上加霜，父母两地分居还造成更多问题。过去男孩子长到十几岁就骑上马去放牧，长辈们通过他们的表现挑选未来马倌，现在有些十几岁的孩子竟然没见过马，以为马是图片上那些不动的东西。

教育，是当代牧民面临的最重要的问题之一。很多牧民家里有广阔的牧场、上千的牲畜，完全有条件传给下一代，却面临无人可传的境地。孩子们都在城里上学，从小远离牧场，毕业后尽管能留在城里，能选择的职业却只有开蒙餐馆、唱歌跳舞和当保镖这三种，很少有人从事对改善牧民生活有价值的行业。现代教育对草原未来的作用如此苍白。

在满都宝力格苏木时，巴拉沁老人曾这样告诉我："教育首先是本民族的东西：文字、文化、父母教的做人的道理，然后才是别的东西。"他希望孩子能在家庭和草原文化中成长，通过家庭教育，将知识从上一代传到下一代。

从巴音布日图嘎查的冬牧场到夏牧场乃林高勒，大约有 80 公里的距离。一进入乃林高勒，气氛明显不一样了。山头上到处是羊群，像绣了满地的白花，几乎每过一个山坡，就有一个蒙古包。我们在一个蒙古包中歇脚、吃饭。主人叫那木吉勒道尔吉，他正用他那种蒙古人特有的忧郁目光透过蒙古包矮小的门注视着牧场。牧场青绿青绿的，远处是山，晨雾中有点苍翠，近处是一片巨大的向下倾斜的洼地。1700 多只羊生活在从那边山头到这边山后的广阔土地上。今年丰富的雨水给了土地丰富的绿。

那木吉勒道尔吉不是本地人，他来自锡林郭勒盟南部的正镶白旗，那里的自然条件本来要比东乌珠穆沁旗好，年均降水量大一些，但由于离汉族地区近，大量移民涌入，很多土地被开垦为农耕地，人均草场面积很小，只有三五百亩，大约相当于东乌旗人均草场面积的十分之一，已经完全不可能四季搬迁，草场退化现象也非常严重。六年前，那木吉勒道尔吉为了孩子们的学费随熟人北上，来到牧场宽广的东乌珠穆沁旗给别人放羊。不能说他是自觉回归游牧，但至少是自愿的。

那木吉勒道尔吉住着自家的蒙古包，赶着牲畜四季搬迁，虽然迁场的路上要路过很多别人的土地，但在乃林高勒还没人收过路费。浩毕斯嘎拉图那次迁场也挺幸运。他本来需要交一笔巨额过路费，可他面子大、有名气，当时并没花买路钱。浩毕斯嘎拉图选育的种公羊在种羊大赛中得了第一，成了牧民中远近闻名的人物。他是哈日高毕嘎查的嘎查长，为恢复游牧作了革命性尝试，说起来也巧，“浩毕斯嘎拉图”在蒙语里的意思就是革命。

1999 年到 2001 年，哈日高毕嘎查遇到了连续三年的旱灾，2003 年又遇到一次小型旱灾，全嘎查一下子有 40 多户变成了贫困户。嘎查里比较有头脑的牧民觉得不能再单干下去了。在浩毕斯嘎拉图带领下，牧民们开始筹建合作社，最早只有 8 户，现在已发展到五六十户。合作社最先开始做的并不是拆除网围栏、合并使用草场，而是建了一个 200 亩的青饲料基地，这是当时政府支持并提倡的项目，在当时为旱年牧民草料不足解了燃眉之急。但青饲料基地是在干旱草原上种草料，耗费了比内地多得多的水，而这里是最缺水的地方，给草原生态造成了新一轮破坏。建青饲料基地只是没办法的办法。

接着，浩毕斯嘎拉图做了一件“单打独斗”绝无法实现的事情——选育种畜。乌珠穆沁羊名声在外，但近亲繁殖会造成退化，单户人家繁育的种羊三四年就不能用了。浩毕斯嘎拉图把大家组织起来，形成种畜交流机制，使羊的品质得到了改善，牧民收入也增加了。一只肉羔的价格约 300 元，而种羔为四五百元。浩毕斯嘎拉图希望以后他们嘎查只卖种羊，不卖肉羊，这样可减少放牧，减轻草场压力。

除了牧民间的互助合作、临时性分工协作，浩毕斯嘎拉图还倡导成立了哈日高毕牧业协会，为牧民统一购买药品、草料，节约生产成本，还准备集约使用劳动力。其实，20 世纪初很多牧业草场都组成了各种形式的牧合组织，这是牧民在市场经济条件下对游牧文化传统的回归。

在浩毕斯嘎拉图带领的协会里，牧民一致认为，恢复游牧是保护草原生态最有效的办法，虽不指望能像过去那样几百上千公里地游牧，但在嘎查范围内拆掉网围栏，按季节合理使用草场也能在经济、生态等方面起到积极作用。“围在网围栏里，羊就是不吃，走来走去也踩啊！”浩毕斯嘎拉图说，“现在都盖房子了，人是搬不动了，但牲畜可以动。”现在想恢复这样的游牧也很艰难，因为不是所有牧民都参加协会；协会成员间牧场不相连，无法拆除网围栏；牧民的牲畜数量也不同，草场的面积和质量都不同，怎么折算是个很复杂的问题。虽然道路很遥远，但协会已经成功帮助牧民减少了投资成本，增加了收入，提高了抗风险能力，一股开始恢复游牧时代的合作精神正在悄然形成。

文 / 舒泥

图 / 阿音

成吉思汗的守陵人

鄂尔多斯草原多风，大风起兮，在无遮无拦的原野上，犹如脱缰的野马，肆无忌惮地横扫一切。虽已入夏，有风的天气还是让人感到些许凉意。呼啸的晨风中，班泽尔打开祭坛上的铜庙，取出酥油灯，置于庙前的供几上，再将香炉燃起，随着苍凉的螺号声，他盘腿坐在香炉前的毡垫上，诵经一般念起颂词，另一位祭师则转着祭坛，将茶水洒向天空……一天的工作就这样开始了。

风很大，隔着灯罩，酥油灯的火苗不安地跃动着。见此情状，祭拜完毕，班泽尔赶紧将灯送回庙内。“让圣主灵前的神灯永远长明是我们守陵人的责任，它已经整整燃烧780年了。”班泽尔一边整理铜庙内的神物，一边回答我的问话。铜庙不大，仅容两人，我被挡在了门外，除了祭师，任何人都没有资格走进铜庙。

铜庙背后，矗立着五杆军旗，中间一杆高丈余，配有一枚乌金的矛形旗顶，缀以三尺长的黑马鬃缨。这个矛形旗顶蒙语呼作“苏勒德”（徽标），曾陪伴成吉思汗南征北战，每一次出征前，大汗都要为苏勒德举行祭祀仪式，作战时将擦拭一新的苏勒德插在战车前。作为重要遗物，苏勒德与成吉思汗的其他圣物一同供奉在成吉思汗陵园内（下称“成陵”），守护、祭祀苏勒德就是班泽尔的职责。

天气预报说这一天风力6级，阵风至少8级，而当天距此不远的阿拉善盟，则刮起了强级沙尘暴，电视画面上，塑料袋、纸片在天空翻飞，肆虐的风沙搅得天昏地暗，令人触目惊心。

阿拉善盟与鄂尔多斯市同属内蒙古高原，是半荒漠草原向荒漠草原的过渡带，阿拉善盟30%为沙漠所覆盖，是北京风沙的源头，鄂尔多斯的沙化面积也高达近50%。糟糕的环境束缚了这对兄弟的腿脚，以至于在全内蒙古的GDP排名中，这两个地区曾长期徘徊于倒数的地位。

不过，几个世纪前，这片广袤的土地却是另一番景象："河套夹岸，沃野千里"，"阴山之下，草木茂盛，多禽兽"。那时候，这里水草丰美，丛林密布，动物在草地上撒欢，百鸟于林间鸣唱。成吉思汗出征西夏，行军至此，见绿草萋萋，花鹿出没，心旷神怡，不禁诗兴大发："花角金鹿栖息之所，戴胜鸟儿育雏之乡，衰落王朝振兴之地，白发老翁享乐之邦。"得意之中，马鞭从手中滑落，他拾起马鞭，顺手插在地上，对左右随从说："我死后就葬在这里吧。"

随口讲的话，不料却成谶语。第二年，成吉思汗病没于西夏朵儿蔑该城。当运送灵柩的大车缓缓地经过鄂尔多斯时，车轮突陷，任凭多少匹骏马都无法拉动。这时，人们记起他说过的话，于是将他就地安葬了。

这个故事在鄂尔多斯草原广为流传，就连目不识丁的老妪也能讲得绘声绘色，"一代天骄长眠地"——类似的横幅标语出现在车站、街头、旅游景点等任何地方。但也有人说这里埋葬的并非成吉思汗真身，只是其"毡包、身穿的衫子和一只袜子"，真身葬在鄂嫩、克鲁伦、土拉三水发源地的肯特山，在那里，成吉思汗度过了他的童年时光。

有关成吉思汗的葬地，学术界历来纷争不止，然而无论哪种说法，都不难让人想象鄂尔多斯草原昔日的风韵，也都体现了成吉思汗本人最后的遗愿：死后不发丧，"勿令敌知"。当时西夏尚未征服，秘不发丧是出于战略之需。人们剖开一棵大树，中间掏空，放入成吉思汗的遗体，外匝三道金箍，深埋地下，不起坟垅，不竖墓碑，而是以千万匹马将埋葬的地方踏成平地，令千余骑兵日夜巡视，待来年春草既生，“弥望平衍，人莫知也”，方移帐散去。后来，蒙古人以同样的方式安葬了蒙古汗国至元朝的历代汗王和皇帝，这也是元朝帝王陵寝迄今无一可考的缘由。

其实，考证成吉思汗的葬地不过是探秘心理的驱使，蒙古人对此的态度明朗而又潇洒。他们信奉萨满教，相信世上万物都有神灵，人死后，身体与大自然融为一体，魂灵永存人间。

大汗弥留之际，守护在身旁的部将遵照传统习俗，从白骆驼额头上取下一绺绒毛放在他的嘴上，吸收了他最后一口气，留下他的灵魂。这绺绒毛连同成吉思汗画像和部分遗物一起，被安放在白色宫帐内进行供奉，从此，这座白色宫帐成为象征成吉思汗的“奉祀之神”和“全体蒙古的总神祇”。

以后，随着成吉思汗四位夫人相继过世，供奉的神物逐渐增多，白色宫帐也随之增加。元朝时，忽必烈在元大都建太庙祭祀成吉思汗等先祖，将太庙定为八室，同时在上都（今内蒙古正蓝旗闪电河北岸）也建立了八座祭祀成吉思汗的宫帐，史称“八白宫”，也叫“八白室”。八座宫帐将成吉思汗及夫人的遗物分别安置，各自独立供奉，成吉思汗陵寝开始初具规模。

一代天骄陨落了，缔造蒙古神话的伟人远去了，留下了一个庞大的帝国，还有他的理想和灵魂。八座白色的毡帐不仅是蒙古人告慰英灵、寄托哀思的所在，也是承载所有蒙古人精神的所在，守护它就是守护一个民族的旗帜和希望。从成吉思汗归天之日起，一支精锐之师便从战功卓著、最最忠诚于大汗的部将及其后代中选拔出来，担负起守护和祭奠“奉祀之神”的崇高使命，这支特殊部队就是后来被称为“达尔扈特”的成吉思汗的守陵人。

班泽尔有着一张古铜色的面孔，一看即知是长期风吹日晒的结果。进入成陵之前，他既放牧也种地，成为祭师并不是他自己的选择，而是天降大任，是家族的荣耀和责无旁贷的义务。

成吉思汗死后，他的幼子拖雷从尽心尽力支持建立大蒙古国的名将部落中精选出一千余人，交由父汗的爱将、“四杰”之首的博斡儿出统领，命其守卫、祭祀成吉思汗的灵帐。这支部队享有“不服兵役，不纳赋税”的特权，并且世袭罔替，代代相传。

由于连年征战，从窝阔台到忽必烈，成吉思汗祭奠一直是简朴的传统祭祀形式。元朝一统天下，忽必烈钦定“太庙八室四季祭祀制度”，将四时大典纳入国事活动。他规范了祭文、祭词，明确了守护、祭祀职责，并封官许愿，正式以太师、太保、宰相、洪晋等大臣的职位命名管理、负责祭祀的人员，这些职位统称为“亚门特”，是守陵人中的贵族。亚门特有八个，实行世袭制，以家族的形式传承，他们分工不同，有主持祭祀的，有筹备祭祀的，有演奏音乐的，还有唱诵的……各司其职，八大亚门特中最重要的太师一职，封给了博斡儿出的儿子。就是从那时起，这部分专司成吉思汗守陵与祭祀的人有了一个专有名称——达尔扈特，翻译成汉语就是“担负神圣使命者”。

“达尔扈特的出现让守陵变得职业化了。”说起达尔扈特的历史，曾任成陵管理局局长的旺楚格这样诠释道，这位自称“半个达尔扈特人”的前任主管在任职期间，将达尔扈特的原始资料做了条分缕析的梳理，使成吉思汗研究向前推进了一大步。“在此之前尽管有守陵部队，但也可以说所有的鄂尔多斯人都是八白宫的守护者。”旺楚格说，鄂尔多斯并不是蒙古历史上的诸多氏族部落之一，而是像达尔扈特一样，与成吉思汗渊源甚深。

蒙语中的“鄂尔多”是“宫帐、宫殿”之意，鄂尔多斯就是“许多宫帐”。成吉思汗时代没有固定的都城，只以四大鄂尔多的分布处为指挥中心，每个鄂尔多由上千座营帐组成，共万余精兵把守。“你们要不分昼夜保卫我的帐房，不合眼睛地护卫我的身体。”平时，这些精兵强将不离大汗左右，战时冲锋陷阵在最前面。当肩负神圣使命的达尔扈特从他们中间产生之后，他们依然不离不弃，随八白宫移动，环绕八白宫驻牧，渐渐形成了鄂尔多斯部。明朝时，鄂尔多斯人带着“奉祀之神”陆续进入八白宫的始建地河套地区，就此居住下来，鄂尔多斯——这个充满诗意、听起来眼前立刻浮现出华丽的服饰、曼妙的舞蹈、悠扬的祝酒歌的名字，也随之落户于此。

守陵制度的进一步完善是在清朝，蒙古各部归顺之后。为使因长期战乱而支离破碎的祭祀重新步入正轨，康熙三十五年（1696），10个盟的蒙古王公贵族联名倡议重组达尔扈特500户，集中居住在八白宫周围，形成明确的禁地，方圆60里以内不准砍伐树木，不准破坏草场，500户人家专门从事祭祀、守护事务。这一请求得到清政府的鼎力支持，今天生活在鄂尔多斯草原上的达尔扈特即是这500户人家的血脉，300年来，500户已扩展到1700户，人口近6000人。

清政府继续免除达尔扈特人的兵役和赋税，同时规定每户达尔扈特每年筹措一两银子，用于祭祀，需要更多费用时，以募化形式解决。

从1696年到1949年，253年，达尔扈特人的500两银子从没有少交过，实在不够用，他们就出门远行，四处募化。募化客观上补充了祭祀资金的缺口，在交通不便的时代，也让远方的蒙古族同胞知道在鄂尔多斯依然供奉着他们的圣主。1915年的一天，一位叫张相文的学者来到鄂尔多斯，偶然在蒙古王爷家门口见到了募化的情景：募化者随身携带成吉思汗画像，手持一柄八型剑和一件祭器，口念《伊金颂》和《苏勒德颂》，让主人向圣主画像叩头供奉。这次邂逅，让隐秘的成陵露出真容，外界的人们第一次获悉传闻中的成陵原来真实存在。

重组500户后，守陵的各项规章更加严格了，比如值勤人员需持“日岗”、“夜岗”字样的牌子，不换牌以没有上岗论处。守夜为站立岗，每刻钟要打钹一次，丝毫不得怠慢，稍有马虎，就要挨鞭子或罚没一头大畜。据说，20世纪30年代末曾有一位记者采访达尔扈特，令他惊讶的是，近20年间因为误钹而挨过鞭子的只有一人。

新制度也让八白宫的神物最终确定下来，而苏勒德因其特殊地位，被单独建坛供奉，于是，达尔扈特有了左、右之分。右翼达尔扈特也叫圣主达尔扈特，负责八白宫祭祀；左翼达尔扈特也叫苏勒德达尔扈特，负责苏勒德祭祀。右翼达尔扈特多以博斡儿出的后裔为主，左翼达尔扈特则主要出自木华黎之后。木华黎与博斡儿出同为成吉思汗的左膀右臂。相应地，左翼达尔扈特也设有八大亚门特，只是称呼不同而已。班泽尔的身份为宰相，相当于苏勒德祭祀的大总管，到他这辈，已经是家族第 38 代传人了。

班泽尔的父亲、今年 93 岁的嘎尔迪是健在的年岁最长的亚门特。在巴音昌霍格草原深处，我们见到了这位受人尊敬的长者。

这是一所半新的普通红砖瓦房，你可以说它是一室一厅，外带一间厨房。屋内陈设简单，却透着一种殷实，最为醒目的是客厅南墙上的毛主席和成吉思汗画像，两位伟人一上一下，目光深邃地注视着前方。草原上但凡有人家，就必有成吉思汗画像。

自从形成伊金霍洛禁地之后，达尔扈特人基本上不再游牧，泥土房代替了蒙古包，经济条件改善之后，大部分牧民又都盖起了砖房。近几年，鄂尔多斯草原实行牲畜围栏圈养，以遏制生态环境的日趋恶化。老人家里养有百余只羊，除此而外，还种有一片松树苗。

老“宰相”身体硬朗，思维敏捷。还在稚气未脱的时候，他

93 岁的嘎尔迪是健在的年岁最长的祭师，他 13 岁进入陵宫，一待就是六七十年。如今尽管赋闲在家，对成吉思汗的祭祀却从未中断。

就懵懵懂懂地知道自己将来会去守陵。父亲给他讲祭祀的知识，教他背诵祭文，两三万字的祭文，全靠心领神会，死记硬背。那些功课常常在清晨或夜阑人静时进行，因为达尔扈特人视祭祀为"天机绝密"，不可外泄，即使同为亚门特，彼此之间也互不交流。

"成为祭师之前，必须经过三个阶段的学习：献哈达、献神灯和献全羊，每个程序都有规矩，比如说全羊的摆放，得根据羊的身体结构，摆出整只羊的形状来，学会这些才能上岗。"老人 13 岁进入陵宫，一待就是六七十年。眼下退休在家，但每天家中的祭拜没有放弃，遇有大的祭祀活动，他还会亲自前往，参与指导。

算上班泽尔，老人膝下共有 8 个子女，班泽尔虽排行老大，但继承亚门特的人并不一定非他莫属，能否胜任还要看能力和品行。以前，继承者必须得到济农（专管祭祀的地方官员）的认可，如今则需经过成陵管理局的审核。没有继位的兄弟，自然也就不属于达尔扈特的核心成员，像普通人一样，从事着各种职业：放牧、务农、当工人、做教师……斑泽尔的两个弟弟，一个

每天早晚，嘎尔迪老人都要到房屋后面的敖包祭拜，不仅恪守着自己的忠诚，也恪守着传统的生活习俗。遇到大的祭祀活动，老人还会亲自前往，参与指导。

在镇政府工作，一个做交警。

“一旦需要，无论什么时候，任何一个达尔扈特人都会招之即来。”斑泽尔说，“先人们祖祖辈辈都这么忠诚，一代代传下来，不能在我们这一代人手里断送。”同样的话，我们在鄂尔多斯听到过不止一次。

永远的长明灯，永远的戴孝人，永远的守护者——这是外人对达尔扈特的印象，也是达尔扈特人给自己的定位，如果为他们画一幅肖像，“忠、义、勇、情”就是这个群体的典型特征。

达尔扈特人因忠勇而聚在一起，也许他们并不曾意识到，在他们例行公事般地忠于职守、践约诺言的同时，也将一份珍贵的文化遗产传承下来。

他们从一出生命运就被注定了：终身戴孝，一生守陵，而且世袭罔替，代代相传。他们就是被称为“达尔扈特”的成吉思汗的守陵人。

“由于鄂尔多斯部及其达尔扈特人出自蒙古精英阶层，加上所受使命是蒙古帝王、黄金家族的重托，因而从其传承的文化层面而言，具有蒙古族最高贵的文化属性，既是蒙古帝王的宫廷文化，也是蒙古民族最高的祭祀文化，代表了古代蒙古文化的精

髓。”内蒙古大学教授马冀认为，达尔扈特人是“研究蒙元文化的活化石”，他们对于成吉思汗文化的贡献“不可估量”。

“成吉思汗文化”是最近几年提出的一个概念，不仅仅是对成吉思汗本人的评价和研究，它涵盖了一切围绕成吉思汗所产生的文化现象。在这个文化概念里，达尔扈特的作用突出地体现于祭祀方面。

祭祀长年不断，有日祭、月祭、年祭和四时大祭，各种形式的祭祀中，尤以农历三月二十一的春祭最为隆重。2008年的春祭日恰好搭上“五一”黄金周的末班车。

原以为那会是一个人头攒动、万众跪拜，如穆斯林麦加朝圣一般的壮观场面，结果却与想象中的大不一样。从清晨到日暮，虽人潮涌动，但气氛欢快而祥和，相形之下，整个祭祀更像蒙古民族的一次群众性大集会。这一天，蒙古人身着节日盛装，从四面八方云集到成陵，巴音昌霍格草滩帐篷林立，人欢马叫，赛马、摔跤、射箭……一派欢腾；这一天，在成陵只能听到一种语言：蒙语。

当日的活动因时辰而不同。上午是以家庭、团体为单位的小祭。供奉成吉思汗与夫人的白色灵包前，人们隔着几案敬献哈达、酥油及茶酒，祭师手托长明灯为其祝福，然后众人共饮一碗白酒，整个过程不足十分钟。一拨人退下，又一拨人上去，络绎不绝的人群中，有许多戴着红领巾的少年，他们显然是学校组织来的。

下午是金殿大祭和鲜奶祭。鲜奶祭为一天中的高潮，在位于陵园东侧的阿拉腾甘德尔敖包举行，这里拴着几匹白色母马，母马的乳汁即被用来祭洒苍天。

据史料载，成吉思汗50岁那年碰上罕见荒年，借助占卜得知春三月是其主凶，于是择定农历三月二十一这天以99匹白母马的乳汁，向无上苍天献祭，祈求保佑。这个仪式被保留下来，忽必烈钦定四时大典，更将农历三月二十一定为春祭日，古老的祭天习俗遂成庆典。

敖包旁，一匹白马引起了我们的好奇。它毛色光滑，全身雪

神马必须眼睛乌亮，蹄子漆黑，全身毛银白色，没有一绺杂毛，像转世灵童一样转世而来。神马有专人放养，一年四季在草原上自由奔跑，只有在农历三月二十一日的春祭大典这天，人们才能一睹其风采。

白，神情俊逸而潇洒，既不披金，也不挂银，由人牵着，气宇轩昂地站在那里。开始，我以为它不过是一匹良驹，像在许多公园或景点司空见惯的动物一样，供人观赏和娱乐。待看到人们一个个匍匐在它的脚下，虔诚之至地向它顶礼膜拜时，我收敛了笑容：究竟是怎样一匹马，何以受到如此礼遇？“那是成吉思汗的神马。”一位年轻的达尔扈特告诉我。

“这一匹是神马的后代吗？”我有些讶异。

“不，神马是选出来的。”年轻人说神马挑选的条件非常苛刻，必须眼睛乌亮，蹄子漆黑，全身毛银白色，没有一绺杂毛，像转世灵童一样转世而来。

他的话愈发激起了我们的兴致，进一步追问，他莞尔一笑，说：“我们有规矩，许多事是不能随便讲的。”

在成陵，如果你随便问一个人什么问题，多半会遇到这样的尴尬，并非他们有意拒绝，或者怕犯禁忌，实在是只知其一不知其二，讲过头，歪曲了真相，难免引起误解。说到底，还是“神圣的使命感”使然。如此一来，倒给成陵平添了几许神秘之色，外人看达尔扈特，总觉得像雾里看花，迷迷蒙蒙。

神马叫溜圆白骏，受成吉思汗禅封后，作为苍天神马的化身加以奉祀。平日里，神马有专人放养，规定不准印记号，不准剪鬃，不准骑乘，一年四季在草原上自由奔跑，只有在春祭大典这天，才被牵来，供人朝拜。溜圆白骏祭祀也是春祭中的一项重要议程。

遇事求天，一切归于天意，只要是天的旨意，号令便有了凭借，便不可抗拒。游牧民族无论出身贵贱，都要秉承天的意志来行事。对天的敬畏，让成吉思汗的政策实施犹如顺水推舟。传为天赐之物的苏勒德祭奠，一样带着明显的原始宗教气息，一样神圣而庄重。

相传，成吉思汗有一次吃了败仗，无奈之下向苍天祈祷："长生天啊，救救我吧！"突然一声巨响，神矛从天而降。打那以后，成吉思汗所向披靡，战无不胜。苏勒德祭奠表达的正是蒙古人借助天神之力，压倒一切的气概。

苏勒德大祭每年举行一次，逢龙年，祭祀活动更为盛大，因为蒙古人认为龙是十二生肖中唯一的天上动物，龙年是天年。龙年大祭历时两月，期间祭坛上的另外四柄陪苏勒德分为四路，奔赴鄂尔多斯各地进行巡祭，巡祭时"由 100 名达尔扈特随行，用 1000 匹马护送，九九八十一只全羊供奉"，那阵势真可以用浩浩荡荡、动人心魄来形容。

对于蒙古人来说，成吉思汗祭祀不是宗教而胜似宗教，人们在祭奠中寻找寄托，祈求平安。"即使穷得只剩 3 只羊，也要拿出 2 只来祭祀。"这即是达尔扈特人对成吉思汗祭祀的态度，通过他们，50 多部、达 5000 余行的祭文、颂词流传至今；通过他们，蒙古民族古老的风俗、礼法、信仰、观念、语言、艺术源远流长，渗透到鄂尔多斯人生活的方方面面。没有达尔扈特，成吉思汗陵寝也许只是几顶白色毡帐，一座冰冷的建筑；有了达尔扈特，成吉思汗陵寝因而血肉丰满，有声有色。

"原始性、完整性"，马冀教授称这一文化现象"在世界文化史上也是独树一帜的"，而世代专职守陵的达尔扈特，"世上仅见，堪为一绝"。

岁月流淌，在将近800年的血雨腥风中，达尔扈特历尽磨难，几度兴衰。国运兴，则八白宫兴；国运衰，则八白宫衰。但无论宠辱，都消磨不掉达尔扈特人的信仰和意志，有达尔扈特就有八白宫。为了保卫八白宫，他们不惜牺牲性命。

清末民初，军阀割据，一片混战，土匪乘机兴风作浪。在嘎尔迪老人的记忆中，伊金霍洛曾三次遭抢，抢走金银财宝无数。“那时候，一顶鄂尔多斯贵妇的头饰，价值二三十万元呢。”达尔扈特人被迫拿起武器，成立自己的保安队。

在土匪眼里，八白宫意味着财富，而对于统治者来说，谁掌握了八白宫，谁就掌握了蒙古族的势力。2005年，一部名为《我的鄂尔多斯》的电视剧，再现了一段荡气回肠的风云历史。

1938年，日本侵略军悍然西进，陈兵黄河北岸，归绥、包头先后失陷，战火燃烧到鄂尔多斯。“欲征服中国，必先征服满蒙”。抱着这样的野心，一个化名乌吉达的日本人秘密潜入草原，他此行的目的，是想操纵伪蒙疆政权，策划将八白宫东移归绥，并企图攻占伊金霍洛，劫走成陵，以为号令。危机时刻，时任伊克昭盟盟长兼济农的沙克都尔扎布王爷向国民政府提出将成陵西迁至青海的建议，并强调：“一旦战争结束，时局奠定之后，仍请迁回！”国民政府有关方面立即给予回应，并当下商定了移灵的具体办法，但考虑青海路途遥远，以为甘肃省兴隆山较为适宜。

1939年6月10日，三响礼炮过后，成吉思汗灵柩被恭敬请入套骡子的轿车，缓缓起灵。

听到消息的达尔扈特人和附近的蒙古民众，自发聚集到伊金霍洛，难分难舍，悲戚恸哭，举佛灯献哈达为成吉思汗灵柩送行，从伊金霍洛到沙王府的40里路上，不断有人迎住灵车跪拜叩头，有的老人甚至躺在路中，要灵车从身体上压过去。一位记者在见闻中感慨道：成吉思汗灵柩在蒙民的泪海中，离开伊金霍洛圣地。

嘎尔迪老人见证了那次西迁：“我们护送灵柩的达尔扈特有20多人，路上拿的是国民政府给的俸禄。因为有军队保卫，一路上很顺利，没有遇到太大的危险。”

让达尔扈特人想不到的是，灵柩所到之处无不受到万众迎送，途经延安时，陕甘宁各界人士设灵堂，集会举行迎灵大典。灵堂的横幅书写“世界巨人”四个大字，上联为：蒙汉民族更亲密地团结起来；下联是：继承成吉思汗精神抗战到底。老人亲眼看见毛主席和朱总司令向成吉思汗灵柩敬献花圈。据说，今天广泛用于葬礼上的哀乐就是作曲家刘炽为了那次迎灵仪式，根据陕北唢呐曲《粉红莲》而专门改编的，后经不断演进，成了我们耳熟能详的曲调。

6月25日，灵车抵达西安，“沿街香案罗列，鞭炮齐鸣，参加致祭欢迎者近20万人，次日如仪欢送”。万人空巷，盛况空前。蒋介石特派专员宴请达尔扈特代表。走出草原的成吉思汗，在民族生死攸关的危难关头已不仅仅属于蒙古民众，他被赋予了更高的象征意义，将中华民族紧紧地凝聚在一起，共赴国难。

成陵于1949年兰州解放前夕，被再次西迁至青海省塔尔寺，直到1954年才回归故里。又过了两年，由中央政府斥巨资兴建的陵宫风风光光地落成了，八白宫终于共同拥有了一个可以遮风

让圣主灵前的神灯永远不灭是达尔扈特人的职责。不灭的神灯，是蒙古族人的希望和精神寄托。

挡雨的家园——三座蒙古包式的建筑，饰以乳白的外墙，金黄的琉璃瓦，朱红的大门，在蓝天白云、绿草苍松的映衬下，傲然屹立于甘德尔山梁之上。

“文革”十年，成陵作为“四旧”在劫难逃，守陵人遭驱逐，陵门被封，陵园损失惨重。“有些祭祀仪式恐怕永远失传了。”班泽尔说，那场浩劫让苏勒德亚门特少了三个，有的家族后代或许还有希望找到，有的或许早已断了香火。

陵宫之外的达尔扈特命运也没有好到哪里，因为他们的身份不是牧主，就是富农。万幸的是，达尔扈特人及时将重要圣物转移出去，而在民间，对成吉思汗的祭奠从未中断。“小时候，父亲常常在我们睡觉以后悄悄祭祀。”38岁的乌拉回忆道。记不清是哪一个夜晚的神灯，点燃了他最初的守陵之梦。

祭祀制度于20世纪80年代初得以恢复，与此同时成陵开始对外开放，有了收入来源。新世纪前后，随着鄂尔多斯经济的翻身（目前该市经济总量已跃居全区第一位），浴火重生后的成陵迎来了有史以来最大规模的修缮，政府不仅扩建了陵园，而且将

经过几次扩建，如今的成陵已成为融民族文化、生态保护、草原风光为一体的著名游览胜地。

散落于陵宫周围的伊金霍洛镇整体迁离景区。新镇蓝图由北京专家绘制，无论居民楼，还是商铺，一律蓝瓦白墙，与成陵相得益彰，也与草原浑然一体。两年前，班泽尔一家告别平房，住进新楼，气派宽敞的阳台，还有即使大城市也不多见的地板采暖。

这样的居室，他拥有两套。

新的生活模式总是会引发不同文化间的冲突，巨变中的达尔扈特是否也有困惑与阵痛？

“这是免不了的。”成陵管委会副主任那楚格介绍道，离开陵宫，改变世世代代传下来的规矩，感情上的确很难接受。但生活明显在好转，成陵也比以前更像模像样了，慢慢地，达尔扈特人也能理解了。他说现在是成陵最好的时机，“仅 2000 年以后，政府的投入就达 7 亿多元”，这个数字比过去所有的投入加起来还要多得多。

乌拉幼年的志向随着成陵的时来运转愈益坚定，当成陵扩建时，他把经营多年的餐饮小店交给妻子打理，义无反顾地走进成陵。开始在停车场看车，现在伙房当厨师，用他自己的话说，

主持祭祀的达尔扈特被称为“亚门特”，他们各司其职，以家族的形式世代传承。新一代的亚门特传人不仅不再有生计之忧，而且还幸运地走进大学课堂。

“离陵宫越来越近了”。乌拉的理想是进陵宫，“虽然我还只是一名临时工，但机会一定会降临。”他对此充满信心。

包括亚门特、行政管理者在内，现在直接服务于成陵的工作人员有30多名，其中一部分有正式编制，享受公务员待遇，另一部分为临时工。相对于临时工乌拉，身为圣主达尔扈特太师的哈斯要幸运得多，他正在内蒙古师范大学进修蒙古史，学期一年，与他同去的共有4人。

“我们建立了培训制度，请老一代达尔扈特人和专家学者讲课，也把年轻人送出去深造，让他们不仅懂得仪式，还要理解其中的含义。”那楚格希望他们都能成为专家，更好地传播成吉思汗文化，“那时候，我就不会这么忙了”。

哈斯的愿望却远不止于此，他不仅想自己充电，将来还要送儿子出国留学，让他有更宽广的视野研读蒙古史，了解自己的文化。

未到鄂尔多斯之前，我曾在心里画了个问号，置身于令人眼花缭乱的现实社会，达尔扈特人真能抵得住诱惑，一如既往地坚持自己的守望吗？这个问题在我们离开之前完全释然了。

如果说嘎尔迪老人为我打开了尘封的达尔扈特历史，班泽尔使我认识到达尔扈特的今天，乌拉和哈斯则让我看到了达尔扈特的未来。正如脚下这片已经复苏的土地，每踏一步，你都能真真切切感受到生命的律动。

文／林薇

图／高铭

寻访蒙医

在老北京的土语中，“蒙古大夫”可是个贬义词。除了说明医术不高明，还有很多别的用法。

有一次我电脑的显示器出了问题，请一个朋友来修，鼓捣半天也不见起色，我一着急，冲显示器猛击一掌。朋友瞪了我一眼：你怎么跟个蒙古大夫似的？

2004年，电视剧《大宅门》热播之际，却因一句台词引起麻烦。《大宅门》第5集中剧中角色老福晋有一句台词：“我不要这些蒙古大夫给我看病……”据此，近200名蒙医药工作者把作者郭宝昌及相关出版单位一并告上法庭。起诉书称：“在这些图书及影视作品中，通过王爷母亲老福晋之口，作者以及其他被告把蒙古大夫骂作是治疗牲口的兽医……作者通过情节设置，采用对比手法，把蒙古大夫贬得一钱不值……使蒙医药工作者蒙受了严重的经济损失与精神伤害……”

一时间，这起官司成了人们茶余饭后的谈资。而我，被“蒙古大夫”治好了顽固的风湿病的人，却因此想起了我与蒙医蒙药的一段渊源。

我家就住在内蒙古呼和浩特，在这座蒙、汉、回、满等多民族聚居的中国正北方的城市中，蒙医蒙药就在我的身边，但是我对它并不了解。

还记得少年时，我常跟着母亲去呼和浩特大昭寺。那时候，大昭寺香火鼎盛，远近八方的牧民，在观世音菩萨像前顶礼膜拜，祈求平安赐福。寺院的喇嘛，也是为群众看病的大夫。昭庙的喇嘛每年正月十五都要跳“恰木”，以驱除病魔，那时我特别喜欢看戴着面具的喇嘛们跳舞。有时会发现，昨天还在为人们看病的大夫，今天又成为戴着面具的神仙鬼怪，我在心中对蒙古医学产生了矛盾和好奇的心理。

后来，我下乡来到草原上，凭着年轻气盛，风雨无阻地在草原上放马牧羊，不知不觉地双腿患上了风湿性关节炎。

为了给我治病，和我们同一个嘎查（村）的蒙医大夫，采用热敷、喝羊肉汤、服药、扎针、放血等方法，基本上治愈了我的风湿病。告别草原，回到城市，我到内蒙古中蒙医院作了一个阶段巩固性理疗，当我的双腿浸泡在滚热的药池中时，我产生了对蒙古医学探求的欲望：在汉族人心目中，“蒙古大夫”为什么总是与粗暴、落后、医术低劣联系在一起？这种偏见是怎么产生的？

在呼和浩特内蒙古中蒙医院，前副院长阿古拉先生向我讲述了蒙古医学悠久的历史和治疗疾病的方法。阿古拉院长说：早在《黄帝内经》中，就有对北方草原医疗术的记载，书中提到中国北方少数民族在受寒后经常用针灸治疗。蒙医在成吉思汗时代得到迅猛发展，当时蒙古帝国南征北战，横扫欧亚大陆，战争需要大量医生。蒙古典籍中记载了这样一个故事：战场上老师为一个病人做开颅手术，病人大脑中有一个虫子，老师无论如何拿不出来，学生在窗外提醒老师把镊子加热，烫一下虫子，结果就这样把虫子拿出来了。

十二三世纪，藏传佛教传入内地，蒙古族接受藏传佛教。蒙医与藏医结合，加速了蒙医的发展。藏医幼托纳·干布的《四部医典》成为蒙医的理论基础。

阿古拉院长告诉我，蒙古医学以阴阳五行理论、五元学说为指导，贯穿了人与自然的整体观。内容包括三根、七素的物质基

传统壁画上的蒙医形象。

础，辨证论治的基本方法，预防养生的法则等。古代蒙古人称苍穹为“父天”（阳），称世界为“母地”（阴），并认为世界一切事物，都是由五种物质（木、火、土、金、水）的运动与变化所构成的。因而称之为“五大要素”，亦称“五行学说”；另称“查干·吉如诲”（土、水、火、气、空）为构成一物质的本基，俗称“五元学说”。蒙医认为父精、母血是五元素的基因，经复杂的量和质的变化聚合而成。人体的本基是“赫依”、“希拉”、“巴达干”三根。赫依属气，希拉属火，巴达干属土和水。

蒙医诊断包括问诊、望诊、触诊三种方法，简称“三诊”。这是蒙医观察和诊断疾病的基本方法。通过三诊得来的临床症状及体征，运用蒙医的理论指导，结合病人的体质、性别、年龄及发病原因等情况，加以综合分析，作出诊断。蒙医诊病时，很注意对病者排泄物的观察，从排泄物的色质、形状、气味等情况，判断病变的性质，提供诊断参考。

蒙医用药，贵在药性。蒙药性能的最基本精神，在于调整机

角茴香

体内部的赫依（气）、希拉（火）、巴达干（体液）的偏胜偏衰。若三者保持着平衡和协调，就健康无病；如果三者失去平衡，便会产生各种病变。蒙医学将疾病分为阴性病、阳性病两大类型。进而又分为“赫依”病、“希拉”病、“巴达干”病3种。这3种又分为4门，404病，1116症。经过长期临床实践，蒙医将疾病归纳为20种基本性质。赫依（诸风）病的性质是糙、轻、寒、细、强、动等6种；希拉（火、热）病的性质是脂、锐、热、轻、臭、泄、湿等7种；巴达干（痰、寒、湿）病的性质是脂、寒、重、钝、柔、固、黏等7种。

蒙医用药很广泛，包括植物、动物、矿物及化学制品，但绝大部分还是取自野生植物。据文献记载，蒙药材约有2230多种。经调查考证的蒙药材，属于植物种子、果实类的有203种；根及根茎类231种；全草类256种；枝叶类54种；花类83种；皮类35种；藤木类36种；菌藻类14种；树脂类14种；其他类28种；昆虫类30种；动物类260种；矿石类98种。共计13类，1342种。如香青兰、沙前胡、播娘蒿、角茴香、牧马豆、黑枸杞、骆驼蹄瓣、沙棘、莲座蓟、文冠木、杠柳、角蒿、黄花铁线莲、蒙古犹、蒙古山萝卜等。据调查，内蒙古全区可资利用的蒙古野生药材达800余种。

植物桑

老院长说：蒙医不仅治疗外科、风湿等疾病，很多病症都看。比如心血管、内科、皮科、妇科、儿科等。还有传染病，比如天花，很早以前草原上的蒙医就把病人出天花后结的疤研成粉末，配成药，这就是古老的免疫方法。

现在内蒙古一共有100个旗县，各旗县都有中蒙医院或者蒙医院，以前游牧行医或者在寺庙里行医的蒙医现在基本上都集中在医院里。纯牧区还有少量传统蒙医，但是已经很少了。

至于人们对蒙医的偏见，阿古拉院长认为主要源于人们对蒙医的不了解，不了解牧区的情况，语言不通，认为蒙医都是庙里的喇嘛，不会看病。治病手法也有很大不同，比如正骨是蒙医的强项，但汉族人不了解蒙医理论，认为有些手法看起来“粗暴”，这是主要原因。

蒙医在民间留传，系统教育却在寺庙。一个寺庙中有六七十个小喇嘛，就会有一两个学医。利用双休日的时间，我驱车200多公里，从呼和浩特来到包头的五当召。五当召是内蒙古地区最大的藏传佛教寺庙，历史悠久，影响很大。

五当召管委会副主任兰巴雅尔先生介绍说：五当召有四大学部，其中就有医学部。以前有一些老喇嘛，也有很高的医术成就，但这些人都过世了。20世纪五六十年代，五当召有一个叫苏和的喇嘛，曾帮助内蒙古社科院翻译《四部医典》，他不但精通藏文，也精通医术。现在召里的喇嘛都比较年轻，还在学习阶段。

在这里，我遇到了20岁的小喇嘛赞木丹木却。他来五当召出家已经3年了，家是伊盟乌审旗的，出家前在家放牧。父亲带他来的时候，就和庙里的师父表达了想让儿子学医的愿望，师父同意了他的请求。3年来，他每天上午念经，下午学医。赞木丹

蒙古风情画《蒙古的一天》场面宏大，犹如草原上的《清明上河图》，内有蒙医看病、熬汤、治疗等许多场面。

木却说，学医不容易，医书都是藏文写的，学医首先要学藏文。要背的医书很多，师父给人看病、配药他都要当助手。赞木丹木却汉语不是很好，在和我聊天时，他手中拿着一本藏文医书，我问他书的名字，他说："我不会用汉语说。"

八音花乡在包头著名的梅力更风景区附近，丹碧的家在一个安静的小村庄，院子里种着苹果、梨，还有蔬菜，干净而整洁。

幸运的是，丹碧医生汉语很好。他说："我小时候在庙里出家当喇嘛，就是学医。蒙古人信奉藏传佛教，在牧民家里，如果有两个儿子，就要送其中一个当喇嘛。我学医的寺庙在'文革'中拆掉了，当时一共200个小喇嘛，大概有两三个学医。都是随机挑选的，赶上谁是谁，我正好是其中一个。学医的时候不分科，什么都学。我在庙里的时间不长就解放了，新中国成立后我去了巴盟卫生学校继续学习，毕业后就分配在盟医院，后来又到中学当了校医。"

我问丹碧医生：蒙医是父子相传的吗？

"不是，都是拜师父。因为家里如果有两个儿子，一个当了喇嘛，另一个就要放牧，承担家里的所有劳动，哪还有时间学医？以前贫穷的蒙古牧民去庙里看病不要钱，送条哈达，喇嘛就会给开药。有钱人病了，就收个羊或者牛。当时每年有固定的时间去采药，去贺兰山。本地山里的药不多，当然也要去买一些。"

找丹碧的病人很多，有从很远的地方来的。丹碧告诉我他给病人看病都是自己配药："有执照，是国家批准的。我买了药材，还要根据病人的情况加上秘方。"

丹碧说，现在蒙医都进了医院，医生也都是医学院毕业的，正规了，理论水平也加强了，但是缺乏实践。比如马前子这种草药，中医蒙医都用，但是蒙医要把皮剥掉，年轻大夫就不知道。现在的蒙医大多不会配药，医、药分家了。原来的大夫都是自己配，可以根据病人的具体病情把握用药的成分和用量。另外，没有师承关系，一些老医师的秘方也就有失传的危险。

我和丹碧医生聊天，勾起了他对往昔的回忆。

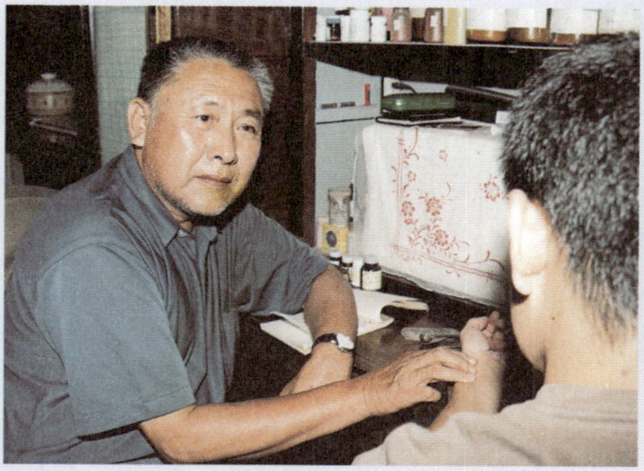

内蒙古巴盟乌拉特前旗巴音花乡的丹碧医生现在在家里给病人看病。病人来了，他要先问病症，把脉；然后开药方、包药。蒙医包药很有讲究，会把纸包包成不同的形状。这不是故弄玄虚，以前牧民多不识字，三角形纸包里的药早晨吃，带有两个翅膀纸包里的药晚上吃——这样就不会搞错。

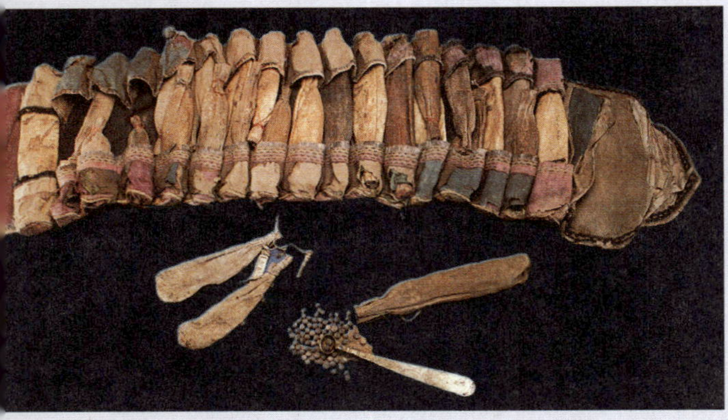

“以前在旗医院，要到牧区去，是三个人组成一个小组，一个西医、一个蒙医，一个兽医。路好走就骑马，路不好就骑驴。一走就是20多天，一个月。你不知道，当年我骑的那匹大白马……真想它呀。”

回到呼和浩特，我又来到城区的席力图召，拜见了席力图召第十一世活佛卡尔文·扎木苏大师。活佛刚刚大病初愈，走路、说话都很不方便，但仍坚持给从各地来的病人免费看病。来找活佛看病的，汉族比蒙古族多，甚至主要是汉族。扎木苏活佛认为对蒙古大夫的偏见主要是当时长城内外的民族冲突，彼此产生隔阂，不了解。

二十多年前，丹碧医生还会骑马下乡，他到牧区背的包袱里就装着这些羊皮药袋，里面有几十种常用的蒙药。

扎木苏活佛说，现在蒙医都进了医院，固然是进步，但同时也丢失了很多优秀的传统，比如过于依靠化验等，传统的方法有很多就失传了。蒙医多用生药，少用汤药。不仅用草药，动物、矿物也入药，有些毒性比较大，要在炮制过程中去掉毒性，现在这些药不让用，医生也不大会用了。

活佛说，不论蒙医、中医、西医，一个优秀的医生首先要有文化。做蒙医至少要懂蒙文和藏文，当然还要懂汉文。其次要聪明。以药治人好学，以智治人不好学。跟师父学了以后，还要自己参悟，要有悟性。佛与医有相同之处，佛教中有药师佛。佛经中有很多关于医学的记述，比如藏文大藏经中的《丹珠尔》里面就有很多医学内容。

扎木苏活佛告诉我：蒙古灸疗术是在热置疗法的基础上发展起来的。蒙古族使用灸疗法较早。藏医《四部医典》中就有“蒙古灸疗”的记载。中医《内经·异法方宜论》中也提到：“北方者，天地所闭藏之地也。其地高陵居，风寒冰冽。其民乐野处而乳食。藏寒生满病，其治宜灸。故灸者，亦从北方来。”所指“北方”，虽然没有直接指明是内蒙古地区，但据当时所说的“北

呼和浩特席力图召第十一世活佛卡尔文·扎木苏大师虽大病初愈，但仍坚持免费给病人看病。

方”和“其民乐野处而乳食”，显然是包括内蒙古地区和蒙古民族的祖先居住的地方。

在长期的游牧生活中，蒙医创造了许多独特的治疗方法。例如，蒙医以马奶治病，即是一绝。蒙古奶食中酸马奶是最高级的饮料。《蒙古秘史》等文献中，对挤马奶、搅马奶都有详细记载。

随着酿制酸马奶技术的提高，酿酒也在很早就开始了。《礼乐记》云：“大臣用马奶酿酒。”注释里又写道：“做马奶酒，一搅就香，愈搅愈甜，超过一万次搅动，香气四喷，味美无比，这叫陈酿。”蒙古人会酿制酒，对蒙古中华医药的发展有重要意义，尤其是发明了用马奶酿酒这项技术，发展为蒙医药中独具特色的酸马奶疗法。

蒙医外伤治疗与正骨法，据史书记载，形成较早。由于古代蒙古族从事畜牧业和狩猎业，经常发生战争，在骑马、射箭、摔跤中经常发生跌伤，骨折、脱臼、脑震荡等创伤。因此，他们积累了丰富的正骨及治伤经验，并对于各种兵器刀剑创伤也总结了不少医疗方法。

蒙古族饮食疗法也属于蒙医的传统疗法之一。蒙古族人民中草原上众人分享马奶，以求吉祥。马奶同时也是蒙医治病的重要饮料。

流传着这样一句民间谚语："病之始，始于食不消；药之源，源于百煎水。"诸如奶食、肉食、骨汤之类，只要食用适当，都可以起到滋补、强身、防病、治病的作用。这是古代蒙古人从长期的生活实践中总结出来的饮食疗法的前身，在《蒙古秘史》中也有这方面的记载。

辞别了卡尔文·扎木苏活佛，我回到家中认真地整理着采访笔记。为期 10 天的采访，使我对蒙古医学有了完整而全新的印象，我从原来对蒙医的一知半解，变得豁然开朗。

近年来，蒙古医生在临床上不断提高诊断的准确率和用药的对症技术，善于治疗各种疑难病症。对治疗诸如再生障碍性贫血、肝血管瘤、老年性白内障、青光眼、红斑狼疮、男女不孕不育症、皮肤病、类风湿、脑血栓后遗症、脉管炎、静脉炎、肛肠疾患、腰椎间盘突出、肝炎、肾炎、高血压、前列腺肥大等症方面，效果尤为明显。最近，内蒙古自治区蒙古医学界的专家们，又展开了对"非典"和艾滋病的治疗研究，并且取得了重大的进展。回顾蒙医上千年的历史，我为古老神奇的蒙古医学感到骄傲，也祝愿蒙古医学不断发展繁荣，为人类的健康做出更大的贡献。

文 / 伊赫

图 / 关宁　Fotoe

猎鹰

赵明则身上最深的伤疤是一只金雕抓的。

那天，明则正在窝棚里蹲鹰（等鹰入网），忽听空中一阵又疾又沉的风啸，接着日光一暗，一个巨大的黑影一闪即至。他有些发懵，本能地拽一下网纲，网刷地扣了下去，接着外面传来很大的挣扎与草木撕裂声。那大雕一翅就掀翻了挡窝棚的几捆柴火，明则猛地与它灼灼欲燃的怒眼正面相对。

他扑上去与大雕拼了起来……

拉鹰

拉鹰，在古代还有个名目：请鹰。

拉鹰前，猎人要祭鹰神格格。先在山坡向阳处，用三块片石搭一个山神庙，它象征鹰神在九层天上的金楼神堂；还有的在庙顶放三块山石，象征鹰神居住的神山。猎人插草为香，摆上供品，然后以三杯家酿的米酒祭祀。边叩拜边口诵祭词：

你哪州生，哪州长，哪个高山是你家乡？

今天朋友把你请，请到我家有用场。
一天供你三两肉，晚上陪伴守夜郎。

祭罢鹰神，猎人在事先踩好的鹰场子张好鹰网，拴上用来当诱饵的鸽子等鸟类。鹰网一般长9尺，宽3尺，用绿色丝线织成，与周围的草木混杂在一起，很难被猛禽发现。然后，猎人躲进用树枝伪装的鹰窝棚里，静候鹰的来临。

满族及其先民，一直信奉萨满教，祭祀虎、熊、蟒、野猪等几十种灵禽神兽，而以鹰神作为首神，世代相继的萨满祭礼，强化并传承着满族的崇鹰习俗。现在猎人在拉鹰前后都要祭鹰神格格。

鹰隼俯冲的速度疾如闪电。苍鹰下来时发出嗖嗖的尖哨声；隼下来时风呜呜啸叫；大雕下来咕咚一声，震得地面微微颤动；唯独老花豹下来没动静。这时候，要看饵鸽一眨眼，一歪脖儿，就赶紧拉网。鸽子在鹰隼的攻击下常表现出几种典型的行为：一是拍打翅膀，二是败道（闪身躲避），三是蹿高。鹰把式只需在饵鸽拔脖观望之后，死盯住它的下一个动作即可，只要饵鸽一动，就立马拽手纲，准能扣住鹰。

但是赵明则却失手了一次。

那次，赵明则上山拉了两架鹰，一只是当年的小鹰，当地人称“秋黄鹰”，这个名称是从鹰的毛色和眼睛的色彩变化而来。一岁鹰腹面羽色呈淡麻黄顺水花纹，后背与翅翼覆羽深棕和浅褐相间，眼睛柠黄。它初学狩猎，缺乏经验，性子憨直，用东北话说，就是有点“虎”。这种鹰冲势迅猛，往往不顾死活，极少使用计谋。鹰把式都喜欢拉一岁的鹰，因为它驯起来较顺手，驯20天左右即可上山打猎。

另一只是个3岁的雌鹰，当地人叫它“三年龙”。鹰长到这岁口，胸腹上长出鱼鳞斑纹，背部全黑，眼睛呈深红色，一副桀骜不驯的模样。三年龙野性十足，极难调教，动不动就抓伤主人并随时伺机脱逃。所以称它为“龙”，是指鹰爪说的，3 岁鹰爪似虬龙之爪，上面覆盖铁皮般的鳞片，爪尖状若钢钩，利如刀锋。这种鹰一旦驯成，即可成为鹰中悍将，能猎击天鹅和狐狸，甚至还敢与狼周旋。明则自知驯服不了它，只好将它放飞。

还有一种两年生的鹰叫“泼黄”。此鹰胸花呈横向水波纹，背棕黑，眼睛橙红，调教起来颇费精力，但一旦驯成，便是个十拿九稳的杀手。

鹰场子是明则多年前踩好的，是张网捕鹰的好场所。它方圆两丈，处于窝风向阳的山顶凹处，地势平整，视野开阔，四周没有高大的树木遮挡，高高掠过天际的鹰隼极易发现场子中间的饵鸽。场地周围还长了些低矮稠密的灌木丛，与明则搭的鹰窝棚浑然一体。

蹲鹰是个苦差事，时值深秋，冷气侵人，还要整天蹲守在窝棚里。这种窝棚一半是半地穴式掩体，另一半是用柴草搭成的人字形马架，十分低矮简陋，而且吃喝拉撒都得蹲在窝棚里进行。

这一天是赵明则上山的第 5 天，干粮咸菜全吃光了，酒也喝没了，黄昏将至，他起身收拾窝棚里的杂物，准备收网下山。

瞭望口开在窝棚侧面，正对鹰场。收拾完物品他冷丁一抬头——

嗯？饵鸽的脖儿细了，抻得像根棍似的往天边张望。

这是鸽子发现天敌引颈观望的典型姿态。猎鹰的视网膜由 80 万个视锥细胞组成，视力超过人眼的 8 倍以上。然而，鸽眼拥有 100 万个视锥细胞，堪称神目，它的眼睛长在头的两侧，视野宽达 360 度，只有脑后的 24 度角是重叠的，这亦胜于鹰（因为鹰眼眶上长有突出的眉骨，在密林中穿行时起保护作用）。所以，鸽子能在人眼所不及的远距离及时发现远处的鹰影，并能辨识出对方是吃腐肉的兀鹫还是猎杀活物的猎鹰。

鸽子是鹰把式的消息树，他可以根据它的姿态动作判断来鹰的远近。再者，猛禽的攻击速度奇快，当鹰俯冲下来时，埋伏在窝棚里的人根本看不见，只能盯紧饵鸽，根据它的表现，相机拉拽网纲。

拉鹰时，鹰把式们都爱用被鹰“骑”过的饵鸽。这个“骑”过指的是有过成功引诱天敌入网的经历。它知道往哪儿躲能活命，哪儿能让强敌身陷罗网。

鸽子极聪明，被鹰骑过一次便深谙诱敌之道。

鹰网分慢网、快网和自动网三种。快网爱落空，自动网易伤饵鸽，鹰把式们一般都爱用慢网。这样一来，被骑过的饵鸽更值得主人依赖。

鸽子的表现极其不安。它一会儿把脖子抻得像根细棍，一会儿又缩脖入腔，趴伏不动。这一切说明，这只被鹰多次骑过的老饵鸽被吓破胆了。

明则感到，来者相当可怕且具有强大威力。他趴在瞭望口向上望去，惊得差点喊出声来——

我的妈呀，这是鹰吗？！

一片洁白如花瓣般的鹰影，从紫霞中悠荡而下，在落地前扬翅乍尾，打个旋闪，在空气中搅出一个圆涡，然后飘然敛翼，落在场子边上。

它没有展示猎击时的剽悍与劲猛，而是宛若表演一般，轻盈若仙，落姿翩翩。

这回明则看清楚了，这是鹰，是一只通体雪白如银、爪似碧玉的奇鹰！

它仪态从容地立于荒草枯叶间，周身被夕照勾勒出金色轮廓，体形比常见的鹰大一倍，但它线条流畅矫健，该精妙处精妙，该简洁处简洁，真是烈风与酷寒雕刻的杰作。顾盼间，它姿态庄重高贵，凛凛生威，隐隐透出王者风范。然而，最惊人的还是它的颜色，浑身上下白得耀眼，犹如一座晶澈洁白的冰雪透雕。在它身上，仿佛集聚了天地间所有白色生灵的精华，令明则生平所见鹰隼全都黯然失色。

明则直看得两眼发呆，他被这绝美的自然造物彻底震住了。

少顷，他从惊呆的状态中猛醒，目测了一下白鹰与围网的距离。唉，它恰巧落在场子边上。拉网吧，扣不着它。不拉吧，这鹰太稀罕啦。

他伸出颤抖的手，抓起鹰拐子（控制饵鸽的木棍，状如拐杖），把浑身颤抖的饵鸽逗得直扑棱，想把白鹰引诱下场。

那鹰斜睨饵鸽一眼。这时，他看清了它的眼睛。那眼睛橙黄中折射出夕阳的暗紫辉光，显得冷峻严酷，透出一股孤绝肃杀之气。

它丝毫不为鸽子的躁跳所动。明则太想得到它了，不知怎么就稀里糊涂地拽了一下网纲，围网刷的一声翻身扣了下去——

鹰轻轻一纵，振翅飞升，像一朵白云扶摇直上……

明则回家跟老人一学，他大爷直拍大腿："哎呀，那是白玉爪哇！那可是古时候专给皇帝玩的东西。咱平头小百姓哪有福气逮着它呀？那鹰，下地能抓狐狸、野鹿，上天能抓天鹅……"

从此，白玉爪成了明则心中的梦想，他对我说："那是天物哇，哪像那些不上讲究的鹰，跟它一比，它们全都是菜货。"

对我来说，明则讲的那只白玉爪一直是个难解的谜团：它到

历史上白玉爪等鹰中极品曾是向宫廷进献的贡品；今天，请到一架好鹰仍是许多鹰把式的梦想。

底是什么种类的鹰？现在还有存活的种群吗？

后来，我借到一本王家骏先生的《世界猛禽》，细读之后，觉得它是“生活在北极苔原带的矛隼。它是隼形目隼科中体型最大的种类，体重为1700克上下，向有巨隼之称”。它最喜欢的猎物是松鸡，难怪当年那只白玉爪对明则的饵鸽不屑一顾。它是世界上最美丽的隼类，是冰岛的国鸟。

白玉爪是海东青族之极品，《柳边纪略》载：“海东青者，鹰品之最贵者也，纯白为上，白而杂它毛者次之，灰色者又次之……请鹰后得海东青，满汉人不敢畜，必进梅勒章京；若色纯白，梅勒章京亦不敢畜，必送内务府矣。”

古代女真人狩猎以鹰犬为伴，他们把猎鹰叫做“海东青”，这名称的由来是：从鲸海（日本海）东边飞来的青色之鹰。

我一直没弄清海东青是属于哪一种鹰，有的学者认为是矛隼或游隼或草原隼，也有人认为是苍鹰或鸡鹰或白尾海雕，我总觉得这是女真人对可以用来进行鹰猎的猎鹰的一个统称，并根据其不同的体型和颜色起了不同的很形象的名字，如十三黄是因其长了13根尾羽（别的鹰都是12根）而得名。上述的鹰种均是最好的空中游猎者，它们俯冲时，时速可达300公里。这样的高速加上利爪的打击，对猎物是致命的。有人曾看见游隼一掌猛击在苍鹭的背上，打出了一个鸡蛋大的洞，真可称得上是空中霹雳。

海东青是候鸟，有人看见它筑巢于俄罗斯堪察加半岛的千仞绝壁上，每年秋天飞越日本海来我国的东北越冬，春天回老家繁殖后代。所以民间有“二八月过黄鹰”的说法。

日语中直到近代才纳入表示“蓝”色的字。过去，日语一直用“青”字囊括绿蓝紫等颜色，古女真语大概也是这样。原始语言一般最早产生表达颜色的字是红、黑、白三色，以后才产生黄、绿、蓝、粉、橙、紫等字。可以想象一下，当女真人在地面上，向云端翱翔的鹰的黑色剪影做惊鸿一瞥时，是很容易喊出一个“青”字来的。更何况，很多鹰隼的羽色生来就是蓝灰相间，其中最典型的是游隼，它的毛色在阳光的直射下，如蓝汪汪的纯钢烁烁生光。还有些鹰的羽毛是深深的熟褐色，例如黑兀鹫、苍鹰、黑鸢等种类。我想，用“青”字来概括鹰族中所有种类暗黑的羽色，是再贴切不过了。

海东青又有海东青鹘、海青、海青少布、白鹰、玉雕、玉爪雕、白玉爪、青雕等称谓，其中尤以称作“玉爪骏”者最为贵重。

大金国诗人赵秉文作诗《海青赋》赞云：“俊气横鹜，英姿杰立。顶摩穹苍，翼迅东极，铁钩利嘴，霜柳劲翮。”辽代文人写白玉爪猎捕天鹅的战斗：“白海青，大仅如鹘，既纵，直上青冥，几不可见，俟天鹅至半空，自上而下，以爪攫其首，相持殒地。”

寥寥数笔，其神俊跃然纸上。

唐代已有北方少数民族向宫廷贡鹰。到金、元两代，当时的女真及蒙古宫廷均有规定：凡流放到辽东边地的犯人，若能“获海东青即赎罪，传驿而归”。若得白玉爪贡上，如有死罪不仅可免，且一夜之间能成暴富。

清廷曾有规定：白玉爪只能由皇帝豢养把玩，皇亲贵族决不许染指。

鹰猎起源于东方，在亚洲已有4000年历史，司马迁的《史记》中记载：李斯受刑死到临头时，仍想着“牵黄犬，臂苍鹰，出上蔡东门”。这一方面反映了这个大智之人参透生死的豁朗与从容，一方面也带出鹰猎的魅力令人何等痴迷。

女真人曾把海东青作为向辽国晋贡的名产。辽国也因此派银牌天使专门到女真地索取此物，尤其千方百计搜罗白玉爪。这些人在当地为非作歹，每晚都要以未婚少女陪住，激起女真人的怒火，完颜阿骨打乘势起兵，灭掉辽国。

熬鹰

赵明则从小就喜欢鹰。从12岁第一次跟大爷上山拉鹰算起，已有40余年驯鹰史，在方圆百里十分有名，是鹰屯鹰把式口第二代高手。

赵明则特别喜欢调教性情暴戾的鹰。我们去时，他家有两只

套在鹰头上的“鹰紧子”。

鹰，但有一只两天后就撞碎窗户逃掉了。那小鹰挺厉害，在他手上添了两道血疤。

鹰网罩住鹰后，不能用手去拿鹰，得先把帽子或手套递过去，鹰性子暴烈，它会用利爪猛袭来敌。这时须尽快将“鹰紧子”（相当于紧身衣一类的禁锢工具）套在鹰的头上，一直套至双腿脚腕处，令其无法抓人。

猎人获鹰后，要双手捧鹰在山神庙前再次叩拜，感谢鹰神格格的恩赐。

猎人把鹰带回家后，放在鹰杵子上，连续几天不让它睡觉，借此来消磨它的野性，这个过程叫“熬鹰”。

鹰杵子是熬鹰的工具，一般用黄波罗树干制作，这种树木质软，略带暖意，不硌鹰爪。好的鹰把式都知道保护好鹰爪，那是猎鹰的武器。猛禽的脚都是三趾朝前，一趾朝后的，内趾和后趾比其他趾更有力。趾上那坚如兽齿的利爪在打击猎物时，瞬间爆发速度达 225 米／秒，像锋刃刺进猎物的要害，撕裂皮肉和血管，甚至掐断猎物的脖子。所以满族先人一旦得到鹰爪类骨饰，就将

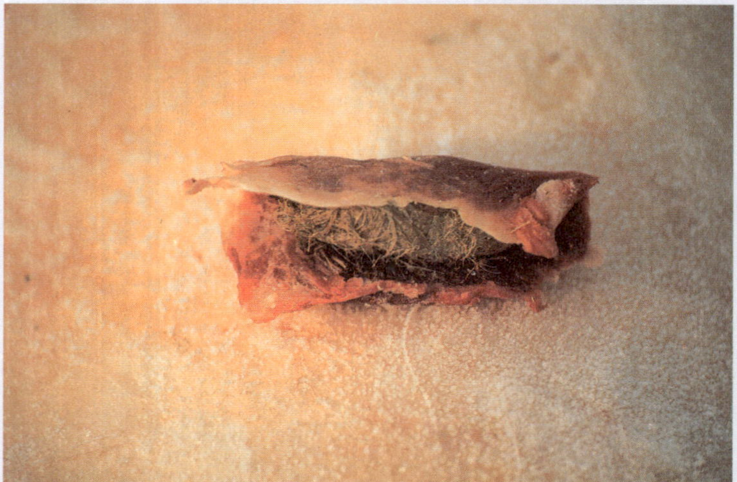

“勒膘”用的“带轴”。

其视为护身灵符并作为狩猎本领的象征，生死不弃。

熬鹰时不能给鹰喂食，用饥饿手段让它慢慢听人的指挥（但鹰绝食不能超过 9 天）。饿七八天后，猎人要给鹰“开食”。即拿一个活麻雀引逗它过来抓，让鹰逐渐一遍遍地纵跳捕食，最终能习惯性地站在猎人的手臂上，这叫“过拳”。然后猎人带鹰到户外，用食物引逗鹰并大声叫它。令鹰应声从远处沿一条长绳滑到猎人的胳膊上，这叫“跑绳”。一般经过这几个环节之后，鹰便能学会听从猎人的召唤，从远处也能飞回到主人的身旁。

俗话说：膘大扬飞瘦不抓，手功不到就准叉。鹰把式说白了就是“鹰把食”，意思是必须把住鹰进食这道关口，掌握好它的膘情，使它一直在精神和体重上都保持最佳状态。猎人还有一个绝招叫“勒膘”，也叫“带轴”。方法是，用线麻团包裹一块鲜肉让鹰吞下，由于鹰无法消化麻团，不得不将它呕出。于是，麻团在食道内反刍时，会将它的肠油刮出来。这会使鹰更具饥饿感亦更听从猎人指挥，饥肠辘辘的鹰自会变成一架跃跃欲试的狩猎机器。

在驯鹰的过程中，猎人要准备一杆“鹰秤”，每天称称它的

一般经过“跑绳”这一环节之后，鹰便能听从猎人的召唤，从远处也能飞回到主人的身旁。

体重。刚到家的鹰一般重535克，最好一直让它保持这个体重。如果超重，就要往下拿膘，以饥饿法来控制其体重。鹰若超重，往往上喘，肌肉无力。只有膘情适中、状态良好的饿鹰才能成为好猎鹰。

经过15天左右的调教，“生鹰”就成为“熟鹰”。这时再看鹰的状态：“耷毛盖爪，头赛松塔，眼睛像芝麻。”——这鹰就驯成了。

驯成的鹰往往是猎人的心肝宝贝。一首达斡尔民歌这样唱道：

好心的人们/谁知道我心爱的猎鹰飞向何方/我甘愿给他一匹走马，珠喂/好心的人们/谁知道我的猎鹰现在哪里/我甘愿把一件貂皮袄送给他，珠喂！

鹰猎

奚昆是鹰屯的第一代鹰把式。老人生于宣统元年四月初三，我见时他已经90多岁了。

奚昆告诉我，海东青还有个更古老的名字，叫“松昆罗”，汉语译做“七彩神火”。这名称的来历是猎人喜欢把七彩雉翎缚于鹰尾，再装上鹰哨。当它如黑色闪电划破苍穹时，七彩花翎旋转着像一簇飘动的火焰，鹰哨也随之发出厉啸。野鸡早被这有声有色的突袭吓酥了骨，这样猎获的野鸡爆炒后吃起来格外香。吃野鸡也有讲究：鹰猎的为上品，枪打的次之，用药药死的为下品。

架鹰打围时，要先请一些“赶杖人”，由他们拉开散兵线，用木棍边敲打树干边大声吆喝，把猎物哄赶出来。赶杖人事先在山上选好伏击圈（又叫“瓮圈”），其地形状如手镯，留一个出口叫“杖口”。鹰把式先架鹰在杖口边占据制高点，登高远眺，这名目叫“瞭高”，这样易于发现飞蹿的山鸡、野兔等猎物，也有利于鹰自上而下俯冲攻击。

鹰有时会遇到狡猾的对手，第一翅扎下去猎物躲进树丛，鹰便打个旋再入高空，看准时机第二翅更加劲猛，如离弦之箭。有时就在半空将飞蹿的猎物拦截，骤然一击，将其抄入爪中。奚昆认为这是最过瘾的。

当然，鹰也有失利的时候。有一次奚昆架着一只1岁的小鹰上山，这鹰的性子又急又烈，恰巧碰上个老野鸡。它蹿进一条车辙沟里跳进跳出，躲过了鹰的一次次攻击，极似一个擅避重拳的拳击手。那小鹰一连扑下去5次，一次比一次凶猛。最后一次它一头撞在冻土地上，再也没能飞起来。

鹰就是这么个性子，吃活肉喝鲜血，宁可撞死也要冲向对手。

胡云武小名叫老五，他21岁时跟父亲和老关头学驯鹰。小伙子性情直爽，聪明好学，满肚子都是鹰经。

老五的职业是渡口的船工，专门送旅游者去雾凇岛，淡季时便驯鹰。他的那架鹰是个小秋黄，生性活泼好动，孩子般贪玩，而且颇具灵性。老五给它起了名儿叫小花。

小花前几天因为吃得太饱，有点懒惰。老五气得用冷水给它洗了个澡。没想到把它乐得甩尾抖翅吱吱直叫。尽管它的目光永远严肃，甚至令人畏惧。但它的体态语言却在告诉人们：我还是个小顽童。

鹰的不同叫声可表达约20多种意味，高手能理解其中的十几种，这样的人可称为鹰语者。据说，鹰语者驯鹰时，能跟鹰对话。关里天热，所以关里老人驯鹰讲紧七慢八郎当九，驯7天鹰就能放手一搏。鹰语者也能用一周或一周半的时间调教好一架鹰，而一般鹰匠得用三周左右。老五还未达到这种境界，但他见过鹰与鹰之间有类似语言的交流。

那次在大山里，他看见一只鹰在空中追杀兔子。那兔子浑身长红毛，是个老家伙。它没等鹰猛扑下来，已抢先钻进一丛密匝匝的李子树丛中。李子树的树丫上长满尖刺，鹰不敢冒险冲进去，只好栖落在旁边的杨树杈上。少顷，又飞来两只鹰。它们在树杈上交头接耳，用人类听不懂的语言小声嘀咕了一会儿，然后有一只鹰飞向地面，从李子树丛下面的空隙中钻了进去，它一边扑打翅膀，一边大叫大嚷，分明是一个赶杖的。另外两只鹰也作了分工，一只仍留在树杈上监视兔子，一只在空中盘旋，准备随时进攻。

兔子终于挺不下去了，只见红光乍闪，像一团红火苗似的连蹦带跳，钻出树丛，冲到开阔地上。空中那鹰见机会来了，立即向下俯冲，像一支响箭，笔直射向目标。老兔子实在诡计多端，它听见头顶风声呼啸，知道强敌从天而降，立刻用一对前爪扳住一根柳枝，用身体压住柳梢，使柳枝弯曲成一张硬弓。紧接着，它向旁边一闪身，那柳条骤然弹向空中，铮铮作响，带着强劲的力道向飞鹰抽去。但是，因为柳条略短，鹰只被柳梢刮了一下。它大吃一惊，连声大叫，慌忙闪身躲避。

兔子抓住这个空当纵身跃起，向前边的树林逃窜。这时，如果它会思考，心里肯定十分得意。然而，在杨树杈上的那只鹰已振翅起飞，紧贴着地面偷袭过来，一掌将它拍昏在地……

老五感到遗憾的事情，是我们没见过隼捕猎兔子，那才叫大饱眼福。隼个头不大，性子最为凶猛。它若飞临树林上空，立刻吓得百鸟无声。它吃食的时候，连金雕都不敢上前。金雕是鹰类中最大型最凶猛的种类。训练有素的金雕可以在草原上空长距离追逐恶狼，将狼累垮后俯冲下去，一爪扭住脖颈，一爪扣住狼眼，将它擒住。马可·波罗在游历蒙古草原时，曾亲眼目睹当地牧人放出金雕追逐狼群。他还听当地牧人讲，有一只金雕杀死过14只狼。还曾有过金雕攻击陷入泥淖中的熊和豹的纪录。这样凶猛的金雕却不敢抢隼的食物。

好猎隼抓兔子时，在50多米的空中头朝下俯冲，像长鞭带着呜呜的尖啸撕裂空气一般，眨眼就抄到兔子前面，用翅膀一抽，把兔子抽得眼冒金星。好鹰和孬鹰的区别全在这一抽上。兔子会立即弓腰伏地，旋身甩头，反咬一口。隼此时已飞过头，登时改为掠地平飞，在空中双翅后扬，利爪向前探出，在空中瞬间转头，叼住兔子的下颌，先封住它的嘴（俗话说，兔子急了还咬人呢，它一口能咬透手指头），同时另一爪兜抓它的屁股，猛地将它掀翻在地。然后隼会用铁钩般的喙啄出兔子的眼睛，完成致命一击。

还有的大隼个大力沉，会以掌根拍击兔子的脑袋。这样捕获的猎物，尤其是野鸡，身上的肉都酥了，被吓得骨酥肉麻。

老兔子最难缠。它见鹰影当头罩下，会突然来个鲤鱼打挺，仰翻在地，用四个爪子刨击来敌。兔子是拳击家，格斗时擅用前肢击打对手，如擂鼓一般。它的腿功也不同凡响，经常一招制敌。有经验的兔子专蹬鹰隼的底嗉，那是猛禽全身最薄弱的地方。好猎隼是不会让它得逞的，它懂得先用膀子扇花兔子的双眼。

鹰是较高一级的生物，它们不但有性格，而且有个性。有的小鹰隼性情暴烈，追上兔子不管不顾上去就抓。它爪尖力大，往往深陷于兔子的脊骨缝里，无法抽回。只好一边挣扎拍打一边被兔子带着飞跑，这叫“坐兔子车”。

兔子为了甩掉背上的死敌，往往会蹿进荆棘丛或矮灌木中。枝条的剧烈抽打拖拽，会剐得猛禽羽毛飞扬，皮开肉绽，最终与兔子同归于尽。还有的鹰隼一只爪陷进兔子脊椎中拔不出来，它急于脱身，就冒险采用拼命的打法，用另一只爪子牢牢握住身边的树干。这样一来，兔子仍在拼命狂奔，它又死死握住树干不放。两个同样陷入困境的动物在危难关头，会产生一种极大的爆发力，那巨大的拉力竟能把鹰隼一撕两半！当然，脊梁上插入一只鹰爪（还连着半个身体）的兔子也难逃厄运，它不久也会因伤重或失血过多死去。

老五跟我说话时，他手上的小花不时扭头瞧我一眼。它的眼中不带任何感情色彩，但我总觉得它像一个军人，一个眼神严肃锐利，性情孤僻，忠于职守，身怀绝技并一击必中的令人敬畏的特种兵。

鹰眼和所有鸟类一样都有瞬膜（又叫“第三眼睑”），它是透明的，起到汽车上雨刷器的作用。哈萨克人有传说：鹰是唯一能直视太阳而不被灼伤眼睛的鸟类。原因是它的眼膜上还覆盖一层油珠，能遮挡和反射强光。

猛禽之眼可在瞬间调焦，像战斗机上的投弹瞄准仪，可在疾飞中盯死活动目标。

老五说，只要望见笔直冲太阳高飞的鸟影，那准是鹰……

满族人的崇鹰习俗与他们崇武尚勇有很大关系。

满族的民间猎手都有个铁打的规矩：春夏不留鹰。

到了春天，依照祖先留下代代相传的规矩，把养熟的伙伴依依不舍地放归自然，让它去求偶筑巢生儿育女。祖先们留下的规矩很合理很科学。

第一代鹰把式奚昆把儿子养的鹰放了，他儿子在这一天特意躲了出去。那鹰却不愿走，又回来过两次。奚昆现抓了一只鸡，把鹰带到山上，把鸡扔那给它吃，说："这回你吃得饱饱的，该走了吧……"

满族的鹰崇拜

今天，在松花江上游吉林乌拉一带的满族聚居地，仍流传着一句古谚——"鹰狗无价"。在一些满族姓氏的宗谱上，绘有振翅起飞的鹰图案，甚至在其先人的墓碑上，也刻有鹰的形象。在善于讲古的满族老人的口碑中，鹰是拯救其先祖女真人的神灵。

满族及其先民在其漫长的历史文化的发展过程中，萨满教一直占统治地位。在20世纪五六十年代，某些满族姓氏仍保留比较完整的原始形态的萨满教，其主要特征是野神祭礼。野神即动物神，包括水鸟、乌鸦、虎、熊、蟒、野猪、刺猬等几十种灵禽神兽，而以鹰神作为首神。

松花江上游的满族尼玛察哈拉是东海女真人的后裔。在他们的野神祭中，鹰神为众动物神灵的首神，满语称"达拉加浑"、"达拉代敏"，即"首鹰"、"首雕"之意，在整个祭礼中，祭鹰（雕）神是其核心和高潮。

世居长白山地区的满族石克特立氏，在其阖族祭礼中，也有隆重的鹰神祭礼。是时，萨满在屋外开斗桌前恭请鹰神后，带上顶端有神鸟（模型）的神帽，一手持鼓，一手拽神帽上的飘带，上下起落，旋转起舞，以示鹰神凌空飞翔的英姿；在祭礼中，升斗桌的两厢插着8面绘有鹰、蟒、蛇、雕、狼、虫、虎、豺8种动物的神旗。在萨满请其英雄神巴图鲁瞒尼时众栽里（萨满助手）就手持8面神旗再现其英雄祖先出征、争战的壮烈场面。显然，鹰神和雕神在这象征着勇猛和敏捷，神旗可能是其远古时代的族旗或图腾旗的演化。

在某些满族创世神话中，鹰曾扮演了举足轻重的角色。

在一则萨满神话中讲道：天刚初开的时候，大地像一包冰块，阿布卡赫赫让一只母鹰从太阳里飞过，抖了抖羽毛，把光和火装进羽毛里头，然后飞到世上。从此，大地冰雪才有融化的时候，人和生灵才有吃饭、安歇和生儿育女的时候，可是母鹰飞得太累，打盹睡了，羽毛里的火掉出来，将森林、石头烧红了，彻夜不熄，神鹰忙用巨膀搬土盖火，烈火烧毁翅膀，神鹰死于海里，鹰魂化成了女萨满。

在萨满教里，太阳是最重要的自然崇拜物，太阳的神火是人类和生灵的生命之源，而神鹰是“带阳光”、“披金光”的神灵，即司光与光明之神。

另一则神话说：洪水时代，地上是水，天上也是水，水浪一个推一个，如飞闪的铜镜，一切生灵都难以存活，这时，从远方来了一只小海豹，救起了一男一女，把他俩驮在自己的背上，带到了被水鸭神推划出来的山包上，这一对男女生了一个女儿，被阿布卡赫赫（满语，天母、天神）派来的代敏格格（鹰神）叼走了。代敏格格将其养大，她成了世上第一个萨满和人类的始母神。

在萨满史诗《尼山萨满》中，女萨满尼山凭借鹰神和其他动物神灵的力量，闯进了地府与依可猛罕（阎王）周旋，将少年瑟日古黛、费扬古

在往昔满族的星祭中，鹰神是主祭星神之一，其形象是一只展翅的巨鹰，由双子、御夫、猎户、金牛、小犬、天狼、参宿、毕宿、昴宿等千余颗星辰组成。星祭是决断本氏族停止或休咎祸福的重要宗教仪式，其中鹰神也充当了重要角色。

的魂灵带到人间，使其起死回生。

在往昔满族的星祭中，鹰神也是主祭星神之一，满语称为“嘎思哈”或“达拉代敏”，其形象是一只展翅的巨鹰，由双子、御夫、猎户、金牛、小犬、天狼、参宿、觜宿、毕宿、昴宿等千余颗星辰组成。猎户与金牛星座成为它的两只金爪，波江星座像条绳拴其左腿，每当初秋至冬季，夜晚丑时、寅时，便可见它高踞西天的雄姿。星祭是决断本氏族停止或休咎祸福的重要的宗教仪式，其中鹰神也充当了重要角色，实际上，它也是先民用以判定节令、方向、时间、寒暖、温度、风力以及相关的动植物的生态动息。

从以上可以看到：鹰神在满族各种萨满祭礼中曾普遍受到敬崇，甚至在满族已经没有野神祭而只有家祭的一些姓氏的萨满神本中，仍有鹰神的神谕，说明鹰神无疑是古老萨满教信仰体系中的重要神祇。世代相继的萨满祭礼，强化并传承着满族的崇鹰习俗。

从当代满族的放鹰习俗来看，鹰是猎人可靠的狩猎工具，所以受到猎人的珍爱。这可以说是萨满教中鹰崇拜的古俗基础，也是民间崇鹰习俗的生活基础。

文 / 胡冬林

图 / 那日松　丁晓旻

最后的驯鹿民族：敖鲁古雅鄂温克

从内蒙古呼伦贝尔市府海拉尔区去根河市（原额尔古纳左旗）的时候，我赶上了那里最美的季节，一路色彩斑斓，深深浅浅的绿、明朗暗淡的黄、绚烂淡泊的紫、幽幽蒙蒙的蓝，这许多色彩也绘不尽大自然的美色；从绿中带黄的草原到翠绿色、紫红色的灌木丛，再到发黄的针叶松林、摇曳着黄叶红叶的白桦林和终年青翠的樟松林，北部边疆丰富的地貌沿途一一呈现，真让人大饱眼福；一条又一条映衬着碧蓝天空的深蓝色河水绕着公路、绕着灌木丛蜿蜒流转，给这静谧的山林增添了几分灵动。这些色彩的纯净无瑕让我感觉真像到了童话世界。心里不由羡慕起在这里生活着的人们。

在即将进入根河市的西郊，突然在一片灰灰土土的房子中呈现出一块鲜亮地带，红、白、蓝三色搭配的平房，就是2003年8月整体生态移民后的敖鲁古雅乡鄂温克的民居。新敖乡四处都很静，路上基本见不到什么人，一排排民居外面都围着齐胸高的黑铁栅栏，偌大的铝合金窗框折射着秋日骄阳浓烈的锋芒，从外面可以眺望到家里有人影走动，有的家则用窗帘挡了个严实。

我到了敖鲁古雅乡小学，这里和我年龄相仿的年轻老师比较多，我和他们聊天：“敖乡生态移民是件大事儿，标志着一个少

猎民达玛拉给驯鹿喂掺有食盐的豆饼，达玛拉猎民点不久前才刚刚从别处搬家过来，点上共有四人：妹妹达玛拉、姐姐中妮浩、妈妈玛利亚。布、中妮浩的儿子“小地主”。

数民族的生活方式的转变，我看了许多关于搬迁有些争论的报道，很想知道这里究竟发生了什么事儿。”

一个二十八九岁的男老师笑了笑说：“你上当了。你从那些报道来看他们的生活方式改变，就是上当了。”这话顿时让我感到迷惑。他继续说：“生活方式没什么改变，住在山下的，只不过是烧柈子变成了液化气，电话变成了小灵通，茅房变成了冲水马桶，火炕火墙变成了暖气片；驯鹿还是在山上放养，猎民还是在山上住帐篷。”这位体育老师姓张，是鄂温克族，他母亲是纯纯的鄂温克猎民，会说鄂温克话。于是，我恳求张老师带我去看望他母亲。他告诉我他母亲不在家，到猎民点放鹿去了，可以跟他二姐聊聊。

二姐得知我要在这里待一年，还要学说鄂温克话，表示了惊讶。她说：“你没有必要学习鄂温克话，现在这里会说鄂温克话的人很少了，20 多岁的年轻人连听都听不懂，平时我们都说汉语，你用汉语和他们交流没有问题，除了我妈和我大姨二姨，还有阿龙山猎民点儿的玛利亚·索老太太不怎么会汉语，其他老人基本都会说。”

二姐问我："我们这支鄂温克和其他地方的鄂温克不一样，你知道吧？"我刚到海拉尔的时候参观过南屯鄂温克自治旗博物馆，那里有三种不同民族服饰的男女蜡像，分别代表了索伦、通古斯、雅库特三支鄂温克部落。敖鲁古雅的鄂温克猎民，历史上长期居住在大兴安岭茂密的森林腹地，以森林游猎为主要生计方式，被称为"雅库特部落"，也叫"使鹿部"。索伦鄂温克人聚居在南屯和陈巴尔虎旗等地（属于海拉尔区），他们历史上以农耕和畜牧业为主要生计方式。我国没有通古斯部落，这支部落现在全部在俄罗斯境内。

二姐对我说："我们这支鄂温克人数最少，是咱们国家现在唯一饲养驯鹿的民族，驯鹿是国家二类保护动物。索伦、通古斯的鄂温克早就不像我们这样过原始生活了。而我们现在还有人在山上过那种原始的游猎生活。只有我们这支民族还保留着传统的生活方式，有些学者怕我们搬下来会导致文化传统丢失，所以很担心。有个学者知道我们（鄂温克猎民）搬到根河还哭了呢。"

我问道："那你觉得搬迁好吗？"她笑了笑，可能感觉这个问题有点难回答，因为她的身份是多重的，是站在保护自己民族文化传统的立场上回答呢，还是站在追求现代文明的立场上回答？迟疑了一会儿她才说："我们这个民族本来就经常搬家，驯鹿喜欢吃苔藓，在一个地方吃得差不多的时候，就要换地方，苔藓长得很慢，得要三五年才能长起来，我们才能再回到老地方。这次搬迁前后的地点都在根河市境内——从北端茂密的森林腹地搬到了南边草原森林过渡地带。"

在我的请求下，二姐教了我几句简单的鄂温克话，用鄂温克话我得称呼二姐的母亲安塔为"额沃"（大娘）。安塔额沃上山去放鹿了，我本以为她就在附近的山上，晚上会回家来吃饭睡觉，二姐告诉我放鹿的猎民点儿离家有 20 多公里，而这比起其他几个猎民点离家还算近的，安塔额沃得长时间住在山上，过所谓的"原始"生活。

第一次去猎民点我坐车颠簸了半个小时，没下车就听到大猎狗的叫声。一个军绿色的帆布棉帐篷坐落在山林间的一块空地上，帐篷四周用上下三层松木杆围着，帐篷口外两米的地方堆着一垛截成七八十公分长的木头柈子。帐篷中间有一个铁皮炉，长长的、曲折的烟囱从帐篷侧面的顶上伸出去，炉子上坐着一个被烧成黑色的铝水壶，滋滋发出响声。环绕着铁皮炉有四张约一米宽的床，都是用粗糙的松木钉成的。

这个点儿上有两户人家，安塔和她哥哥楞诶算一户，另一户是阿荣布、玛茹莎夫妇和他们的二儿子依列。我在想四张床怎么睡下五个人，就冒昧地问了阿荣布大叔，他毫不在意地说："里面这张床加块板，我和你大婶睡。"

阿荣布大叔和玛茹莎大婶我在电视上都见过，敖鲁古雅移民搬迁的新闻节目几乎让敖乡所有的人都成了"明星"。点儿上的五个人都是鄂温克族，不过阿荣布大叔是索伦鄂温克人。他们的长相确实很有特点，共同点是眼睛细细长长，脸腮饱满高耸，耳朵紧贴两鬓。

阿荣布和玛茹莎都不到 50 岁，但是大叔因为喝过酒走路颤颤巍巍，样子显得比实际年龄大。安塔今年 60 多岁了，具体六十几她自己也不清楚，她说："我们鄂温克人都不记生日的。"张老师说乡里推算她的年龄是 65 岁，她哥哥楞诶是个瘦瘦小小的老头儿，算起来也有 70 岁了，但身体看上去很硬朗。

我用刚学的鄂温克话问候他们，他们都很高兴，始终笑眯眯的。阿荣布知道我一个女孩子要在敖鲁古雅待很长时间搞调研，而且远离父母，他很激动，拉着我的手到帐篷里，我闻到一股浓浓的酒味儿。阿荣布脸红扑扑的，左摇右晃有点站立不稳，他让我坐在炉子左边的床上，他则坐在炉子后边挨着我的床上，神情严肃地告诉我，鄂温克人的帐篷里有讲究，炉子后面是玛鲁神的位置，我（成年女性）不能过去，也不能绕着炉子转圈，从哪边进来就得从哪边出去。

阿荣布并不清楚我来这里调研什么，他像接受记者采访一样："我家是第一户下山搬进三车间（新敖乡所在地）的，我是'领头雁'。共产党万岁！"酒精让他亢奋得有点语无伦次，一会儿他又说："我见过你们北大校长，我们是'拜把子'兄弟，我们搂着脖子照过相。你在这里想调查什么，我全都告诉你。”突然，他喊玛茹莎大婶：“喂，依列他妈，你快把我的民族服拿出来，我要穿上，快点！”我心里真喜欢这个可爱的大叔！

张老师带着依列和楞诶干活了，他们要搭建一个“撮罗子”。依列选粗细适中的松木，砍倒、削皮，背到搭建“撮罗子”的地点；楞诶和张老师精加工松木杆和搭建“撮罗子”的骨架。玛茹莎忙着唤鹿、做饭，安塔在缝驯鹿笼头。阿荣布似乎感到自己是唯一不干活的人，有点不好意思，他对我解释说：“我的手得病了，总是抖，喝点酒就好，不过前两天还烫伤了。”我一看，真是，右手小臂上一大片嫩红的疤痕，他骄傲地说：“前两天喝多了在炉子上烫的，去医院医生怎么都治不好，还是你大婶采来鄂温克猎民的草药才治好的。”

三点半多，太阳一下子从树梢掉下去，天色瞬间变暗了，帐篷里透出明显的炉火光，林子里的气温低下来。“撮罗子”已经基本成型了，张老师向我解说，老猎民搭“撮罗子”和外围的“圈”是一颗钉不用的，完全靠木头之间支撑的力量搭建。他们搭圈时候用了铁钉，“撮罗子”没有完全按照“传统”来建，而是有些偷工减料，不过表面上看不出来。“撮罗子”建好后，楞诶到里面点上了柴火，白色的烟升腾起来，从“撮罗子”顶端故意留出的孔里往外冒，他告诉我这意味着“鄂温克人香火不断”。

天色越来越暗，玛茹莎用一种奇怪的声音唤回驯鹿，那鹿可真大，简直像头牛，而玛茹莎像母亲搂着孩子一样搂着驯鹿脖子，看着让人感动。鄂温克老猎民对驯鹿有着亲人般深厚的感情，他们都给驯鹿起了好听的名字，把驯鹿当作自己的家庭成员。

晚饭摆上了桌，说是桌子，其实是两块横着的柈子上搁了一块普通的圆桌面。大叔他们有的席地而坐，有的坐在横倒的柈子上，却让我坐在铺着獐子皮的木头上，说只有贵宾才坐这个，说我就像是姑娘回到娘家一样。我们吃饭的时候已经快 6 点了，帐篷里除了炉火没有其他光亮，阿荣布点起一支蜡烛，我看不清菜的色泽，也不知道筷子究竟干不干净，就这样吃了，可能因为饿了，吃得很香。

虽然新建的猎民小区城无论从哪个方面说都比山上的帐篷强多了，可还有猎民在新居小院搭起“撮罗子”。

敖鲁古雅乡乡长告诉我：“猎民点的生活是很落后的，和山下崭新猎民房的条件真是天壤之别。现在有的猎民还是思想落后，偏偏就喜欢待在猎民点，不愿意到新址来住。”竟然有人愿意回到山林过艰苦生活，我觉得不可思议，我想看看山林里到底有什么吸引人的地方。

第二天我又到了阿荣布的帐篷里。大叔一早很清醒，因为还没喝酒，他教我用鄂温克话数数。我没有问什么问题，因为刚到敖乡不久，我就感到了猎民们对“记者”的反感，他们常常对我满怀新鲜感和好奇心的提问泼一头冷水。很多人直白地告诉我：“不喜欢你像记者那样问这问那。我们的生活有什么可问的？我们就是这样生活的！”二姐跟我说：“我们鄂温克猎民其实很好客，只是前些日子因为搬迁，来的记者太多了，而且报道得净夸张，不实在，把猎民都当怪物似的，猎民生气了，所以才反感记者的。”因此我很谨慎，不主动问猎民最敏感的生态移民问题，而阿荣布却主动说起搬迁后回到山上住的原因：“8 月 10 日，我们搬下来，在山下只待了一个星期，就又重新回到山上住了。因为山下鹿没有吃的，瘦得快，死的也多。”

午饭时大猎狗“朋朋”在我身边蹭来蹭去，我学着阿荣布的样子把啃完的烧鸡骨头喂给它，它满意得直冲我摇尾巴。我两次在点儿上都没有吃到“野味儿”，阿荣布似乎有点内疚，解释说：“因为搬迁离市里太近，所以猎民的枪都被收了。本来全都收了的，因为说驯鹿要圈养嘛。可是圈养没成功，我们还得回到山上，为了防御野兽保护驯鹿，乡里给每个点儿发还了一支‘小口径’。但是‘半自动’全都收了，‘小口径’不顶什么事儿，天冷了，野兽皮都长厚了，‘小口径’一枪打不死，反而让野兽跑得更欢了！”

我们带了两瓶白酒，吃饭之前阿荣布就着咸菜喝掉了一瓶，吃饭的时候他打开第二瓶分给楞诶一点，自己喝光了余下的。大叔有点醉了，喝完了还要，没人给他他就骂人，用汉语骂，也用鄂温克话骂，他像真的生气了，把帐篷里的炉子都踢动了。大婶从外面进了帐篷，但是她不理会大叔的骂骂咧咧，还是不给他酒，他不干了，像在耍酒疯，大婶就把大叔摁在地上，骑在他身上，打他的耳光子，不过打得不重。大婶又生气又好笑，嘴里用鄂温克话数落着他，大意是当着我们这些外人的面，他这样子要酒喝是很丢脸的。大叔根本打不过大婶，被大婶压住动弹不了，嘴里不停地说着脏话，间或有几句让我分外震惊：“谁愿意过这种生活！”“谁愿意住这个破帐篷！”“谁是傻子啊！”“枪毙我吧！”这个场面我看着有点害怕，忍不住老瞅帐篷后面床脚放着的小口径步枪，但其他人都很镇定。大叔是真的醉了吗？好像也没有，他还被大婶压着，却转过脸叫着我的名字，让我“不要害怕”。慢慢的，大叔渐渐平息了，大婶起身，大叔却还躺在地上。

敖鲁古雅的生活是单调的，我在敖鲁古雅乡小学义务为孩子们教英语，安塔下山来的时候，常带着我去串门，通过乡民们眼神的逐渐变化，我感觉到他们慢慢接受了我。10 月中旬下了入冬的头一场雪，额沃给我取了个好听的鄂温克名字“伊曼娜”，就是“白雪”的意思。

漫长的寒冬里，最低气温零下四五十度，山上的猎民回到了山下集中供暖的新居，他们在冬季最寒冷的两三个月里（12 月中旬至次年 3 月中旬）基本不在猎民点居住，因为寒冷季节里，驯鹿不太需要人的照顾，它们奔散到各处，扒雪找苔藓吃。猎民只需隔上半个月左右上山看看驯鹿的踪迹，知晓驯鹿的大概位置，从而方便来年春天雪化以后找寻；同时，也看看驯鹿喜食的苔藓是否被雪压得太实，有没有“白灾”。尽管老猎民玛利亚·索开始不愿意下山过冬，最后还是被女儿强行接到根河家里来过了年。

4 月份还没等到冰雪完全融化，猎民们就要上山常住，忙碌的时节就要开始了。猎民们选择水源好、苔藓丰富、背风向阳、交通方便的地方搭建大鹿圈，找回怀了小仔的母鹿，准备接羔。4 到 7 月是猎民侍弄驯鹿最繁忙的季节，猎民家的劳力都上山干活，这时候山林里的人才稍微多了一点，乡政府派车在每个猎民点待几天，把鹿茸锯下来拉回乡里的鹿茸加工车间。

从 4 月份起，森林里生出一种小得像沙子似的小虫子，当地人叫“草爬子”，据说它嘴上生倒刺，一头扎进人的皮肤使劲往深里钻，如果人们要用手往外拽，只能拽出来一部分，倒刺勾住皮肉就清理不出来了。这时候，别无他法，只有用刀子剜一块肉下来才能把它彻底清掉。我看到几个猎民的脖子、手臂上都有一个小圆疤，他们说是剜草爬子留下的。最可怕的是，有的草爬子带有“森林脑炎”的病毒，人在不知不觉中被叮之后，半个小时内就能致命，即使抢救及时，也会落下语言迟缓、头脑痴呆的后遗症。

面对草爬子我惊恐不安，猎民们却很坦然。一次玛利亚·索老太太的衣服一翻开，衣服的褶皱里、皮肤上全是草爬子，把我吓坏了，可是老人很自若地干着手里的活儿，老人说自己从未被草爬子弄伤过。可是，草爬子叮死人的事件根河每年都发生，近几年鄂温克猎民都打了“森林脑炎”疫苗。老猎民不无感叹地说：“现在连草爬子都变了，以前猎民也有被叮的，可哪有死人的？都是破坏大自然遭到的报应。”

七八月份，到了大兴安岭的夏天，树木更加旺盛，白天也有些炎热，但下午 4 点多太阳一下山，气温马上就会降下来。大森林里几乎天天都在下雨，因为道路泥泞不好走，报销了我一双新胶鞋。猎民们在山上穿的鞋子要么是军用胶鞋，要么是高筒雨鞋。他们的鞋子也是坏得特别快。这个季节虾虻多，猎民每天都得用几根朽木，头对头拢在一起，采来一种潮湿的草，点着，只冒烟，不起火，给驯鹿“熏烟儿”（熏蚊虫，鄂温克话叫“萨弥”），白天驯鹿都围拢在“萨弥”周围歇息，晚上气温低了、虫子少了才出去找苔藓吃。

大兴安岭的夏季很短，到8月末9月初，天气就凉到冷的地步了，这时驯鹿开始配种，蘑菇也长成了，猎民和驯鹿都采食野生的蘑菇。猎民骄傲地夸奖驯鹿，说驯鹿是非常聪明的动物，自己能够辨识哪些是有毒的蘑菇而避开不吃，猎民们吃蘑菇也都是从驯鹿那里学来的经验。天凉了，驯鹿不再用熏烟儿，白天可以跑远了，因为驯鹿喜欢吃蘑菇而蘑菇又长得分散，所以驯鹿就会到处乱跑。这时候，猎民最大的工作就是跋山涉水地寻找驯鹿，一般都是男猎民的活儿。猎民说：“现在外面来的人在林子里下的套儿太多了，驯鹿不小心就会被套住，跑不了就会饿死，也会因为受套伤而死。所以必须及时出去寻找。”

周而复始，四季轮回。其实鄂温克猎民并没有明确的四季划分，他们至今还是说“到了打鹿胎的时候了”、“到了打狍子的时候了”、“到了打棒鸡的时候了”。他们对季节的划分还是沿用了对狩猎活动“时候”的把握。有些男猎民对我说：“你不知道，不让打猎，我的手有多痒痒啊，心里那个难受劲儿，真别提了！”

挑了个“好”季节，我上了“玛利亚·索猎民点”，玛利亚·索猎民点相对其他几个点来说，规模最大、人数最多、传统习俗保留得最完整，还有个不会说汉语、德高望重颇有领袖风范的老太太玛利亚·索。

玛利亚·索猎民点的帐篷搭建在密林深处，不像其他猎民点的帐篷在路边就能看到。下了车，满眼只是翠绿的森林，高高的林子遮天蔽日，使人感觉到一种神秘。“汪汪”的狗叫声由远及近，两只大猎狗前撵后跑地过来了，跟着来了几个年轻的男猎民，我深一脚浅一脚地跟着他们，拨开腿边的杂草灌木，经过一

4—7月份是给驯鹿锯茸的最忙时间。届时乡里派专车专人在各猎民点巡回锯茸，并尽快把锯下的鲜鹿茸称重后运回乡里的鹿茸加工厂。

条曲折泥泞小径，终于望见了冒着青烟的帐篷。

刚到时我对猎民点的生活没有什么好感。猎民兴高采烈套着了狍子，做好了野味肉包让我享用，可我却吃着发腥；晚上躺在硬硬的板床上，还要忍受山耗子抓挠我的头发。上厕所都不能踏踏实实的，因为驯鹿就在帐篷周围觅食，它喜欢咸味儿，猎民每天给它喂食盐还不够，谁去方便它都跟着。山上的白天很短，夜晚很长，我每天睡觉的时间比醒着的时间多。白天，男猎民忙锯茸、整袢子，女猎民忙挤驯鹿奶、抓鹿、做饭，老太太搓鹿筋线、缝皮子、发面打列巴，只有我没事儿四处转悠着看；傍晚，有酒的时候男猎民聚在一个帐篷里，点着蜡烛喝白酒，没酒的时候就带着我和女猎民打打扑克。

经过一次在猎民点的生活，我对森林的向往不再那么“饥渴”了，回到乡里我想再也不上山住了。可是我心里的疑惑更加强烈，为什么我这么不愿意待的地方，鄂温克老猎民却心向往之呢？尤其是得知敬老院的两个100岁左右的老姐妹都上了猎民点居住之后，我更是惊诧万分。

玛利亚·布老太太就是敖乡最年长的老人，她去的地方是女儿达玛拉的金林猎民点。金林地势险要，猎民点就建在公路边的山坡上边，两个发白的军用帐篷矗立在绿色林海里，随着阳光的

变化隐约闪现。山坡上的苔藓这一丛那一簇，看起来比其他猎民点的苔藓多得多，但达玛拉仍不太满意，她向我抱怨："虽然这里好歹驯鹿能吃饱，但套儿也很多，我们的鹿套伤了好几个了。这里还是不如阿龙山，我还想往回搬。驯鹿被套死，我都心疼死了！"玛利亚·布年岁大了，眼睛不好，但是头脑还很清楚，她静静地坐在帐篷里，天气好的时候，到帐篷门口坐坐。她不懂汉语，问她为什么愿意住在山上，她说："山上好啊！山上有驯鹿。"玛利亚·布的妹妹巴莎只比她小一岁，一辈子没结过婚，夏天也被侄子达瓦接到景观路的猎民点上去了。两个老太太都说猎民点比新址的敬老院好，尽管她们在猎民点什么也干不了，却还是喜欢待在那里。

阿龙山猎民点数百只驯鹿天一亮就从觅食的山沟跑回来"熏烟"。由于森林里蚊子、虾蛇、喷虫数量太多无处躲避，"萨弥"只冒烟不起火，有很好的驱蚊效果。"萨弥"成了驯鹿远离蚊虫的避难所。

我和玛利亚·索老太太坐着吉普车上阿龙山时，一路上颠颠簸簸了7个多小时，直到下午5点多才到猎民点。下了车，我腰酸背疼，年近80的老太太却一点事儿没有，脚步扎实又轻巧地在前面走，我一脚深一脚浅地紧跟慢撵还是落了好长一段距离。

山上的日子是一成不变的，我开始仔细体会当猎民的感受。早上，我跟着王英、柳霞去鹿圈挤奶，帮她们抓驯鹿系笼头；中午、傍晚我帮着她们做午饭、晚饭，其他没事儿的时候和老太太一起熟皮子、缝皮子。天好的时候，我跟着男猎民去河套挑水，也跟着他们走很远的路去采野果子。虽然苍蝇还是那么多，但是猎民说："森林里的苍蝇都是'绿色的'，你吃苍蝇吃过的东西也不会拉肚子。"猎民说得没错。

在森林里，最让猎民激动的是打猎，最让我激动的就是和他们一起出猎。有一次，我们五个人一起出去采都柿和牙各大（山上的野果子），三个男猎民都背着枪，我和王英拎着茶缸，背着铁皮水桶。走在半路上，我们遇到了大棒鸡，可惜被我和王英全神贯注的谈话吓跑了。我跟着他们几个在林子里和灌木丛中穿梭，他们脚步轻盈，行走敏捷，而我明显艰难费力，总需要他们的等待和帮助。采都柿和牙各大的时候，我不小心摔了两个大马趴，引得大家哈哈大笑，我也就忘了自己的疼痛。林子里的路深浅不定，我只能像熊一样迈步，而他们四个却健步如飞。那天，我们来回走了20多公里，回到帐篷，我浑身散架了一般，腿疼了三天。还有一回，我跟着维佳去狩猎，实在跟不上他了，他就让我在林子里的一个地方等。等待是多么难熬的事情，而在寂静的密林深处等待又让人多么害怕！当一个多小时后维佳打着猎物又回来接我的时候，那种欣喜和激动真是难以言表。

我们采回来的野果子，老太太做成了都柿酱和牙各大酱，又好看又好吃。过了十来天，老太太看着我熟练地熟皮子的样子，乐呵呵地说："伊曼娜也是鄂温克了！"现在想来，如果我不再抱着外人的态度，而是像猎民一样，那么，我就和他们活得一样自然安逸。用猎民的眼睛看森林，用猎民的感官接触森林，一切都变得那么美好、和谐……在与世隔绝的森林里生活，是那么恬淡、轻松、自由自在……

森林是鄂温克老猎民的家，而不是年轻猎民的。玛利亚·索老太太从不认为山下的房子是她的"家"，她说"我要回家"的"家"从来都是指山上的破帐篷。她所有的家当都在山上，她说山下的生活她适应不了，大便都便不出来，而到了山上她浑身都舒服。不少老猎民和我讲："我年轻的时候，见到外面来的人，别提多吃惊啦，心想：'啊，山外面还有人啊！还有和我们不一样的人啊！'"新中国成立前鄂温克猎民过着相对封闭的生活，几万平方公里的大森林里只有几百人，森林里的各种资源对他们来说是取之不尽、用之不竭的。

我渐渐发现了一些体现鄂温克猎民生活智慧的小细节。一张在我们眼里非常不起眼的小方桌，靠四个尖尖的脚，就很容易在坑洼不平的土地上找平站稳；不用一钉一线做成的桦树皮盒，用来装盐、装烟，既不会摔碎，又可以防潮，轻巧实用；猎民们口中经常含着的“依米西那”（口烟），既可以生津止渴起到香烟的作用，又可以免除香烟需要点火带来的火患……种种智慧的结晶不一而足。根据鸟的叫声就知道哪边发生了“天火”（雷击等引起的自然火灾），根据变幻的云朵就能预知几天后的天气，根据驯鹿的粪便就知道驯鹿得了什么病，根据蹄印儿就能判断出是多大的猎物，这些在我看来就像一辈子都参不透的“天方夜谭”，而在老猎民那里却是如此了然于心。

老猎民有这样的体会：以前山上的活怎么也干不完，大家都尊敬能打猎又勤劳的人。可是，“现在的年轻猎民，什么都不愿干，懒得不得了，”巴拉杰依说，“现在的年轻人这样往死里喝（酒），就是因为没事儿干，扫大街的活不愿干，猎民点儿的活儿也不愿干，光等着天上掉馅饼儿！”巴拉杰依是个很明智的老猎民，她说：“我知道驯鹿茸现在根本不挣钱，反正我和维佳每月有2000多块的工资，够我和维佳、柳霞生活，让他俩在猎民点放鹿，就是哄两个孩子玩儿，他们也有点事儿干，不然在山下早喝死了。但是，驯鹿也得养好，所以我就没把驯鹿搬下来，驯鹿要是没了，我们这个民族就不存在了，现在不让打猎，猎民再没有驯鹿养，还能干啥？不就更往死里喝了嘛！”

老年妇女和孩子在节庆或欢迎远道的贵宾时会穿上美丽的民族服装，年轻的猎民后代大多没有自己的民族服饰。

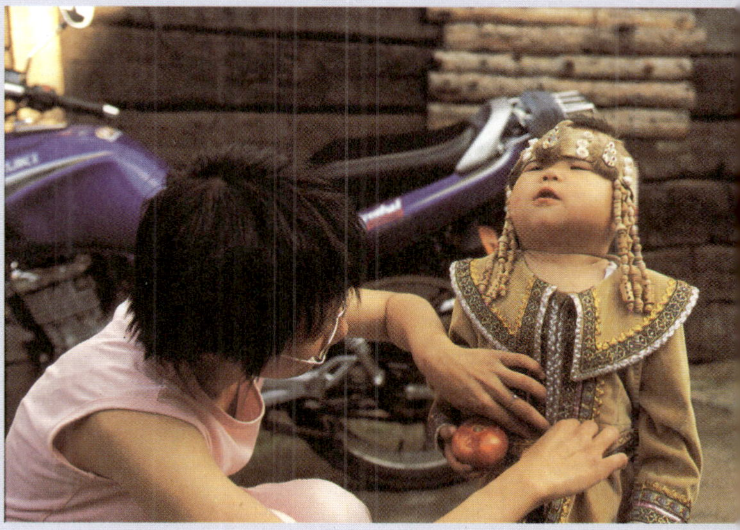

在敖鲁古雅，年轻猎民们最羡慕何协（玛利亚·索的大儿子），他是乡政府的司法助理，不用上班却拿着每月1000多块的工资，而且还有枪，可以上山打猎。已经体会到现代生活带来舒适的年轻人，大多数不愿意上猎民点过艰苦的生活（偶尔上山打猎除外，因为这属于一种消遣，所以猎民还是喜欢的）。别说年轻人，年过半百的女猎民格拉也不愿意再回点儿上居住。有一次几个港澳来的老人在达瓦猎民点参观，一位老教授和格拉盘腿坐在地上聊天，格拉已经喝多了，又问我们要啤酒喝。一会儿，一瓶啤酒喝下肚，她就开始说话了，其实是在发脾气："谁愿意待在这里？鹿在下面养不活，就让我们到山上住。这里不好！……"她气急败坏，用十个手指狠狠地锄地，手指甲下缘都出血了。她还拿起了刚喝空的酒瓶子，做出了要砸人的动作。大家一阵劝阻，终于止住了。格拉确实不愿意在山上住，可是到底谁让她到山上来住的，她又说不清楚。她间隔下山的时候经常去姐姐巴拉杰依家，埋怨她："都是你们搞的，把我们搬到根河来干什么，驯鹿养不活，人也养不活！你自己的驯鹿倒在阿龙山呆得好好的。"巴拉杰依是根河市人大代表，当初市里请了几个猎民代表开会决定选址问题，其中有巴拉杰依。巴拉杰依本来也打算把自己的驯鹿从阿龙山猎民点搬迁到根河附近，后来看到搬下来的驯鹿长势不好损失严重，养驯鹿的猎民又有回迁的趋势，所以放弃了原来的打算。

我曾经问过猎民们想过什么样的生活，老猎民说："就在山上，外面的人不要来扰乱我们的正常生活。"年轻猎民说："像何协那样的。"老猎民说，现在外界对"鄂温克"（指使鹿部）的态度变了，以前是爱护的、尊敬的，鄂温克猎民走到哪里都很骄傲。现在，"外面的人看我们的眼神都是异样的。我们的自尊心经常受到伤害。"但是，这种态度转变的原因，他们不知道。

文／谢元媛

图／高铭

东方的“鱼皮部落”

“滩地”：渔人驿站

“乌苏里江长又长，蓝蓝的江水起波浪，赫哲人撒下千张网，船儿满江鱼满舱……”这首优美动听的赫哲民歌，让人领略到了这个民族特有的风采。

赫哲人捕鱼时，无论是用什么工具，捕鱼的“滩地”必是要选择江面开阔，江水平稳的地方。于春、夏、秋季捕鱼时，选择的“滩地”形式一样，有的渔民还就在春、秋捕鱼的“老窝子”下网捕鱼呢。

赫哲族乡的渔民刘红海，认准了自己去年秋天捕鱼时的“老窝子”，离村20多华里的二道江子“滩地”。那是一个东西长1.5公里，由于江水的冲积和地形的变迁而形成的自然小岛，正好靠近黑龙江下游中俄国境线。

也许是离村子太远的缘故，“冬捕”开始时，村里只有刘红海和弟弟刘红俭两人来这儿下网。哥儿俩早晨开着四轮拖拉机出发，下午3点左右回来，每天能捕捞20斤左右的山鲶鱼、鲫鱼什么的。后来邻居付清海，也搭顺路车到二道江“滩地”下“冬板网”，三个人商量了一番，干脆住在二道江子岛上算了，于是，

这样的地窨子在乌苏里江的滩地上遍地可寻，旁边就是他们的网。

三位年轻的赫哲族后生就沿用祖先传统的生存方式，在去年的老窝子基础上挖了一个八九平方米的地窨子住下了。

盖窝棚的原料就用附近山上到处都是的白桦树，结实。这里可是要成为他们整整一个冬天的落脚点呀。修完了窝棚，刘氏兄弟又在背风处重新搭了一个晒渔网用的大架子，这才算大功告成。他们可以踏踏实实地在这里受用一冬了。

我去二道江子“滩地”的时候，也住在他们的地窨子里。那是先在地下挖一个3.5米深的大方坑，再用木杆子在坑上面搭成八字形，铺上一层柳条子，再铺上一层茅草，然后用土严严实实地培上，居然没有什么寒风能透进来，简单得让我实在不敢相信！那么古老、土气的东西，能让人躲避冬天的寒冷？为了取暖刘红海从家里拉来一个大铁炉子，用铁筒子做了一个烟囱，放上干柴，用它烧饭、取暖。问起过去赫哲人“冬捕”住地窨子怎么取暖时，他们也说不清，只说听老一辈人讲，可能是用一种泥盆放上烧过的火炭，供人取暖的。

要说到赫哲人捕鱼，还颇有些传奇色彩呢。早先，他们除了独木舟和鱼叉以外，没有别的工具。捕鱼全凭经验和眼疾手快，倒有些像我们在武侠小说里读到的那样，紧紧地盯住水面，一看见有水圈泛起，狠狠地把渔叉扎下去，准有收获。用网捕鱼已经是19世纪初的事了，汉族人将拉网、趟网技术传给了赫哲人。由于网的编织材料好、捕鱼量大，人们就日夜住在“网滩”上捕鱼、晒网、生活，渐渐地，人们将这种野外生存的地方叫做“滩地”。滩地是赫哲人捕鱼为生、漂泊的驿站。赫哲人不分男女，个个是驾船的行家、捕鱼的能手，有的夫唱妇随，将家什和孩子都带到滩上，同甘共苦，其乐融融。

无论过去还是现在，赫哲人在滩地的居住条件都是按照先祖的传统，因地制宜，有的住地窨子，有的搭简易些的窝棚。地窨子是在江岸的背风处，挖一个大坑，用几根木头椽子搭起来，再用柳条子盖住，然后用土培上，里面还可以搭上火炕，小的地窨子住两人，大一点的能住四五人，冬暖夏凉。

现在，这种极富赫哲族传统特色的“冬捕”旧居，几乎绝迹了，在黑龙江下游的街津口、八岔、抚远兴许还能找到一些废弃的遗址，从那残垣断壁之间，您依然能真切地体味到赫哲族渔民昨天捕鱼生活的艰辛。

冬天来临的时候，一层层的冰排，碴住了宛然如长蛇的黑龙江，飘雪的日子，支棱八翘的冰排，将一望无际的江面组成童话般的世界。就在这冰雪童话的尽头，赫哲族渔民在凹凸不平的江面上，凿开一个个一米见方的冰眼，赤着粗糙的双手，顶着刺骨的寒风和冰冷的江水，捕捞着生活的希望。

祭江：百年遗俗

但是赫哲人的捕鱼讲究非常多，他们并不是随便找个合适的时候就开始作业的。对于赫哲人来说，捕鱼是上天赐予他们的生存本能——他们要祷告上天、感谢上苍。

每年四月下旬，江面开始解冻，江风怒吼，不断传来天崩地裂的轰鸣声，这是封冻的江面开冻的预兆。世代居住在江边，靠水吃水，大江养育了赫哲人。“祭江”是赫哲人重大的节日庆典，也是赫哲人心中最神圣的祭祀，这几百年来的民俗传统，一直影响着黑、乌两江流域的每一位赫哲人。

今年65岁的毕春胜，是位从小跟着爷爷、父亲在黑龙江的风里、浪里滚打过来的赫哲族汉子，祭江的事情，是早已与同船捕鱼的伙计商量好了的。这天大清早，毕春胜就与同是赫哲族的伙计老付，在黑龙江畔的街津山下忙活开了。

当春风吹绿了黑龙江、乌苏里江的山山水水的时候，街津口的赫哲渔民，望着那随波逐流的冰排，开始了新一年的忙碌。按照村里老人们的年龄和辈分排下来，毕春胜已经可以算是族老级别的人物了，于是很幸运地连续几年都被村民们推举为祭江仪式的主持人。

祭江是顶顶重要的大事，丝毫不能马虎。

仪式非常隆重，毕春胜身着赫哲族最传统的野狐皮大氅，头

戴鹿皮帽，身后跟着的8个大汉，也身穿民族服装，外披鱼皮短褂，佩带弓箭、渔叉、猎枪。

人们静静地注视着江面，金色的阳光照射在江面上，五光十色使人眼花缭乱，江水跃出冰面，冰块裂纹处“咔咔嚓嚓”作响，巨大的冰块互相撞击，“轰轰隆隆”，以排山倒海之势，顺流而下。有的跳上了岸，有的堆成小山被激活冲动着，江水滔滔，冰排一趟接一趟冲撞着，震天动地，惊心动魄。

毕春胜和老付先用江水洗了手，漱漱嘴，一切都那么有条不紊，肃穆而凝重。赫哲渔民们带上祭品来到江边，摆上一只香炉、装饰一新的桦皮船披红挂彩，船里卧着一只木制的巨大鳇鱼。然后又将带来的祭品一件件摆到铺着红布的方条桌上。鸡、鱼、点心、水果、烧酒，陪衬着毕春胜、老付满脸的庄重，也让我和几位看热闹的人屏住呼吸，看着他们走到香烟缭绕的香炉前，缓缓跪下，向着滚滚东去的大江，双手合十，默默祈祷，将心中的一份企盼和祝愿，连同那杯高高举起的烧酒一起，融入深蓝色的江水里……我的耳畔随之响起了《祭江号子》：“哼！嗨！母亲的江啊！哦！呵呵嗨呀！山鹰离不开苍天哪，赫哲人离不开大江……”

据史料记载，祭江在赫哲人的生活中，已有400多年的历史。那时，黑龙江水域比现在宽阔许多，春天解冻的江水，载着一层层冰排，横冲直撞，一泻千里，有时会将岸边赫哲人居住的马架子撞塌或埋在冰排下，人们以为是大江的神灵在作怪，于是便在氏族族长的主持下，祭拜江神。人们将捕来的鱼摆在江边的石头上，点燃柴火，全族人伏地叩拜，祈求大江保佑他们一年里风调雨顺，平平安安。顺治年间，赫哲人祭江时，在使用的祭品方面，发生了一些变化。就说毕春胜和老付两家祖上的规矩吧，毕氏家族祭江时的主要祭品是鲜活的鱼和鸡；付氏家族祭江时除了鲜活的鱼、兽头、烧酒以外，还要摆上几尊木刻的神像，以表达对先祖的怀念。

现在，几百年过去了，赫哲人用勤劳和勇敢，改变着自己的命运，书写着自己的历史，尽管许多旧时的生活方式已经在社会的进步中不复存在，但祭江这一传统的祭祀，带着赫哲人对大江的祈祷和祝愿，对美好生活的盼望，依然一年一年在赫哲人的生活中翻唱着、流传着……

传说中的“鱼皮部落”

美丽的民族都有美丽的传说——

康熙年间，有位叫额德力的青年人，从小跟随父亲在黑龙江的风浪里滚打，练就了一手叉鱼的好本领，他叉鱼几乎百发百中，叉子总不离鱼头和鱼身交界的格腮，每次捕鱼归来，总是收获颇丰，名扬方圆几百里。

有一回，额德力在江中叉中了一条大鱼，怎么也挑不上船，反而被鱼弄翻了船，带走了渔叉。额德力情急之下一个猛子扎进水底，用力抓住大鱼的尾巴一直游了二三十里，那大鱼忍着疼痛一会钻进水底，一会浮上江面，如此折腾了老半天，最后不行了，额德力顺势将大鱼推到了岸边，在十几个小伙子的帮助下，连拖带拉把鱼弄到岸上。正巧这时驶过来一条官船，官爷看见那么一条大鱼顿时眉开眼笑，说什么也要将大鱼装上，并让额德力押运，跟他去京城献给皇上。

康熙见了大鱼，非常惊奇，问额德力如何抓得的大鱼，他一五一十讲述了叉鱼的经过，接着说：“回禀皇上，这条大鱼至今没有名字，请皇上给起个名吧。”皇上乐得眉飞色舞，赶忙提笔写下一个“鱼”字，思索片刻，在鱼字的旁边写了个“皇”字，抬头对额德力说：“朕见此鱼非同一般，堪称天下鱼中之皇，朕就叫它‘鳇鱼’吧。”同时让差官取来一把宝刀，送给额德力，吩咐他协助镇守黑龙江的地方官员，每年都要向皇家进贡当年最好最大的鳇鱼。

从此，赫哲人每年捕到两丈有余的大鳇鱼，都要集中放到“鳇鱼圈”里，待初冬季节运往京城。也正是从那时起，鳇鱼在赫哲人眼中地位便尊贵了起来。

用鳇鱼皮做的衣服是赫哲族几百年流传至今的老版经典。现在能够按照传统工序制作鱼皮衣的人几乎没有了。

赫哲族一年四季以渔业捕捞为生，吃的、用的、穿的都离不开鱼。鱼皮衣服是赫哲族独有的民族服装，受满族服饰影响，多为长衣服，主要是妇女们穿用，样式像旗袍，腰身稍窄，身长过膝，装饰图案新颖、壮观、美丽。对称的手法是赫哲族图案的一个显著特色。鱼皮服在50年前开始逐渐消失，现在几乎已经见不着了，只是个别民间老人会做这种衣服。现在的鱼皮服不再是赫哲人的遮体服饰，而作为一种民间工艺被收藏于艺术博物馆之中。

赫哲人有吃生鱼的习惯。从鱼皮、鱼子到鱼肉、鱼脆骨都有生吃的妙法，最常见的是"拌菜生鱼"，将活鱼肉剔下切成丝，拌上野生的姜葱、野辣椒，加醋和盐就可食用。若没有醋时，可把野樱桃捣成浆汁拌上，咸、酸、辛、辣，入口即化，味道一分鲜美。传说这道菜还是由一位心灵手巧的赫哲媳妇传下来的。早先，有个刚过门的新媳妇，聪明美丽，啥也难不倒。有一天，刁蛮的老公公给她出了一道难题，要求她做的鱼看是生的，吃又是熟的。于是她挑了两条新鲜鲤鱼，飞刀剔下鱼肉，切成鱼丝，放在桦木盆里，用醋泡上。然后把鱼皮往火上一烤，一抖搂，鱼鳞全掉了，鱼皮烤得焦黄脆香。她把鱼皮也切成细丝放在桦木盆里，再加上点作料一搅拌，一大盆杀生鱼就做好了。老公公一吃，连连夸奖。这样，拌菜生鱼的做法便流传下来。

传说毕竟是传说，先前听一位赫哲朋友讲，还以为他故意夸大其词，生鱼嘛，不过就像日本料理里的生鱼片一样呗。但当那一口杀生鱼向我的味觉器官发起“进攻”的时候，我是真的服了！值得庆幸的是，赫哲人这手绝活儿一直传下来了，使我们总还会有机会大快朵颐。

冰捕之趣

太阳刚刚在街津口东面的山上露出头来，何光发叫醒儿子，挑着网具，父子俩朝村北街津山下的黑龙江走去。前些天，大江的中央还跑着冰排的时候，父子俩就先村里的渔民一步，在街津山下的滩上开始“冬捕”了。

走在冰排碴死的冰面上，我的腿直打哆嗦，生怕冰没冻住将自己掉下去，何光发爷儿俩却满不在意地跑过来、跑过去，挥动着沉甸甸的冰钏，在已经冻结实的冰上，凿出许多一米大小的“冰眼”，往里面撒着一种被赫哲人叫做“冬板儿”的挂子网。

冬季捕鱼，在赫哲人的生活中已经有 300 多年的历史，从明朝末年至民国初年，赫哲人就在千里冰封的黑龙江上，打上冰槽撒大拉网捕鱼。那时，捕上来的鱼又大又鲜，是赫哲人冬天主要的经济来源和生活依靠。后来，随着黑龙江水产资源的减少，冬季用大拉网捕鱼的现象消失了，一些渔民开始使用胶丝挂子网捕鱼，维持冬天的生活。赫哲人管这种冬捕的渔具叫“冬板网”。

2003 年 58 岁的何光发，从小到大，每年的冬季都在黑龙江的冰面上，用祖先传承下来的传统“冬捕”方式捕鱼，养大了 3 个儿子，在冬季给自己不算富裕的家一点贴补。

天好冷，冻得我“咝咝哈哈”的，而何光发父子却忙活得满头冒汗。他们用冰钏一连气凿了七八个一米见方的冰眼，将“冬板儿网”的网绳，拴在一根长长的木杆子头上，再将长长的木杆顺着凿好的冰眼，使劲一推，我看到钻进冰下面的木杆被江水冲着漂向下一个冰眼，何光发的儿子在下一个冰眼处，用一根带铁钩的木棍，伸进江水里再使劲一拔，江水中的木杆又带着网绳，漂向下一个冰眼……何光发一边不停自己手里的活计，一边给我解释：那个拴着网绳的长木杆叫“穿线杆”。“冬板网”就这样一片片被“穿线杆”牵引着撒在冰面下的江水中。在最后一个冰眼那儿，何光发的儿子将“穿线杆”和网绳拽上来，然后，顺着江水的流向，向上不停地拉着网绳，何光发手里的十几片“冬板网”就顺利地撒到了江水里。几个小时以后，他们“溜网”时，能从这种小眼的胶丝挂子上，摘下黑龙江特有的冷水鱼——白鲑鱼、山鲶鱼。

赫哲人“冬捕”除了用“冬板网”，还有使用传统的铃铛网、猫网等进行“冬捕”作业的。我在抚远的依力嘎滩地，就见识了赫哲渔民李艳德的“铃铛网”。在赫哲人的冬捕中，这是非常费劲的一种捕捞方式。

“依力嘎”（赫哲语是“金色沙滩”）水域宽阔，一年四季水流平缓，李艳德和同伴们就在这样的地方，选择一块平坦的冰

胆大的年轻渔民们就把窝棚修在满是积雪的冰滩上。他们预先立下了许多木桩，然后像踩着梅花桩一样的进出。

面，搭建一个5平方米的木板房。先用木杆在刨开的横向“冰眼”内，插上一排网栅栏，然后在木板房内刨一个1.5平方米的“冰眼”，将一种张着口的索网放进江水里，网绳连着木板房内支架上的一串小铃铛，如果被网栅栏截住的鱼钻进了张着口的索网，网绳立即会碰响那串铃铛，捕鱼人马上收紧网绳，进去的鱼没有一条能逃脱掉的。

这种冬捕方式与“冬板网”不同，“冬板网”是在冰眼里撒好了网，不用人看着，几个小时甚至大半天再来“溜网”都行，铃铛网必须两三个人轮流守护着，两眼盯着铃铛，来不得半点马虎。有时吃住都在这5平方米的空间里，虽然捕到的鱼品种多一些、数量多一些，但实在是好辛苦。

千百年来，赫哲族逐江河而生，依山而立，长期过着不定居的渔猎生活。三江（黑龙江、松花江、乌苏里江）流域，山水纵横，自古以来就是丰厚的天然渔场和逐猎之地。赫哲人素有“水上民族”的美誉，男女个个都是捕鱼好手，无论在寒风刺骨的严冬，还是在江水汹涌的盛夏，江面上总能看到他们捕鱼的矫健身影。

在人们印象里，每到冬天，这里滴水成冰、江河封冻，到处冰天雪地，人们只能躲在屋里烤火。其实，这时恰是赫哲人捕鱼的大好季节。这时尽管天寒地冻，甚至漫天大雪，但在三江流域，到处可见赫哲人破冰捕鱼的繁忙景象，这也是赫哲渔乡的独特风情。

尤其他们的冰下捕鱼绝活，更是令人惊叹。其中最为独特的要数“干钩钓鱼”。

人们都知道“姜太公钓鱼”的故事，这所谓的干钩钓鱼，还真跟姜太公钓鱼的方式异曲同工——就是拿不用鱼饵的钩钓鱼。这种钩，是用铅铸成的，约10厘米长，似小鱼形状，两面擦得锃亮，头部和尾部各有一个锋利的钩。垂钓的方法是：在冰封的江面上，凿出两个直径约30厘米的冰窟窿，把这种特制的渔钩放人冰眼里去，每人两手各提一把钩，不住地拉动渔钩一起一落。冬季，是赫哲人施展这个独特本事的大好时机，尽管早晨非常寒冷，但临江居住的赫哲渔民习以为常，每日鸡叫头遍，便奔向江中去钓早喷鱼（一天最早的一阵鱼）去了。

钓鱼人有男有女，有老有少。不少人坐在小板凳上，聚精会神地钓着鱼。尽管眉毛胡须上挂上一层白霜，脸颊冻得红扑扑的，但谁也不介意，只管专心致志地起落着钓鱼的干钩。每次钓鱼的收获可是不小，如哲罗鱼、雅巴沙鱼、兔子鱼、白鱼和狗鱼，每条几斤、十几斤，一人一天可钓百十斤。有人偶尔能钓到一条三四十斤重的哲罗鱼、七八十斤重的鲟鱼，甚至一二百斤重的鳇鱼，每逢此时，就得呼请邻近的钓友们帮忙了。他们有的扩大冰眼，有的手拿抄网，等鱼头接近水面，一下子就把捕物兜抄上来，冰封的江面是天然的冷冻场，钓上来的鱼，只需往冰上一扔蹦跶几下就冻僵了，不必担心它溜掉。

赫哲人为什么能用干钩钓着鱼呢？原来三江流域有一种冷水鱼，夏天在山林溪水里生活，冬天就到江里越冬。它们在冰下照常活动，往往饥不择食，误将起落的钓钩当成活蹦乱跳的小鱼，结果大上其当！

漫长的冬季，是破冰捕鱼的繁忙季节。

冰下捕鱼的方法多种多样，既有钩钓，还有网捕。大拉网有百米多长，怎样下到冰层以下需要一整套熟练的技巧。下网前，选择鱼窝子极为重要。近山识鸟音，近水知鱼性。经验丰富的赫哲老渔民，十分熟悉鱼的习性，他们能准确地判断，掌握好冬季鱼窝子的位置。选定鱼窝子以后，在冰面上打好两排冰眼，把网绳续在冰下穿过，然后逐渐围拢，最后在出网口把冰下的渔网拉到冰面上。冬季冰下鱼群聚集，用大网捕鱼，一次可捕到多达上万斤的鱼呢！

赫哲人“冬捕”从黑龙江开始跑冰排的时候，到阳历新年元旦前后短短不足 3 个月的时间，在千里冰封的江面上，从冰冷冰冷的江水中，一次次捕捞着生活的希望。他们为了生存而付出的那些辛苦，是常人做不到的。然而他们的收获却又是最少的。

每逢冬季来临，黑龙江下游的一些名贵鱼种像鳇鱼、马哈鱼等，按照它们的生活习性游回大海越冬去了，适应季节的冷水鱼像鲫鱼、鳝鱼、狗鱼、白鲑鱼等，成为赫哲渔民“冬捕”的鱼类资源，可是由于连年的恶性捕捞，加之黑龙江支流的水质污染，鱼类资源日益减少。

在街津口江段的滩地上，我仔细观察了渔民“冬捕”的鱼类。每趟“冬板网”捕捞的鱼，不超过7条，一般每条在8两、1斤左右，以白鲑鱼、山鲶鱼居多，狗鱼很少见到。一位老渔民说：前些年他们“冬捕”时，每趟“冬板网”都能得10多斤鱼，他曾用大眼“冬板挂子网”捕到一条30多斤的花狗鱼，扛回村里卖给收鱼的“二道贩子”，得了150多元。说到今年“冬捕”的情况，他无奈地摇摇头，嘴里嘟囔着：“太少了，没法子。”而地处街津口下游240华里的二道江子滩地，刘红海和同村的两位渔民，每天的收获相对好一些。“冬板网”捕到的鱼最小的也有一尺长，以白鲑鱼居多，偶尔也有鲫鱼、“黄姑子”鱼上网，单刘红海一人的七八趟“冬板网”，每天就能得五六十斤鲜鱼。

他们隔两天就得将捕到的鱼，拉回村上卖给鱼贩子，像白鲑鱼平均每斤7元，鱼贩子再将这些鱼运到城里可以卖到每斤10元。刘红海也曾想自己将鱼直接卖到城里去多赚些钱，最终却没有去，现在得到的那份微薄的收入他已经满足了。他还常用一句前人的遗训来释然自己的心情：“知足者常乐。”

赫哲的老版经典

赫哲老渔民付安学的家，在街津口赫哲族村的最南端，从他家门前到街津口后面街津山下的滩地，大约有5华里的路程，56岁的老付与比自己小5岁的老伴尤文凤，每天上午都要走上一个来回，老两口在黑龙江冰面上下着的“冬板网”，维持了两人冬天的生活零用。

尤文凤年轻时，聪慧、勤快，跟父亲学会了赫哲人缝制鱼皮衣服的绝活。岁月蹉跎，这种传统的服饰已成为再现赫哲人历史文化的翻唱经典，每年的旅游时节，可以为赫哲人带来不菲的经

（右页图）

赫哲人生活的地方永远就是这样安静、美丽，无论是现代工业进入之前，还是人们改变了传统的生活方式，这里的天依旧湛蓝，水依旧清澈。

济收入。

每天下午，尤文凤就在自家的小土炕上，收拾夏天攒下的鲤鱼皮和秋天攒下的马哈鱼皮。那些已经晾干并且去掉了鱼油的鱼皮，必须先用传统的木闸，将皮子逐张榨压一遍，然后一层鱼皮撒一层玉米面，再将鱼皮捆卷起来，用木闸榨压直至鱼皮完全松软为止，赫哲族渔民管这个过程叫“熟鱼皮”。

尤文凤在接受我的访问时，告诉我：做鱼皮衣服，要选上好的胖头鱼皮和大马哈鱼皮，这两种鱼皮经过加工以后，颜色和皮纹非常好看，手感也异常柔软。一套鱼皮衣服的用料多少，这要看“熟”出来的鱼皮大小，成本最少也在900元到1000元左右，一般得用20天左右的时间才能缝制完成衣，再以4000至5000元不等的价位卖给来街津口旅游参观的外国人。2001年街津口另外一位懂晓鱼皮衣服缝制技术的渔民，曾为中国历史博物馆缝制了一套皮质、纹路上乘的鱼皮衣服，填补了赫哲人服饰研究方面的空白。我不得不相信：民国初年以前，赫哲族渔民用来抵御风寒的鱼皮衣服，百年之后的今天，竟成为民俗工艺品，为赫哲人的生活带来新的希望。

在赫哲族经历的几百年历史中，“冬捕”一直影响着他们的生活，曾经为这个人口最少的少数民族的繁衍生息提供了丰富的生存资源，但是，现在这种古老而传统的生活方式，已经不能完全支撑赫哲人冬季的生活需求，随着鱼类资源的减少，黑龙江下游赫哲人的生活方式已经转向种植业、畜牧业，赫哲人的“冬捕”生活，逐渐成为黑龙江冬天的童话里最后的一道风景。

文 / 袁志柱　张阳光

图 / 袁志柱

游牧世界最高处

铁轨穿越藏北牧区

“修公路可以绕道，修铁路为啥就不能从我家绕过去？这不是和我过不去吗？”当初搬迁时，这位从未见过火车的58岁的藏族老阿妈怎么也不理解。

2003年5月正在建设的全长1142公里的青藏铁路青海格尔木至西藏拉萨段，在青海省境内全长588公里的线路，白玛卓玛是唯一的搬迁户。

30年前，白玛卓玛一家从西藏的那曲迁到了沱沱河畔，成为唐古拉山乡第五牧业社的牧民。1987年后，她家雇人从山上背来石头、从那曲拉来木头，才在沱沱河畔的夏仓山上盖起了房子。一家人用40只羊作为工钱，花了4年时间盖好了4间房屋。几年后，又有了些积蓄的白玛卓玛，花了20只羊的工钱，又建了3间房屋。白玛卓玛家的7间房子就坐落在沱沱河畔两山相对的缓坡上，一条横贯两山的河流在她家不远处经过。

想当初房子盖得如此不易，白玛卓玛说：“我故意向政府要50万元的补偿费，想吓走那些修铁路的。”白玛卓玛希望他们能改道。可铁道部门的领导却一次又一次耐心地向她解释，如果青

这里是长江的源头沱沱河。清晨，牧区的女人们便悄悄地踏上打水的路。通常，牧民们会在临水的地方安置帐篷。

藏铁路不从她家的地方通过，就要在附近的山谷上架一座几十米长的桥，或者要打一条隧道穿过夏仓山。这样就要增加几百万甚至几千万的投资，相当于几万只羊的价钱，把唐古拉山乡牧民家所有的羊加起来也不够。白玛卓玛被这笔账算得吓了一跳。

像大多数心存良善的藏族人一样，白玛卓玛不想让政府花冤枉钱。她的女婿昂南是个见多识广的藏族青年，他告诉白玛卓玛："火车有几十间房子大，一次可以拉 1 万多头羊，从沱沱河到拉萨只要 10 多个小时。"老阿妈听得满脸惊讶。

"从这儿坐火车到拉萨要多少天？"白玛卓玛好奇地问。

"最多只要半天时间。"

"那我一有空就能坐火车去朝拜了。"白玛卓玛很是激动。以前，由于交通不便，白玛卓玛骑马去拉萨朝拜要走一个月。没想到火车竟然能这么方便，老阿妈愉快地答应了搬迁，天天盼着铁路早点修好。

目前，白玛卓玛一家已经在向阳的山坡新址上盖起了 3 间新房。新址离原来居住的地方大约 50 米远，白玛卓玛感到很满意，接受了政府给予 8 万元赔偿的条件。

白玛卓玛家里喂养了 600 多只羊、80 头牦牛，还有马和骆驼。

青藏铁路穿过她家400亩的牧场。为了便于通行，中铁三局专门为她家增修了一条可供车辆和家畜出入的通道，整修了山沟里的运水台阶和供她家出入的道路。

现在，白玛卓玛每天都要煮上一壶喷香的酥油茶，去看望在附近施工的铁路工人。“等青藏铁路修通后，我每年都要坐火车去拉萨朝拜。”白玛卓玛逢人便说，每一条皱纹都透着笑意。

羌塘草原，游牧民的家

从白玛卓玛的家南行，翻过唐古拉山口，便到了西藏北部牧区。

青藏铁路计划和正在西藏修建的火车站有：安多、那曲、当雄、拉萨等站，它们恰好穿过了藏北牧区，使这片被誉为“世界上除了月亮背面之外最神秘的地方”，吸引着比以往任何时候都更多的目光。

藏北高原在藏语里被称为“羌塘”，意思是“北方平原”。它在唐古拉山脉、念青唐古拉山脉及冈底斯山脉环抱之中，包括阿里部分地区及几乎整个的那曲地区。这片高原上的高原，平均海拔4000米以上，世代生息着逐水草而居的藏族游牧民。如果我们用一条线将牧区连接起来，就相当于在西藏自治区的地图上画出一条弯月形的弧线。它的上部就是牧民们世代游牧的牧区，面积占西藏的70%左右；但是，在整个西藏自治区，纯粹的牧民占不到西藏人口的10%。

于是，这片人稀地广的所在，更加具有神秘色彩。

从首都到拉萨，在飞机上只需花掉4个钟头就能到达。站在高原的土地上，看着不远处的山峰，一尘不染的蓝天白云，心思一下子穿越了长长的时空隧道。1300多年前，文成公主的车队从大唐的首都长安出发，他们沿河西走廊“丝绸之路”到达鄯城（西宁），西行翻过日月山，过通天河，之后穿过苍茫的羌塘草原抵达拉萨，一走就是3年的时间。近50年前，第一届全国人民

在外人眼中，羌塘是“无人区”的代名词，而在藏北牧民心中，这里是他们世代生息的可爱家乡。

代表大会在北京召开，班禅大师从日喀则出发，经尚未完全通车的青藏公路北上，一路乘汽车到西安，之后到达北京，历时近3个月时间。未来——不超过5年的时间，从北京乘火车到拉萨只需要3天的时间……

时空快速轮转，陌生的藏地文化也渐次变得清晰。在大部分人的印象中，西藏更应该是游牧文化占主导，而事实上，早在新石器时代西藏就同时并存着两种经济文化形态。在东部、南部的河谷低地，人们的生存方式以农耕、制陶、磨制石器和饲养家禽为主；而在西部、北部的高海拔荒漠湖盆地带，人们更多以狩猎为标志，代表地区为阿里、那曲和雅鲁藏布江上游地带。

5000多年来，甚至在更长的时间里，牧区的人们以他们祖先的姿势生活在辽阔的藏北地区，因为缺氧、暴风、雪灾、野兽威胁以及土地的不可耕，游牧成为他们唯一的出路。

“为什么不搬去低海拔的地区过安稳定居的生活？”许多人都这样问藏北人。

大部分牧民会冲你笑笑，也有人会将那首古老的羌塘古歌念给你听——

辽阔的羌塘草原啊，
在你不熟悉它的时候，
它是如此那般的荒凉，
当你熟悉了它的时候，
它就变成你可爱的家乡。

飞过头顶的牧区“珍宝”

从拉萨向西北方向上行 90 公里，就到了著名的羊八井。这里地热资源丰富，虽然海拔 4000 多米，挡不住的热气仍然在冰峰雪山的环抱中四处升腾。从此折向东北方向继续前行，牧区的风光便浓郁许多。

用于修建铁路的土地被围了起来，但这并不影响牦牛们吃草的兴致。随着海拔升高，几乎见不到什么树木，阳光下绿油油的草场和白色的羊群、黑色的牦牛，以及起伏的雪山，构成了一幅美丽的田园图画。

遇上的第一户住在帐篷里的牧民，是在过了宁中乡不远的两山之间的缓坡上。已是上午 10 点多钟，男人们都出外放牧了，帐篷里只有老阿妈，在忙着把新弄好的奶渣放到阳光下晾晒。老人很好客，但并不懂汉语。她的儿媳妇正娴熟地在离帐篷不远的地方拾牛粪。因为缺少木材，牛粪一直以来都被牧民们视做“珍宝”，成为 8 个月的漫长冬季里最好的取暖燃料。但是，牛粪每天都要捡，这是一项被分工了的女人每天必做的功课。儿媳妇用头巾把脸包得极为严实，只露出一双羞涩的眼睛，转瞬便溢满笑意。到西藏之前，曾经看到不少年轻女人戴着白口罩的照片，心中很是不解。对于 2003 年来说，口罩给人的想象实在太单一了。不过，到了西藏才算知道，由于高原干燥，爱美的年轻女人们喜欢将口罩沾湿了戴上，以保持皮肤的湿润。大概是 SARS 的原因，女人们又开始抛弃口罩了，而用鲜艳的围巾遮住脸，以使高原对肌肤的伤害尽可能地减少。

游历藏区，如果看到哪个帐篷顶上的烟囱冒着青烟，你走过去，准能喝上最可口的奶茶、吃到最香甜的糌粑团子。

“啪”，儿媳妇捡起一块牛粪，再把它砸向地上的另一块牛粪，像许多男人小时候玩尿泥一样的专注。她用双手将巨大的牛粪块向后一抛，软软的它便以优美的弧线划过她的头顶，不偏不倚地落在她身后的筐里。这个动作被藏区的女人重复过千万次，无论在外人的眼中是脏是苦，对于她们都没有任何意义，对她们而言，这就是生活，命中注定，天经地义。大家不自觉地举起相机，女人敏感地别过脸来，给我们一个定定的微笑。为了捕捉到她的自然状态，放下相机，她又快乐地劳作起来，又是“啪”，弯腰，抛，牛粪再一次顺着优美的弧线落筐。再次举起相机，她又转过脸，给我们同样一个定定的微笑。因为很多人不入流的猎奇镜头，养成了藏族人爱照相的习惯，他们认为，认真地看着镜头笑，是对摄影者最好的尊重。

我们继续赶路。老式的丰田车却有了脾气，不愿再爬坡。在这个海拔近5000米的山口，一面要忍受鼻孔干燥引起的疼痛，一面喘着粗气向山顶走去。忽然，旁边的山巅处有30只牦牛正在向下跑，它们后面，一个翩翩少年紧跟着飘了下来。当他路过我们

经幡由五种颜色组成，又叫“五色风马旗”。经幡上的内容多蕴含生命轮回经久不息之意。

那辆罢工的车时，停了下来，时而跑前，时而跑后，之后又在路边抱起一块大石头。看到他费力的样子，我的眼中竟莫名地涌出了泪水。石头最终没有用上，少年依然满心欢喜的样子，因为车子虽说不听话，终归还是可以跑了。我探出车窗向他招手，远远地，他依然站在那里挥手，脸上挂着无邪的笑。

经幡遍布的山顶，不时有标着“雍仲”图案的藏车停下来，朝拜一番。据宗教研究专家顿珠先生介绍，每逢宗教节日，人们便要到山上挂起经幡。藏语里称为“隆达”，“隆”是“风”的意思，“达”是“马”的意思，这种藏区特有的大地景观艺术，又称为“风马旗”。风马旗有五种颜色：白（白云）、黄（大地）、红（火焰）、绿（江河）、蓝（蓝天）。因为经幡上的内容多寓含生命轮回经久不息之意，藏族人认为，经幡随风翻卷，人们的运气就会上升。

远处，念青唐古拉山与纳木错湖已清晰可见。关于这对神山圣湖的传说故事，任何一个藏族人都能说得头头是道。“念青”藏语谓为“大神”，它是西藏著名四大神山之一，又是藏北高原的南方门户。“纳木错”意思是“天湖”。它是世界上海拔最高的大湖，湖面海拔 4718 米。相传它们是一对夫妻，雍容华贵，财产丰厚。湖畔草原是它们的草场，旁边的群山是它们的家用，牧马、放羊、做糌粑，一样活儿也少不了。念青唐古拉身边有一座稍矮的山峰，据说是念青唐古拉的儿子，因为它一个劲地猛长，父亲说，你比我高了可不行。他一个巴掌拍过去，那个做儿子的山峰从此低垂着脑袋，再也抬不起头来。

神山圣湖下的多杰桑珠一家

藏族人认为，转神山圣湖可以洗清一生罪孽，在生死轮回中可免受坠入地狱之苦，如果转够百圈还可以成佛。不过，对于大部分牧民来说，现世的劳作与生活占的比重更大些。牧区有句俗话：小孩的脚磨出茧子，女人的手磨出茧子，男人的屁股磨出茧子。是说，大多数牧区的男孩子，通常在四五岁时就开始骑马放牧了。

纳木错就在拉萨地区当雄县和那曲地区班戈县之间。因为天湖的滋养，草场比别的地方肥美许多。现西藏作家协会副主席加央先生还记得，藏历 2 月是羊产仔时，4 月份开始挤羊奶，这时小孩子就要在中午时分将小羊赶回去。他第一次放牧也就四五岁大的样子。然后经历牧区所谓的：6 岁放马、8 岁放牛、10 岁放羊（公羊）。放羊必须跟着羊走，少则五六里，多则七八里地，上山下山过沼泽，相当辛苦；而马根本不用人怎么管，只需要用时赶回来就行；男孩子最喜欢放牦牛，它不需像放羊那么细心，闲暇时将随身的小口袋里的水、糌粑、肉拿出来吃喝一通，碰到小伙伴还可以一起玩游戏。

现在的牧区，虽有富裕人家也能给孩子们买到玩具，但大家谈起以前小时候玩过的游戏，语调也会变得兴奋。通常，牧区的孩子在 4 岁左右玩羊拐骨。羊拐骨有 6 个面，各代表不同的动物。其中翻到“马”的那面，被认为是最好，因为在草原上没有路之前，马在牧民家里的贵族地位至高无上；“人”的那面也算尚可，

最差的要算翻到“山羊”和“驴”那面，那就只能用郁闷来形容了。再长大点，就用牦牛毛或羊毛做的牧鞭打石头。这一招我可见识过。当时在纳木错湖边，一个口齿伶俐的男孩子非要让我与他的哥哥白玛照相。我问：“为什么？”他说：“以后，你拿着照片跟人家说，你在纳木错有个男朋友，多好啊！”我正被说得内心欢喜，这个名叫阿里的10岁男孩儿看到湖面漂来游人丢弃的饮料瓶，随手捡起几块石子打过去，真是弹无虚发。不仅阿里有如此本领，他的几个同龄的小伙伴，个个都是神枪手。

草原上的牛羊是牧人们最好的伙伴，就像家人一样，它们也拥有自己的名字。

多杰桑珠也是个汉语说得极好的藏族小伙子。我们在北行的路上碰到的两个女人，就是他的妈妈和大嫂。现在正是夏季放牧的好时节，他便和妈妈、哥嫂以及他的两个侄子一起来到距定居点10多公里的草原。几年前，家里用卖7只牦牛的钱买回了一辆拖拉机，现在它便是放牧时驮运帐篷和其他行李最好的工具。清晨大嫂和妈妈4点多钟便忙活起来，拾牛粪、去山谷背水、挤牛奶，准备早餐。等天彻底亮了，这里的男人和孩子们才会起来。两个侄子带着奶奶和妈妈准备的干粮去放牧之后，妈妈和嫂子又开始打酥油、酸奶、磨青稞，中午和晚上都要给牛羊挤奶、给家人做晚饭。反正多杰桑珠几乎从没见妈妈闲下来过。

在牧区缝纫的工作多由男人完成，家里的这顶帐篷就是大哥做的。平日里的靴子、袍子等穿戴品也要由男人完成，还有修牛羊圈、解决草场纠纷也是男人必须面对的工作。多杰桑珠的爸爸住在乡上的定居点里。10 多年前，政府还没有推广碘盐，去盐区驮盐这项牧区的主要副业工作就由爸爸完成。

因为牧区不产粮食，每年的春夏之交，牧民们都结成组到更北部的盐湖去驮盐。一般是带 10 顶帐篷，一顶帐篷里住 6 个人，一个人带 30 头牛就出发了。除了两三头牛要驮行李，其他牲畜边牧边行。到了盐湖最艰苦的就是把盐块背到岸边，然后就是每天晨昏地装卸工作。多杰桑珠的爸爸和同乡两人一组，一人 35 只牛，这就意味着两人每天都要往牦牛身上装卸盐袋 140 下。到了秋季，他们再将盐、牲畜送到农区，换回平日需要的青稞、茶叶及其他所需的粮食，传统上称之为“盐粮交换”。

在 20 世纪 90 年代中后期，因为国家提倡食碘盐，驮盐这种现象渐渐消失。随着经济发展，农区的人们可以方便地购买到食盐。牧区一些男劳动力被解放，纷纷投入手工业、运输业、商业等活动。多杰桑珠的二哥就在纳木错做起了生意，据说还挺兴隆。

牧民婚姻中的“骨系”

多杰桑珠今年 20 岁，长得蛮英俊，再加上学过 3 年的汉语，在牧区是属于比较优秀的小伙子。他的大哥 19 岁就结了婚，现在已是 4 个孩子的父亲。多杰桑珠也排第 4，是家里最小的儿子。问他有没有女朋友？他说：“我很爱我的爸爸妈妈，他们很疼我。”

原来，爸爸妈妈给他介绍过 3 个女朋友，他都没有看上。他说：“我家里有 102 头牛、150 只绵羊、80 只山羊，还有 7 匹马，是公塘乡富有的。她们看上的是我们家的财富，不是我。”爸爸妈妈喜欢叫他的小名尼玛，尼玛对两位老人家也很孝顺。他希望能真正找一个对他好、对爸爸妈妈也很好的阿佳拉（藏语“妻子”)。长久以来藏族牧民衡量家庭财富的唯一标尺依然是牲畜的多寡，而富家子弟同样也会为财富所累。牧区地广人稀，只有在一些聚会或节日上，男女相识相恋的机会才多些。牧区人见面会问：你是什么骨头？即“骨系”。它是一种与其他藏区不同的独特血缘关系。在恋爱之前，一般都要追寻各自父辈的上三代骨系，如果近亲结婚则是大忌。

通常穷困牧民的婚礼比较简单，不需要过多仪式，富人们则不仅讲究门当户对、而且大肆铺张，有点像吃个河干山空宁可负债的架势。在繁琐的礼数中，有个叫“年泊”的迎亲人最为有趣。在藏北，女儿出嫁与女婿入赘一样可喜。如果是前者情况，男方家则要请“年泊”迎亲；若是后者，“年泊”则由女方家来请。通常，“年泊”的角色一定要能说会道，而且，要一路见什么说什么，直到将新人迎回家，身下的坐骑白马被说得累趴下了，“年泊”才算是最有面子、最有能耐了。

在牧区，“打狗婚”依然存在，自然产生不少私生子，但牧民们并不歧视私生子。而同时，除一夫一妻家庭形态之外，还存在一夫多妻、一妻多夫的家庭模式。班觉是美国学成归来的人类学博士，师从美国著名藏学家梅·戈尔斯坦。他的博士论文内容多涉及藏北婚姻状态，这与当地的文化基础、经济生产有很大关系。

藏北一妻多夫家庭相对比一夫多妻的家庭多。

共妻的男子多为同居一处有血缘关系的兄弟。这样的家庭认为：必须维持家庭财产的不可分性，包括牲畜、草场、农区还有土地。如果儿子们成年后，想保住他们的财产和在家中的地位，就必须留在家里。如此一来，每代人只有一人娶妻，最终形成兄弟共妻。他们认为，这样便避免了分家、分财产，增加了家庭的劳动力。但是，常常也有失败的情况，譬如某个家庭成员最终走了，他们便会感到痛惜甚至羞愧。

班戈县的格桑家就面临这样的情况。格桑老人家里有 11 口人，家里羊有上千只，牦牛也很多，但女儿出嫁时，他只分给了她两头羊作为财产。两年前，大儿子不幸遇雷击而亡，媳妇想要分家。格桑给她做工作，让她嫁给二儿子。但二儿子从小有残疾，儿媳不大愿意；三儿子年纪又太小，不愿跟大嫂。女人最终弃家而去。格桑老人为这事闹心了好长时间。

许多从牧区走入城市的人们开始反省：牧民必须要改变观念，不能做“牲畜的奴隶”，但仍有不少人热衷于大规模家庭。人类学博士格勒先生在美国出版的一本关于藏北牧民的书中写道：全国第三次人口普查至第四次人口普查的 8 年间，全国人口的平均增长率为 1.48%，西藏则为 2.02%。计划生育政策在当地执行得非常宽松，以至于曾有一位认为计划生育是种族灭绝的外国学者到了西藏，有藏族人主动找到他问：听说有一种药吃了可以不生孩子了，能不能给我一颗。

现在的藏北牧民多数认为，生两三个孩子足够了，只有一些相对比较富裕的家庭会生 4 个以上的孩子。

藏区独特的人文风情——藏传佛教

民主改革前，西藏藏北牧区还是部落制，婚姻必须得到头人的许可，还要缴纳一定的费用。有不少女性因为缴不起费用而独身。如今，藏族妇女独身的比例仍高于邻近省区，一是因为存在一些特殊的婚姻习俗，二是在西藏，有许多男人进入寺庙成为喇嘛。

西藏许多人认为宗教是大树的根，文学、艺术、哲学、医学等等都只不过是树上的枝杆而已。

民主改革前，西藏是政教合一的地方政权。寺庙掌握着权力、财富、知识。通常小孩子出生后要由喇嘛起名字，家里如若有两个儿子，一定会将其中一个送到寺庙里去学习。如今，虽然很多情况都发生了改变，但藏族人对藏传佛教的虔诚信仰，使西藏这块神奇的土地散发出独特的人文风情。

每天清晨，环布达拉宫的林廓转经道上，都有从各地藏区赶来的朝拜者，他们或手持转经筒，转诵“六字真言”；或有更虔诚者双手合十高举过头，再下移至面前、胸前，然后全身俯地，额头轻叩地面，磕长头、行五体投地礼。这些信徒来自各个

藏区，对于许多藏族人来说，能到拉萨朝拜是一生的理想。公元7世纪，藏王松赞干布迎娶了尼泊尔的赤尊公主、唐朝的文成公主。两位公主都笃信佛教，于是佛教与之前西藏的原始宗教——苯教相结合，逐渐形成了4个门派的藏传佛教：宁玛派（红教）、萨迦派（花教）、噶举派（白教）、格鲁派（黄教）。长此以来，好斗的藏民族扔掉了手中的武器，全民信奉佛教。他们深信：行善是幸福的源泉，作恶是痛苦的深渊。宗教已经流进了藏民族的血液里，即使是劳作忙碌的牧民，无论游走到哪里，也不忘在帐篷里摆上神龛，燃起长明的酥油灯。

藏传佛教在藏区深入人心。每年藏历6月30日哲蚌雪顿节，成千上万的信徒会观瞻朝拜山坡上张挂的巨幅释迦牟尼像。

哲蚌寺里，一位在佛门外不停磕长头的老人引起我的注意。等他休息时，我们攀谈起来。老人来自羊八井，趁不怎么忙一个人搭车来到拉萨。他计划磕10万个长头，每天2000个，就在刚才他刚好磕完了5万个。他说，磕长头是多是少全在你自己的内心，通常人们认为人一生至少要磕10000次长头才算虔诚。

最让尼玛次仁觉得虔诚的是从青海等地一路磕长头而来，历时3年才到达拉萨的信徒。他们的终点是大昭寺，是那尊举世无双的释迦牟尼12岁等身像。我在大昭寺的囊廓转经道走了一转，

去拉萨朝拜是许多藏族人的理想，五体投地式地磕长头被认为是一种虔诚的方式。

这是拉萨著名的三条转经路线中最中心的一条，用时大约5分钟。那些70多岁的老人家，总能快步地从我身旁走过，并心存善意地向我问一声：扎西德勒！

尼玛次仁是大昭寺里著名的喇嘛，精通藏语、汉语、英语。14年前，他在全藏区的喇嘛中脱颖而出，曾有幸到北京的黄寺佛学院学习。尼玛次仁是在中学毕业后考入大昭寺的，一待就是17年。他说他更喜欢冬天的大昭寺，因为那时寺里除了各地来朝拜的人们，几乎没什么游人。夏季大昭寺上午接待朝拜者，下午接待游人。寺里118名僧众只有晚上才可以辩经、诵经，多少有点本末倒置。我见到他时，他今天的工作正好是卖门票，之后又为无锡一个宗教代表团做讲解。无论外界如何变幻，尼玛次仁仍然想成为有学问有修养的高僧。他说，进到这里就像进到大学，经书上的内容不仅包括佛学，还有医学、天文、历算、建筑、绘画等等，但俗间的琐屑之事总是少不了的。就在我们交谈之时，一位湖北来的先生找到他倾诉：我的老婆整天就知道打麻将、赌博、去KTV唱歌，我一心向佛，我们根本过不到一块，你说我该不该跟她离婚？尼玛次仁劝诫他说：两个人走到一起是缘分，要懂得珍惜。男人还是不依不饶。“她是怎么染上赌博的？”男人说：“是我先玩，后来她才玩的。”尼玛次仁笑了，说：“真正的敌人是自己的内心。”男人似懂非懂，悻悻地走了。

我注意到寺里很多喇嘛都有手机。尼玛次仁也不例外。那是七八年前，一位北京来的女演员和朋友们到大昭寺参观。因为尼玛次仁恰巧外出，她等到晚上才见到他。她说：“这样联系太不方便了，你们寺里允许带手机吗？”那时候，也有不少喇嘛用上了手机，尼玛点了点头。过了不久，那位演员就从北京寄来了一部“西门子”给他。现在寺里给上师也配了手机。作为世界遗产布达拉宫的延伸项目，大昭寺的防火、防盗问题，一直很令作为大昭寺管委会成员的尼玛次仁操心。还要接待全国的各种宗教团体，他的手机被要求必须开机。可是，如果他正在讲解时，手机响了，尼玛次仁会觉得非常尴尬。他说，现代诱惑的确对僧人有影响，但前提是僧人一定要有很好的佛学基础。他用矛和盾来比喻二者的关系，问题是他也不能不承认，现在结实的盾越来越少了。

尼玛次仁记得老师在一次讲经时举过这样一个例子：人们都喜欢在银行里存很多钱，拥有珠宝还想拥有更多的珠宝，永远也没有满足感。到了未来，世界上没有了粮食和水，再多的钱和珠宝不过是一堆沙石，是把你送上天葬台的杀手。尼玛次仁很喜欢这个例子，他说，人最大的富有在于内在有好的修养，外在自然界能源丰富。

也许正是艰苦的自然环境和朴素的思想，使藏族人无论物质生活如何不富足，他们一样活得像个精神贵族。牧民们说："人生就像猫打呵欠一样短暂"，大可不必苛求自己，再悲伤的时刻，同样会有"美妙的歌声出自山头的牧羊人"。而人之所以烦恼无边，不能像牲畜一样安贫乐道，在于"牲畜的脊背是拱形的，所以容易满足；而人的脊背是平的宽的，所以永远不知满足"。

正在悄然改变的游牧生活

民主改革前，一顶帐篷，一群牛羊，就是牧民们的全部家当。在没通公路之前，每年秋季农牧区交换物资时，1 只羊只能换到 1 块茶砖。如今交通方便了，牧民们的生活也好起来，生活正在不知不觉中发生着变化。

在牧区几乎每家人都会备几身现代服装，因为轻便，许多藏北牧区的男人们都喜欢现代打扮，只有在各种节庆时候，他们才将华丽而昂贵的藏袍拿出来，向人们展示一番。在饮食上，以往牧民多以"白食"——奶制品、"红食"——牛羊肉为主，现在也开始吃各种水果蔬菜了，名为"绿食"。不过也有不少人很难改变食肉的习惯。生长在牧区的班觉博士，在北京读大学，又到美国学习工作了10年，多年的文化旅行使他经常能跳出来客观地审视藏文化，最终他还是选择回到拉萨。他回来的第一件事就是到八廓街老城去吃血肠，虽然在国外也没少吃肉，但他总觉得外国的肉像蔬菜一样，没什么嚼头。我很想在回京之前吃一顿藏餐，问摄影师觉果，地道的藏餐是什么？答："生肉。"尝试一次，没有想象中那么可怕。

在20世纪80年代，藏北的牧民们基本上都有了自己的定居点。夏天的时候，部分家人会带着帐篷、赶着牛羊到海拔高一点的地方去放牧；冬天则是到海拔较低的冬牧场去放牧。因为人畜增长速度快，草场的载畜量越来越有限，人畜与草场的矛盾比较突出。冬夏牧场常分开放牧，使高原上的草被能有一定的生长期十分必要。而那些土石结构的定居点，正改变着牧民们的生活，游牧变成相对的，定居成为主要的生活。于是，家家都添置起必要的家当和电器。电视成为大家了解外面世界的一扇窗口，不少年轻的牧民还能说出喜欢的歌手名字。

从18世纪开始，传教士、探险家、政客与军人，不断有各种外国人以不同的心态和目的步入西藏，令他们惊异的是，西藏永远以它自己的姿态生活着，从不因为什么而改变，尤其是在海拔平均4000米以上的藏北。他们永远生活在自己的世界里，对外面的世界一无所知，更不想参与。藏北，一直以来都只是属于藏北人的。

300年过去了，藏北窗户向外面一点点打开，牧民的生活也开始与外界联通了。以前，国家办"帐篷小学"，以满足牧区孩子读书的需要，现在乡里、县里都有学校，牧区的学生们再也不用为读书的事发愁了。据人类学博士格勒为某世界组织做的教育项目调查中发现：西藏农牧区的家长都很支持孩子们上学。在问道：你希望将来的子女从事什么职业时，农牧区排到前三位的都是：干部、医生、教师。只不过，在牧区，家长们希望孩子们成为医生的比例稍稍高于农区。这可能与牧区居住不集中，就医难有关系。

即使有了定居点，帐篷仍然是牧民们永远的家。每到放牧季节，家人们就在帐篷里安家度日。

据西藏历史博物馆的记载，藏医迄今有2000多年的发展历史，是世界四大传统医学之一。而藏族人更愿意把时间向前推4000年。藏医学院的研究生明吉措姆说，藏医的最长历史可追溯到6000年前，那时的治毒配方“旺日”，至今仍是世界上最好的治毒处方。公元8世纪后，以宇妥·云丹贡布为首的杰出医学家编写了《四部医典》，这是第一部藏医典，藏医学于是兴盛一时，当时有关手术、心脏水肿都可操作、治疗。500年后，藏医学教育蓬勃发展，在林芝等地建有不同等级的藏医学校。过去藏医中很多是活佛，藏族人认为，宗教是心、医学是身，两者都具备就是高度的身心合一。

在布达拉宫广场西侧有一座药王山，它原与布达拉宫所在的红山为一体。山顶曾有一药王庙，藏语称为“门巴扎仓”。据说，这里曾经集中了一批藏医，庙里的高僧也是达赖喇嘛的保健医生。而牧区的普通牧民以前一般只能在游僧经过时能瞧瞧病，后来牧区里有了“赤脚医生”，现在不少村里也推举人员到相关机构培训。也许是因为牧区医生紧俏，现在有些医生还是挺牛的，一般牵马去请还请不动，非得要坐车，至少也得坐摩托车，医生才肯来。有一次，加央的弟弟病了，乡上有两个藏医，幸亏一位是亲戚，他牵着马跑了两三个小时才请到医生，一个来回就是四五个钟头。好在纯净的雪域高原，大大减少了人们生病的概率。

藏北草原“羌塘”，又被称为无人区，各种野生牦牛、藏羚羊、藏野驴等动物在这里自由生长。它们也开始用新奇的目光打量正在变化的世界。如今，青藏铁路正在加紧施工。生活在可可西里自然保护区的黄羊和藏野驴，经常光顾铁路工人的营地，成了职工们最尊贵的客人，在这里自由地散步，野生动物也是职工生活中不可缺少的话题。在去工地的路上看到黄羊，大家总会打趣说：“看，咱家的黄羊起得真早啊。”藏野驴群中又多了一只小野驴，大家争相传告：“咱家的藏野驴又下崽了。”往来的汽车，更是常常为穿公路而过的野牦牛让路。

到青藏铁路建成之后，最有切身体会的职工们希望，他们在这片净土之上，除了留下铁路大桥，还能留下对这片土地的热爱。而这份挚爱，会尽可能地感染更多的人。

文／南楠　王圣志

图／觉果　车刚　腾科　红杏

李卫　赵海成　李建惠

情放木雅贡嘎神山

木雅是贡嘎山西坡一带的藏民居住区。“贡嘎”，藏语的意思是至高无上、圣洁如玉的雪山。取名贡嘎的雪山藏区还有好几座，如人们熟知的亚丁贡嘎雪山等。“木雅”一词的解释众说纷纭，权威的意见说是西夏语“穆纳”或“密纳克”的意译。木雅人是西夏人被蒙古灭亡后在这里另立的小邦，是古代党项羌的后裔。

温泉浸透了我

屏蔽了手机信号，告别了电线杆，我们甩开公路，走进一条阳光斜照的山谷。这是贡嘎山西南方的一条茶马古道。20 世纪 70 年代公路通车后，除了马帮之外，很少有人来过。

要到木雅贡嘎，人们通常走南北两条道：一条是经泸定磨西，顺着海螺沟一直往上；另一条是从康定六巴爬姊妹岭。

走过圆木搭建的伸臂桥，走过石头垒起的漫水桥，眼前出现一个高山海子。欢笑声从对面山林中透出来。最先钻出冷杉林的是一个穿皮夹克的小伙——乌吉扎西。他在山顶上一个寺庙做义工，这几天休息，要和同伴去山上泡热水塘。

木雅贡嘎山

如同把山里萝卜喊成绿色蔬菜，牦牛肉命名为生态食品，热水塘就是城里人说的温泉。乌吉的同伴陆续钻出树林，有奶奶、阿妈、姑娘、孩子。我相信，就是从那时起，胡滂萌动了拍摄“天浴”的念头。

年近40的旺降泽带着7岁大的儿子泽仁彭措，他要到“上霍措”放马。老奶奶娜姆牵一匹枣红马，驮着织好的氆氇和好大几圈毛线，她去热水塘洗氆氇，还要为儿子织一件厚毛衣。姑娘拥宗、索朗、志玛、秋枝和小伙乌吉只是想去泡热水塘。

我们在密林中穿行，人欢马叫，打破山谷的沉寂。最后山谷的光线变成橘红，金光斜照在山头上，我也听到了水的轰鸣。走出树林，瀑布旁一团团蒸腾的雾气立刻包围了我们。

这个温泉被藏民们称为“热布”。热布温泉是“贝鲁扎那”——“伏藏的温泉”。在泉中洗浴，可以消除身上的业障。圣水通灵，藏民们把牛马赶来这里，喂给泉水，会膘肥体壮。过去就有土司专门宰杀用泉水喂大的牛羊，说是食用后有病治病，无病延寿。藏族人心中，山是神，泉是神，瀑布是神，树是神……

我们卸下行李，开始忙着支帐篷。唯有奶奶娜姆对着神山神泉行叩拜礼。她五体投地，叩了100多次，而新一代藏民似乎已淡泊了宗教的热诚。

大家迫不及待把自己交给暮色中的温泉。当融入温润净洁的那一刻，我的身体和思维都有一种失重的缥缈感。过了一阵儿，胡湧捅捅我："成了，她们同意我拍照。"不知胡湧给她们下了什么迷魂药。

次日，黎明的光影透过蓝色的雾幔。胡湧背起摄影包，又去了温泉。同去的有奶奶娜姆、姑娘拥宗、志玛、索朗、秋枝和小泽仁彭措。

旺降泽打好酥油茶，我给他们送去。我的视线先是被水气打湿，接着看到沙棘林、氤氲的热雾、大石包上摊放的藏装。蓦然间，我看见了女人的胴体……她们对我渐行渐近并不诧异。桑巴告诉我，奶奶病了。我让奶奶坐在石头上，一手托住她的下颚，一只手在她头上按摩。奶奶很瘦，太阳穴陷进很深，眉骨也硌人。此后，他们对我的态度变得没有了距离。或许，变化的原因是我和奶奶的"体肤之亲"。"太美了。"胡湧感叹着，手中的相机"咔嚓咔嚓"响个不停。这是城里任何一个模特儿不能比的。恍如一夜睡醒，每个人都自然地赤裸着。本质上每个人都是赤子。温泉中的老娜姆50多岁，头发白了，身体佝偻了，只剩下白皙的骨架子。16岁的索朗德吉是条快活鱼，她穿着一条粉红色的裤衩在碧水中游来游去。她迎着朝霞挺起腰身，一只手掬起水高高举起，水滴顺着她的头颈手臂流向浑圆的身体，霞光给她披上了一层圣洁的光辉。

"好看不？"她红口白牙地问我。我点点头。17岁的拥宗一门心思地摆弄着两条辫子，乌黑的发辫搭在胸前，双手不停地往里加进红色和黑色的毛线。编好后，她又把辫子重新打散，浇起水，往头上淋。藏历十二月二十五日，是藏族妇女洗头发的日子。头发象征着一生的运数，藏谚道"妇女把出生的头发一直蓄着，就会有出息"。拥宗的头发像飞舞的瀑布，在泉水中悠荡。

四朗志玛皮肤黝黑，像褐色的绸缎。她的笑容很珍贵。她是村长泽仁扎西的女儿，前年才从山外边的藏族小学毕业。优越感也许是她不如其他姑娘快活的原因。这些水中的尤物的浑圆胴体饱贮着青春的魅力。

“你们看安逸了。下来，我们也要看你们。”调皮的索朗喊道。我们当然也极想与她们同浴，但我们肥胖的躯体不免自惭形秽。

到底，我们还是换上了游泳裤。胡湧的眼镜很快就被雾气模糊了，什么也看不清。他摘了眼镜摸着朝温泉里挪步。他的狼狈激起了姑娘们的恶作剧。泼水，还击，温泉热浪纷飞。她们分成两拨，从不同方向对我和胡湧包抄袭击。进攻胡湧的索朗、拥宗，先是泼水，胡湧站起来用手抹脸，结果被一人抱腿，一人拉手，三两下就被放倒在水里。

志玛和秋枝扑向我。我盯牢志玛，她几次抓住我的手往岸边拖，池底的石子磨破了脚，磨破了屁股，我感到灼热的痛快。我终于抓住了滑腻的志玛，她抽手“啪”地劈我一耳光。声音很清脆，甚至盖过了瀑布的鸣响。我沮丧地萎身池边，像搁浅的鱼。沉默了几分钟，人们一阵大笑。志玛游向我，“关系嘛没有，我们藏族人打破脑袋也是朋友……”

巴塘有个沐浴节，《月令曲》唱道，“二月禾苗青幽幽，满枝桃花红艳艳。赶快浇了头道水，同去柳林浴温泉。”时任清川边军分统的刘赞廷写道：“绿光浮萍艳滢光，洁身人去话芬芳。东风不羡瑶池浴，软玉温香共一堂。”也许，我们是天蓬元帅猪八戒的后裔，面对“瑶池”中的“天浴图”少见多怪，大动凡心。

在木雅藏区，地热资源丰富，温泉比比皆是，仅康定境内就有二道桥、折多山等十几处。在“瑶池”中享受“天浴”是藏族人世世代代、平平常常的事情。孩子们看着牛马羊群和自己一天天长大，大人们看着草木摇落、婚丧嫁娶一天天老去。而“瑶池”和“天浴”在政治和经济的恩威兼施下，也遭逢“驯化”。

康定城郊的二道桥热水塘，原本也是一处人间“瑶池”。在清代，打箭炉同知府兆熊文明教化“番民”，把池子隔开，男女分浴，盖房建亭，谓之“望江楼”。民国后期，刘文辉治西康。1943年，西康省财政厅为了给他庆贺50大寿，重新修建了二道桥楼阁，把温泉分成10个小池子，并且以时尚的口号“复兴中

（右页图）

在西藏，群山脚下便是湖泊，大多雪山湖泊都是牧民信仰崇敬的神明，一系列宗教仪式使藏民对神山神湖的崇拜成为永久模式，而神山神湖则成为藏族文化的载体。

华民族健身运动”作标志，每池一个字。浴者在外排队，喊字入室。及至新中国成立，又改建成13个池子。按照当时最响亮的政治口号“各族人民大团结保卫世界和平”13个字，每个池重新编号，喊号入池，一个小时一换，沿用至今。

那天，我和胡湧泡了二道桥温泉。路上，听说我们泡的是“和”字池，开出租的藏族“的哥”不以为然，“和”字水冷。应该泡“族”字。他快活地回忆，有一年从“族”字出来，满脸绯红，天降大雪，敞起肚皮走了二三里身上还在冒热气……

说者无心，我却听出了对教化反讽的意味。真理是朴素的。藏族人的快乐缘于简单、缘于本朴、源于自然的天性。文明的进程，也是人类被异化的过程。

我担心无意间发现的“热布”温泉，未来也难逃开发与开化的命运。

山歌洞穿了我的心

九嘎莎盘德神山山顶形如一尊坐观音和一只兀立的鹰。据说菩萨顶上的那根金线燃完，天就黑尽。

傍晚，胡湧病倒了，喝了点牛肉汤就早早躺下了。乌吉领着几个女子又去了泉边。乌吉和拥宗是情人，两人背靠背地坐在泉中，唱起歌，身体也在水中起伏律动。索朗和秋枝小声应和。我躺在泉水边，一股股热流冲击着我。

“迷迷茫茫的山/遥遥远远的路/是谁在天地间自由地飞翔/啊神鹰啊/你把我的思念带向远方……”乌吉和拥宗唱的是藏族歌手亚东的《向往神鹰》，歌声中有诉求和向往。他们没到过县城，没见过火车，只仰头见过云中闪忽的飞机翅影。

亚东是格萨尔王故乡——阿须草原的儿子，也许所有的草原歌手都赶不上他声音的穿透力。他是自由的歌者，歌声传遍了草原，征服了国人。可他是一匹黑马，拒绝主流社会配置的鞍鞯。现在，亚东漂流到我居住的这个城市。我在录音棚里听过他演唱

《天葬》，我听出他歌声中的酥油味与电子合成器之间的不和谐，听出了雄鹰折翅的苦痛与无奈。

亚东是从神山温泉牦牛群中长出来的。这些躺在我身边的少男少女是他真正的知音。我说我认识歌里的亚东，对那个离他们越来越远的背影我却不能提及半点，怕伤他们的心。

猛然间，有人叫我。是胡湧那上海味的普通话。

声音很急促。我筛糠般战栗。莫非有什么意外？胡湧还在昏睡，但烧已退了。转瞬间，小帐篷就塞满了乌吉、拥宗、志玛、索朗和秋枝。

“我们唱歌了。”索朗莺声燕语，仿佛还沉浸在美妙的旋律里。“我听到了，在梦里。”“再唱。”不知是谁提议。于是歌声又起。

薄薄的帐篷外是寒冷的世界，风声、瀑布的轰鸣声……夜色里空寂的山谷仿佛有了生命。我想，歌声的起源恐怕与自然神的膜拜有关系。照我的判断，他们应该首先唱宗教歌曲。我错了，少女们首先歌唱爱情：“那边山坡上有五色的花 / 选一朵小黄花作记印 / 我爱你 / 你爱我 / 就像一根笛子吹出的声音……”拥宗睡在乌吉的腿上。索朗和志玛又唱起来。我不懂藏语，就叫乌吉

自然赋予这里美丽的色彩。在神眼关注下的土地上生活着众多生灵——牛、羊和笃信神的人们。

翻译，我从包里取出手电，拿出笔记本，飞快地整理乌吉翻译的歌词：

草坪上燃起篝火/身边流淌着小河/我去过很多地方/没有一处比得上美丽的霍措/要是投生来世/我还愿在这里生活……

歌里唱的霍措，是下午我们去过的一个海子，距热布温泉不过两三里。在湖边，我们发现了一条湿漉漉的水迹。旺降泽说，那是狗熊刚在湖里喝了水，走过的痕迹。我听过“老熊捞鱼”的传说：五六月份，湖边的高山杜鹃落英缤纷，鱼吃了花瓣就成了通体鲜红的“胭脂鱼”，醉浮在水面，林中的老熊趁着月色来捞食……

究竟是诗化还是神化，我问旺降泽。旺降泽没有立即回答我，却讲起他小时候的故事：藏历年三十夜，我与几个小伙伴曾相邀到霍措。临近子夜时分，水獭从湖里叼上一条条二三斤重的鱼，拖到草坝上。林梢的猫头鹰飞下来，大摇大摆地吃起来。传说猫头鹰是水獭的舅舅，三十晚上水獭捕鱼给舅舅拜年。黑暗里，我们一跃而起，先收下水獭给舅舅的“年礼”……

“早上的太阳又圆又亮/像酥油灯发出的光芒/照到对面的山岩上/像酥油灯挂在《甘珠尔》旁……”我见过寺庙里的酥油灯，发出枯黄的亮光，融化一盏凝脂，就像太阳钻出冬天的薄雾。《甘珠尔》是藏文的大藏经。热布温泉左侧的山崖，叫尤珠登珠。山岩上的龟纹，像一摞摞堆码整齐的经书。这些从山沟里长出来的歌就像热布温泉和霍措，世世代代就流淌在那里，在这个世界具有唯一性……

我爱从藏区出来的亚东、韩红；也爱唱藏歌的朱哲琴、李娜……但我更爱这些山歌的原汁原味。悠长单调的曲调有一种忧郁深埋在歌里。也许，只有这样的曲调才能穿透高原稀薄空气，才能慰藉高山牧人……姑娘用眼睛唱，我用心去听，去记。索朗听了我的朗诵，先把我的头抱过来，揽在她的怀里，用手抚摸我的脸，随即又把志玛的头拽过来：“你们是郎才女貌，天生一对，要爱就好生地爱，不爱就快走开。”少女的情怀是诗，触景生情，姑娘们权且让我做了一回梦中情人。

那首唱响世界的《康定情歌》是20世纪40年代，画家叶浅予带着妻子戴爱莲在康定采风时搜集到的。木雅藏区、是歌的海洋，随便掬一捧水，也会掬起一个独特的世界。有时，幸福也是一种遗憾。我们都后悔没法录音，也没有记谱的能力。

我问志玛，这些歌是哪里来的。她不假思索地说，是一辈一辈传下来的。我把先前的歌词串起来想，就是一幅完整的藏族人的生活画面。这些藏在深山的瑰宝，会不会一朝散失？就像格萨尔王传唱了几百年，而今已要抢救。有朝一日，这里通了电，有了电视，有了流行音乐……我不敢去想，也不愿去想。

夜深了。帐篷外有马嘶。志玛和索朗的歌声越渐深沉："老阿爸的头发白了/老阿妈的头发白了/要是男人打我/没有人心疼我了/老阿爸的头发白了/老阿妈的头发白了/要是男人打我/只有远方的你才会心疼我……"

朗诵最后一首歌，我心里像被什么东西堵着，眼前晃动重叠着这群藏族女人的身影。姑娘们也没像先前那样高声叫好，抱着我摇来摇去。大家都沉默在夜色里。志玛叹了一口气，深情地说："你懂我们的心。"

那晚，帐篷里四个人都睡不着。夜已经很深了。志玛又坐起来："我再唱一首。"她是用藏语唱的，不用翻译我也知道，那是藏区流行的六世达赖仓央嘉措的情歌。夜半歌声，洞穿了我心灵最脆弱的部位……

被藏獒阻止的葬礼

草原上什么时候刮风，什么时候飞雪，什么时候出彩虹，谁都难以预料。许多奇奇怪怪的事情往往会不期而遇。

我们住在康定塔公乡老书记家。那天，高尔寺活佛白马曲扎一阵风地推门而入。他是老书记家的亲戚，是个快活的出家人。青春的面庞、欢愉的笑容，说话的声音也很高。他向我们透露，塔公寺的老喇嘛桑吉走了，他是专门来送葬的。

塔公寺是康区莎迦派最大的一个寺。据说唐太宗把文成公主许配给藏王松赞干布，随赐了一尊佛像。公元641年，文成公主进藏经过塔公草原，这尊佛像竟在地上生了根。众人要拉动他，佛像开口说话，愿在此地留下。塔公寺从此就有了一尊与拉萨大昭寺一样的释迦牟尼佛十二岁等身像，藏语称为“觉卧佛”。木雅藏区也就有了“不能朝拉萨，拜塔公寺亦有同等功效”的说法。其实，文成公主从长安入藏，走的青藏路，并没到过塔公草原。不过，佛教讲圆融，方便众生。美丽的附会就像良药涂抹的糖衣。

桑吉喇嘛自小在塔公寺出家，算得上“觉卧佛”的大护法。他曾在塔公寺后山的一个洞子里闭关修行。修行期间，什么都生吃，到后来除了喝水什么也不吃，只闻山野花草的气味。

“闭关”的目的是调摄身心，于禅定中生慧，在静观中悟道。据说，佛教的“闭关”禁食是一种“胎吸”，靠吸收空气中的养分来维持生命。世界上有讲生命在于运动的理论，也有一种理论讲生命在于静止。后者宣扬生命的过程就是生物能的释放过程，提倡减少能耗，延缓生命。“惜福”、“悠着点活”其实也是善待自己，珍爱生命。

在很多藏民看来，在火葬场感受死亡的恐惧也是修行的好法子。据说密宗大师莲花生大师就在这样的环境中修出了“无上密法”。

桑吉喇嘛到过印度，还被萨迦法王灌过顶。他不是活佛，但

在木雅，甚至整个藏区名声很大。10月25日，不知是藏历的什么日子，总之是活佛卜卦择定的。此时距桑吉喇嘛圆寂正好九天。

桑吉喇嘛道法高，知道自己离去的日子，早就断食，跏趺多时。据白马曲批活佛说，桑吉原是一米八高的大个子，现已缩成一米左右。众喇嘛小心翼翼地把他抬进棺内，用柏枝放在两侧，再用牛皮绳捆成“N”字形。在喇嘛扎巴的簇拥下，桑吉开始了他的涅槃之旅。

火葬场平地中央有一个凹形灶，灶台高约两尺，灶中间还有一个方形平台。两个喇嘛在平台上撒上青稞面，然后把酥油糌粑小供灯放在图案的三角形上。一些人开始烧火熬茶。一些人在火化炉上架青冈柴。火化炉的四周坐着来自东、南、西、北四个方位的高僧活佛。

一位老喇嘛开始追述桑吉生前事迹，诵开路经，往生净土。边诵经边朝柴堆中抛撒青稞和豆谷。虽然下着雪，但来人还是数以千计。除了对桑吉的虔诚崇拜，还有一层意思：火葬场是空行母、阿修罗等神灵聚集的“吉地”。据说密宗大师莲花生大师就在这样的环境中修出“无上密法”，来这里会得到他们的加持。“色界证菩提”，在火葬场感受死亡的恐惧，也是修行、了脱生死的好法子。有人开始跪拜、行叩头礼，有人快速摇动手上的经筒，随着喇嘛的诵经声喃喃自语。一遍往生经念下来，活佛取下插在糌粑上的棉签，递给一个远方来的喇嘛。点燃预先埋在青冈柴下的酥油、茅草、小麦和青稞。火光中，桑吉喇嘛变成一缕缕青烟冉冉上升。据说超度经有一部分内容是一个一个的地名，是送魂路线中木雅人的亡灵回归祖先住地的必经之路。桑吉喇嘛已轻松上路了……

三个多小时过去了，老喇嘛开始请走人群。众人把带来的柴草悉数投入火中。烈焰中，人们告别冉冉上天的桑吉喇嘛。突然间，奇迹出现了。有人看见了两个太阳，有人看见了莲花生大师，也有人说那是无量光佛……

火葬场上空，有一群秃鹫始终在天上盘旋。它们是看到青烟后，如约而至的。秃鹫是神鸟，是人天之间的使者。藏民总是对

牦牛是藏人的图腾崇拜物，有早期先民与牦牛通血缘关系的传说。牦牛在古老的牧歌中是藏民的保护神。很多河流、村庄和人都取名“牦牛”。

它们充满虔敬。

有一次，我从丹巴到道孚，翻越格达梁子时，意外地碰到了秃鹫正在举行“葬礼”。一群秃鹫，大概有20多只，围成一个扇形步步逼近一头死去的牦牛，那头牦牛已被啄出一团团血糊糊的窟窿。秃鹫们没能顺利完成“天葬”，因为受阻于一头守在牦牛旁的藏獒。那只藏獒有些疲乏，匍匐在地，半睁着警惕的眼睛……

在藏区，一头牦牛和一个人并无二致。牦牛是藏人的图腾崇拜物，有早期先民与牦牛通血缘关系的传说。牦牛在古老的牧歌中是藏民的保护神。很多河流、村庄和人都取名“牦牛”。

那头多管闲事的藏獒是个执迷不悟的亲友，它阻止和延缓秃鹫完成牦牛的升天仪式。况且，这当中还缺了一个重要的角色——天葬师。据说喇嘛念完经，天葬师已把尸体解剖成若干碎片，把骨头敲碎。只吹一声骨笛，一群秃鹫就会从天而降，把天葬台上的东西叼得一点不剩……所谓“涅”，不过是一种生命向另一种生命的转化形式。

佛经里有“割肉贸鸽”、“以身伺虎”的故事。我在木雅藏区寺院和藏民碉楼顶上，常见到一块块烤熟的面饼和捏合了酥油的糌粑。那是留给老鼠和乌鸦们吃的。“怜鼠常留饭，爱蛾不点灯”，苏东坡的理想，是每个藏族人与生俱来的自觉行为。

万物有灵，藏族人不轻贱也不执著肉体的生命；既热爱自己的生命，也热爱别的生命。“投入大海，融入蓝天”，当我们经历了数千年“入土为安”的丧葬习俗后，也开始了火葬、天葬（飞机播撒骨灰）、水葬（把骨灰撒进大海）的移风易俗。

拿刀“爬墙”的男人

热布温泉那个晚上，四朗志玛唱的最后一首歌是“仓央嘉措情歌”。歌里有一个在草原上飘荡了数百年的精灵——仓央嘉措。

仓央嘉措 14 岁那年剃度受戒成为活佛。在布达拉宫的深宫高墙里，他那无拘无束的天性难以忍受政治和宗教的羁绊，常在深夜离开宫殿，化名宕桑旺波，“爬墙”与情人幽会。“……黄昏去会情人 / 黎明大雪飞扬 / 住在布达拉宫 / 是活佛仓央嘉措 / 进入拉萨民间 / 是浪子宕桑旺波……”

据说，越轨行为被人发觉后，仓央嘉措跪在扎什伦布寺门口，向为他剃度的五世班禅呼喊：“袈裟我还给你，请让我过普通人的生活！”他的离经叛道触怒了西藏上层社会。年轻的达赖被废黜，解送京师，行至青海湖畔病逝，年仅 24 岁。直到他圆寂 70 多年后，乾隆皇帝才追认他的六世达赖地位。

“……喇嘛仓央嘉措，别怪他风流浪荡，他所追寻的，和我们没有两样。”像明月清风，仓央嘉措无处不在。离开热布温泉后，那首仓央嘉措情歌的旋律也如影随形。

卓玛雍措是一个明镜般的高山海子，绕着卓玛雍措走了两圈，我和胡湧策马到了山顶上的一个村子——八家寨。我们住在多吉家。他是木绒乡卫生院医生，50 多岁。年轻的妻子不通汉语，眼眶里总盛满笑意。我们是多吉的嘉宾，多吉俨然主人。他带我们跨过木栅栏，吆开藏獒，走进一户一户藏家。我对这里煨茶的陶罐和酥油壶感兴趣。那是一种朴拙温润的黑陶，造型别致，有的还镶嵌着细碎瓷片。我在稻城的维西和德钦的尼西见过。这种黑陶罐就像牦牛头骨、藏刀、藏毯、唐卡，粗犷的风格可以装饰我们过于精致的日子。

那晚，多吉在火塘边一边往我们碗里添酥油茶，一边不紧不慢地说，“今晚找了几个小伙子爬墙。”胡湧装好胶卷，备好脚架。我们都跃跃欲试。

趁着月色，几个藏族小伙轮番为我们表演爬墙。

可能早已淡出江湖，洗手不干；也可能根本就没爬过，仓皇上阵。总之，我们没见到岩羊般矫健、獐子般敏捷的身影。后来，他们坦然失败，说“爬墙”都是他们父辈遥远的往事。我们寄望去道孚能见到真正的“走婚”。但到了道孚一问，当地人或者不懂什么叫“走婚”，或者根本就没听说过这回事。

道孚的鲜水河边，我们遇到一个修建白塔的藏族小伙。他是外地人，直言不讳地宣称，几乎在每一个建白塔的地方，他都爬过姑娘的窗户。

“爬墙”是扎巴人的一种婚俗。只要是哪个小伙子白天相中了对象就事先表示——抢走姑娘的头帕或戒指。要是姑娘害羞地躲开，这事就成了大半。而最后的胜利是还得经过夜晚“爬墙”的考验。要爬的碉楼，通常有10多米，比三四层楼还高。片石堆垒，泥土填缝。除了勇气，还得有技巧，也许建白塔的小伙无意间练就了一身“爬墙”的绝艺。我们无法验明他讲述的真实性。后来，在街上再见到他，他的身旁果然有一个苹果脸蛋的姑娘。走远了，他还回头冲我们笑了笑。

11月初，大雪覆盖了木雅的山岭。朋友亚马多吉开车送我们到康定。一路上，他讲起自己几十年前的一次“爬墙”经历：那时，木雅地区的婚姻多半由父母和舅舅包办，有人提亲，喜酒一喝就成了。姑娘冬莲家比较富裕，我家穷，没有一寸地一间房子。我和冬莲一起放牧，一起打柴，有了感情。冬莲家反对和我恋爱，要把她嫁给一个富人的儿子。

她不愿离开我。但那家人上门提了亲，喜酒喝了，彩礼送

了，她被软禁了起来。家里人还给她梳了头——我们那里，只有姑娘扎一根辫子。用红毛线扎成两根辫子就是嫁人的标志。

我带上快刀，晚上去到冬莲家。等到半夜，我爬上二楼，用刀拨开窗户：她哥哥正歪坐在窗前酣睡。藏桌上堆着新嫁衣和酥油花。冬莲和妈妈睡在床上……她醒了，或者根本就没睡着，惊慌地比起两个大拇指，示意我千万不要动刀杀人。越过墙，她偷偷出来，握着我的刀刃说，我跟你走。骑着马，我们连夜跑上了白日山……又是一个“爬墙”的故事。而今，亚马多吉已是道孚林业公安局的政委，他和冬莲已有四个儿女和好几个孙子……

遗憾的是，在扎巴，我们没能看到“走婚”的习俗。但是却很意外地听到了好些个“爬墙”的故事。“走婚”和“爬墙”的古老习俗是在高山深壑的屏蔽中保存下来的。在木雅藏区，历史上曾经存在一夫一妻、多夫（兄弟）一（共）妻、多妻一夫、不

木楞房中打酥油茶的母亲和两个玩耍的孩子。酥油茶是西藏男女老幼日常饮用、待客、祭祀等活动中的不可缺少的饮料，年轻人甚至会于“茶会”，用酥油茶当作恋爱的介质。

落夫家、找“嘎益”（情人）、走婚等多种婚姻形式。20 世纪 70 年代通了公路，自然环境不再闭塞，古老的“婚俗”逐渐变成一件过时的旧袍子。即使还有人穿它，但已不成“婚俗”。

在藏区，亘古不变的是自由浪漫的爱情。爱情是草原上最灿烂的花，哪怕只是耀眼的一瞬。仓央嘉措和他的诗歌就像朝霞夕照，始终照耀着雪域高原精神的天空。

离开木雅藏区半年多了。半年来，我常陷入思念的苦痛中。一想起在木雅那些阳光灿烂，灵魂似风的日子，我的心情就像仓央嘉措在诗里写的：“压根儿没见最好，也省得情思萦绕；原来不熟也好，就不会这般神魂颠倒……”

文／岱峻

图／胡湧

湖山之间故事流传

总摄大地的雪山

我在小说《格萨尔王》中，如此描写了康巴这片大荒之野：

“康巴，每一片草原都犹如一只大鼓，四周平坦如砥，腹部微微隆起，那中央的里面，仿佛涌动着鼓点的节奏，也仿佛有一颗巨大的心脏在咚咚跳动。而草原四周，被说唱人形容为栅栏的参差雪山，像猛兽列队奔驰在天边。”

躺在一片草原中央，周围流云飘拂，心跳与大地的起伏契合了，因此，由于共同节律而产生出某种让人自感伟大的幻觉。站起身来，准备继续深入时，刚才还自感伟岸的人立时就四顾茫然。往前是宽广的草原，往后是来路，往左，是某一条河和河岸边宽阔的沼泽带，往右，草原的边缘出现了一个峡口，大地俯冲而下。来到峡口边缘，看见河流曲折穿行于森林与草甸之间。河流迅速壮大，峡谷越发幽深开阔，从游牧的草原上，看到了峡谷中的人烟，看到农耕的田野与村庄渐次出现。

这是我在青藏高原无休止的旅行中常常出现的情形，身后是那顶过了一夜还未及收拾的帐篷。风在吹，筑巢于浅草丛中的云雀乘风把小小的身子和尖厉的叫声直射向天空。其实，要重新拾回方向感很简单。只需回到山下，回到停在某一公路边的汽车旁，取出一本地图，公路就是地图上纵横曲折的红色线条。

但除了这种抽象的方位感，我需要来自大地的切实的指引。

因此，要去寻找一座巍然挺立的雪山。

康巴大地，唯有一座雪山能将周围的大地汇聚起来，成为一个具有召唤性的高地。作为这片大地宿命的跋涉者，向着雪山靠近的本能是无从拒绝的。于是，从海拔 3000 多米的草原逆一条溪流而上，4000 米左右是各色杜鹃盛开的夏天。再往上，山势越发陡峭，流石滩闪耀着刺眼的金属光泽，风毛菊属和景天属的植物在最短暂的东南季风中绽放。巨大的砾石滩下面，看不见的水在大声喧哗。由此知道，更高处的峭壁上，冰川与积雪在融化。从来没想要做登山家，也不想跟身体为难，只会上到 5000 多米的高度，去极目四望。在好些地区，这就是总摄四方的最高处。但在康巴，那些有名的雪山都是大家伙，高度往往在 6000 米以上：仅在我追踪格萨尔踪迹的路上，从东南向西北，就一路耸立着木雅贡嘎、亚拉、措拉（雀儿山），再往西北而去，视野尽头，是黄河萦绕的阿尼玛卿。

地图上标注的海拔总是这些山的最高处，而从古到今，不要说是人，就是最高飞的鹰，并不总从最高处翻越。后来，总要发明什么的人发明了登山，才使很多人有了登顶的欲望。古往今来的路人，只是从两峰之间的山口，或者从山峰的肩头越过某一座山。

在我，靠近一座雪山，不仅是路过，更是为了切实感受康巴大地的地理。特别是当我进行英雄史诗《格萨尔王》的写作时，更需要熟悉其中一些雪山。因为这神话传奇产生的时候，大地上还没有地图所标示的那些道路，甚至也没有地图。在藏族人传统的表述中，康巴地区是“四水六岗”。六岗就是高原上六座雪山所总领的更高地，是奔涌大地的汇聚，人们瞩望的中心，更是上古时代就已经出现在人心灵之中的山神的居所。英雄格萨尔故事产生的时候，古代的人们就这样感知大地。

因此，我必靠近这些雪山。

追寻格萨尔故事的踪迹，真正要靠近的就是措拉（雀儿山）。但到真的进入到这个故事，真实的地理就显得虚幻迷离了。

位于四川甘孜州东北部的色达县，古时属格萨尔所统治的岭国疆域。伏藏大师仁曾尼玛在格萨尔《诞生篇》中说："绘王臣商定，玛、孜、杜、翁、泥、扎等谷为岭国大将有居住地。"

光影变幻的高原湖：玉龙拉措

从成都西行，走国道318线，过康定，越折多山口，川藏线分为南北两路。

我上北路：国道317线。一路上可以遥望两座有出世之美的晶莹雪峰：一座是号称蜀山之王的木雅贡嘎，一座是四周环绕着如今丹巴、康定和道孚三县上万平方公里峡谷与草原的亚拉雪山。要在过去的旅行中，我早已停留下来了。但现在，我紧踩油门，只是从车窗里向外瞭望几眼。近三年来的目的地还在几百公里之外，格萨尔故事流传最盛，也是史诗中主人公诞生的地方：

德格，被措拉雪山总摄的德格。

一天半后，终于到达了德格的门户，海拔 3880 米的小镇玛尼干戈。在加油站旁边的小饭馆吃完午餐，就可以遥望那座雪山了。这里，道路再次分叉，往西北，是格萨尔的出生地阿须草原。我并不急着就去故事的起始之地，我要在外围地带徘徊一番，多感受些气氛。一个寻找故事的人想体验一番被故事所撩拨的感觉。而心绪真的就被撩拨了。

如果说神山是雄性的，总是出现在雪山下方，由冰川融水所滋养的湖泊就是阴性的。出玛尼干戈镇几公里，刚刚望见雪山晶莹的峰顶和飞悬在峭壁上的冰川，那面名叫玉龙拉措的湖就出现了。“措”在藏语里是阴性的，是湖泊的意思，也是女人名字里常用的一个字。这个湖还有一个汉语的名字：新路海（新道路边的海子？）。春夏时节，湖水并不十分清澈，融雪水带来的矿物质使湖水显出淡淡的天青色。湖岸上站立着柏树与云杉。云影停在湖中如在沉思。如果起一阵微风，花香荡漾起来，波光立时让一切明晰的影像失去轮廓。安静的湖顷刻间就纷乱起来，显出魅惑的一面。

故事里，这个湖是和格萨尔的爱妻珠牡联系在一起的。珠牡，据说是整个岭国最美丽的女子。故事里的男主人公刚刚出生，她就是令岭国众英雄垂涎的姑娘了。后来，格萨尔经历众多磨难登上岭国王位，珠牡姑娘依然保持着青春，这才和另外 12 个美女同时嫁给了年轻的国王。故事里，美丽的女人往往也是善良的。自古到今，传说故事的人们会无视现实中外在的美貌与心灵内在之美常常相互分离的事实，总给漂亮的女人以美丽的心灵，或者说，给善良的女人以美丽的外貌。这或者是出于对美丽女人的崇拜，我更以为可能出于对心灵美好却容貌平凡的女子们的慈悲。

仅仅是这样的话，故事的女主角还不够生动。

为了让故事生动，从古到今，讲故事的人已经发展出很多套路。在措拉雪山的冰川还很低很低、冰舌可直接就伸入湖中的时候，那些讲故事的人们就知道这些伎俩了。于是，故事里那个常在这个漂亮湖泊里沐浴的珠牡，就常常面临着种种诱惑而抗拒着，也动摇着，身不由己着。她曾亲自动身前去迎接格萨尔回来参加赛马大会与叔父争夺岭国王位。就在这样严肃的时刻，在去完成重要使命的路上，她就被路遇的印度王子弄得芳心激荡，因为“王子的眼窝仿佛幽深的水潭”。

这种软弱让故事中的女人复杂起来。

珠牡也常常被嫉妒所折磨。如果不是这样，她的姐妹王妃梅萨不会被魔王掳去。珠牡自己也不会被出卖给北方霍尔国的白帐王。在有些格萨尔故事版本里，珠牡被掳后被白帐王强做夫妻一幕真是活色生香。珠牡不从，但不是誓死不从，只是千方百计逃避被白帐王强占身体。这个有些神通的女人千变万化成种种动物与物件。但万物生生相克，那白帐王神通更胜一筹，自然就能变幻成能克服珠牡所变的动物或物件。不觉间，带着悲愤之气的故事变成了男女征逐的游戏。而且这游戏还颇具情色意味，珠牡最后变幻成一枚针，便于藏匿，锋利扎人又不伤性命。好个白帐王，摇身一变，成了一根逶迤婉转的线。线要穿过针，针要躲避线。缠绕，跳跃，躲闪，磕碰……终于那根坚硬的针被柔软的线穿过了。

岭国王妃珠牡成了霍尔国王的妻子。九年之后，格萨尔才杀掉白帐王，把她夺回身边。

好多人问我，一个国王怎么还会把这样的女人留在身边，而且继续给她万千宠爱。我想，他们的意思是说，一个国王怎么可以容忍别的男人占有自己女人的身体。这是我无从回答的问题。珠牡也没有让这样的问题困扰过自己。回到岭国很多年后，故事里的她似乎仍然没有老去。依然沉鱼落雁。珠牡唯一一次为国出征，是和梅萨一起去木雅国盗取通过雪山的法宝。就在这样的重要时刻，她经不住另一面湖水的诱惑，一定要下去裸泳一番。故事总是要包含些教训的，因此珠牡王妃的这番身体展示让王妃梅萨被拘，使格萨尔这个妻子二度成了别国国王的爱宠。

在为了重述《格萨尔王传》这部史诗而奔波于康巴高原的将近三年时间里，每一次，我经过如今被更多人叫做新路海的玉龙拉措，都会在湖边瞩望一番，想一想故事里那个因为有过错、有缺点，反而因此生动起来的叫做珠牡的女人，被今天的藏族人所深爱的女人。

湖边，长得仿佛某种杜鹃的瑞香正在开花，浓烈到闷浊的香味使眼前的一切都有一种迷幻般色彩。英雄故事的阳刚部分还未显现，其阴柔的部分就已在眼前。这之后，才将要攀登男性的、有骁勇山神居住的措拉雪山。

德格：土司传奇

措拉（雀儿山）其实不是一座，而是一群雪山，5000米以上的山峰就有17座，主峰绒麦峨扎海拔6168米，耸立于尚未汇流的东南向的金沙江与雅砻江两大峡谷之间。

国道317线从5000米出头一点的山口穿过。

东面的冰川造就了那个光影变幻的玉龙拉措，越过山口向西，大地带着一股凌厉之气急剧地俯冲而下，冰川与融雪哺育了一条河：濯曲。“曲”是藏语里又一个基本的地理名词：河。濯曲迅即下降、壮大，十几公里的距离内，汇集了高山草甸区伏地柏、红柳和鲜卑花灌丛纠结地带的众多溪流，很快就变成了一条白浪喧腾的河。有了力量的水，更迅疾地造出下降的地势，在坚硬的岩石中切出幽深的峡谷。桦树与杉树的峡谷，花楸树和栎树遮天蔽日的峡谷。快到德格县城更庆镇时，就20公里左右，已经陡然下降了两千来米，河道和沿河公路两边壁立着万仞悬崖，按住头上的帽子仰面才能看到青天一线。冲出谷口，地势骤然平缓开敞，耕地、村落和寺庙依次出现。

藏学家任乃强先生上世纪二三十年代曾到此游历考察，著有《德格土司世谱》。其中记载了这段峡谷的人文史，说在格萨尔王建立岭国几百年后，有一岭国勇士，名叫洛珠刀登，“有女美而才，岭王求以为妃，许给一日犁地的聘礼。乃率其仆，沿濯曲南犁，暮达龚垭之年达，得长七十里之河谷。岭王因赐之。遂，得为有土石渠县境内的松格玛尼城，是藏区历史上最雄伟的玛尼堆之一。最初由格萨尔王麾下的将士们为超度战死疆场的士兵们而建，是一座‘活着’的城，自存在以地之独立小部落”。“惟此

（右页图）

石渠县境内的松格玛尼城，是藏区历史上最雄伟的玛尼堆之一。最初由格萨尔王麾下的将士们为超度战死疆场的士兵们而建，是一座“活着”的城，自存在以来其建造就从未停止。

段河谷，有30余里为石灰岩之绝峡，仅半段为可耕地，亦甚促狭……当时民户，不超过30家。”

到清朝中期，奉格萨尔为祖先的岭部落日益衰落，洛珠刀登于濯曲弹丸之地起始的德格家族的势力却日益壮大，雍正年间，德格家族被清廷招抚，授安抚司衔。其辖地最盛时曾经领有金沙江两岸今四川与西藏德格、白玉、江达、石渠等县数万平方公里的土地人民。

“洛珠刀登既受七十里之河谷封邑，卜宅于今德格县治所在。卜宅之初，曾筑渺小之花教寺庙……其后此寺发展为德格更庆寺，为康区一大花教（萨迦派）中心。”后更依托此寺，创建了德格印经院。

登巴泽仁土司执政时期，于筹建印经院建筑的同时，筹划印版的刻制工作。从雍正七年（1729）至清乾隆三年（1738）的近十年间，较大规模的刻版工作全面铺开，完成了《甘珠尔》经的编校、刻版和《丹珠尔》印版刻制。同时还完成了一些其他典籍的印版刻制工作，印版总数近10万块。此后，历代土司家族又主持编辑和刻制的重要文献数十部，共计340多函，使德格印经院印版数超过20万块。

到今天，德格印经院已有270多年的历史，院藏各类典籍830余部，木刻印版29万余块。卷中浩瀚的印版、典籍对于研究藏族历史、政治、经济、宗教、医学、科技、文学、艺术等具有极高的学术价值，引海内外学界瞩目。成为一个保存并传布藏族传统文化的中心。

因了印经院的文化传播之需，德格地区的雕版、手工制纸和印刷得以保存发扬，成为当地引以为傲的非物质文化遗产。

颇为有意思的一个现象是，德格土司家族崛起的历史，也是将格萨尔王奉为祖先，将格萨尔王所开创岭国视为基业的林葱土司家族逐渐衰亡的历史。这种此消彼长的关系应该包含着强烈的敌对因素。但在德格土司统辖的土地上，土司家族后代却依然将岭部落的祖先格萨尔视为一个伟大的英雄，像自己的祖宗一样引以为傲。

在德格印经院中，就珍藏有格萨尔画像的精美雕版，常有崇拜英雄的百姓去那里印刷，请回供奉，或作为珍重礼物馈赠亲友。一位20世纪30年代进藏区学佛求法的汉族人也到过德格，他写道："西康有一种风俗，印经的人要自备纸墨，另外还要付给印刷工人工资，就可以挑选自己喜欢的经版进行印刷。"

龚埡：千年城堡的废墟

离德格县城沿濯曲（德格河）向西南方而下，国道317线962公里处，地名叫做龚埡，河谷旁边山坡上一座规模不大的寺庙四周，有遥远时代遗留的许多土夯残墙。民间都相信，这里曾经是格萨尔同父异母的兄长嘉察协噶当年镇守岭国南部的城堡残留。在寺院对面的山冈上，一道城墙的残迹赫然在目，顺山坡蜿蜒而上，连接着岗顶上一座四方形的破败城堡。看起来，这座还颇具形态的小城堡应该是主城堡的拱卫。

嘉察协噶是格萨尔父亲的另一位汉人妻子所生，那女子也是一个善妒的角色，但这个汉藏混血的儿子，在岭国三十大将中最是正直勇猛，内心洁净而气度宽广。当年轻的国王沉迷于女色的魅惑，王妃珠牡被掳，身为重臣的叔来其建造就从未停止。

在父晁通背叛的危局下，嘉察协噶率军与霍尔大军抗衡，以少抗多，殒命沙场，留得忠烈之名世代传扬。庙里的喇嘛骄傲地向我显示两样东西：一只可以并列五支利箭的箭匣（称匣而不称袋，因为盛箭之物确是一个木雕的长方形盒子），说是嘉察的遗物。这种遗存，凡是格萨尔故事流传地区，处处皆有，我更相信其中纪念英雄的强烈情感。另一个遗存，却使我吃惊。喇嘛指给我看护法神殿围墙上几块赭红色的石头，说那是嘉察协噶筑此城堡时的墙基。拿下一块来，沉甸甸的。却见赭红的带气泡的物质中包裹着大小不一的碎石。陪我寻访的当地专家泽尔多吉老师说，嘉察协噶城堡的墙基用熔化的铁矿石浇铸而成，发掘出来就是眼前这赭红而坚硬的东西，如石如铁。看来那个时代，熔铁的温度并不太高，所以这些含铁的矿石只是处于半熔解的状态，将其倾入挖好的地基，也足以牢牢地黏合在一起，在冷兵器时代牢不可破。

在外部人概念中，一到康定便算是进入了西藏，但本地人自古便不自称西藏，而称这片雪山耸峙、农耕的峡谷与游牧的草原相间的地方叫康巴。离开龚垭，沿濯曲往西南，就到了金沙江边。隔江望见一孤立的临江巨石上，两个用红漆描过的大字：西藏。金沙江，在行政区划上，正是四川与西藏之间的界江。过去的牛皮船渡口，如今有一座岗托大桥相连。

濯曲（德格河）从此地汇入金沙江。

故事里的格萨尔远比实在的岭国国王勇武百倍，其疆域西接大食，南到印度，北接霍尔蒙古，东邻汉地，至少是整个青藏高原，甚至比之于青藏高原还要广大。而历史上作为故事底本的那个岭国实际疆域却要小很多。那时候，因为交通不便，空间封闭，人们居住在一个小小的国中也会以为疆域广大。从原岭国疆域中崛起的德格土司占有如今几个县几万平方公里的土地后，也自诩为“天德格，地德格”，意思就是天地之间都是德格。

无论格萨尔还是后起的德格土司的伟业，同样都变成了日益遥远的故事，带着神秘与缥缈的美感。实实在在的是，河岸边的台地上，即将收割的麦子一片金黄。

金沙江边的兵器部落

没有过江的计划，便沿江岸而下，目的地是金沙江东岸的河坡乡。

那里，家户生产的“白玉藏刀”享誉藏区。

传说这个峡谷中原本没有人烟，唯鸟迹兽踪，森林蔽日，瘴气弥漫。因为岭国有了冶铁之术，并在峡谷中发现了铁矿与铜矿，格萨尔便从西北的黄河边草原上迁来整个部落，让他们在这里冶炼矿石，打造金属兵器。之后，岭国军队兵锋到处，所向披靡。

第一次到达这里，已是黄昏。那些堡垒般的民居中，传来叮叮当当敲打铜铁的声音。拜访的第一户人家天台上，摆放的不是兵器，而是寺院定制的金顶构件——铜瓦脊、铜经幢。

第三户人家始在打造各型刀具。

我把拜访兵器部落的经过写在了小说《格萨尔王》里。只是我已经化身为说唱人晋美：“那天，长者带他来到山谷里一个村庄。长者的家也在这个村庄。金沙江就在窗外的山崖下奔流，房子四周的庄稼地里，土豆与蚕豆正在开花。这是个被江声与花香包围的村庄。长者一家正在休息。三个小孩面孔脏污而眼睛明亮，一个沉稳的中年男子，一个略显憔悴的中年妇女。他们脸上都露出了平静的笑容。晋美想，这是和睦的一家三代。长者看看他，猜出了他的心思，说：‘我的弟弟，我们共同的妻子，我们共同的孩子，大儿子出家当了喇嘛。’长者又说：‘哦，你又不是外族人，为什么对此感到这般惊奇？’说唱人不好意思了，在自己出生的村庄，也有这种兄弟共妻的家庭，但他还是露出了惊奇的神情。好在长者没有继续这个话题，他打开一扇门，一个铁器作坊展现在眼前：炼铁炉、羊皮鼓风袋、厚重的木头案子、夹具、锤子、锉刀。屋子里充溢着成形的铁器淬火时水汽蒸腾的味道，用砂轮打磨刀剑的刃口时四处飞溅的火星的味道。未成形的铁、半成品的铁散落在整个房间，而在面向窗口的木架上，成形的刀剑从大到小依次排列，闪烁着寒光。长者没等他说话就看出了他的心思，说：‘是的，我们一代一代人都还干着这个营生，从格萨尔时代就开始了，不是我们一家，是整个村子所有的人家，不是我们一个村子，是沿着江岸所有的村庄。’长者眼中有了某种失落的神情，‘但是，现在我们不造箭了，刀也不用在战场了。伟大的兵器部落变成了农民和牧民的铁匠。我们也是给旅游局打造定制产品的铁匠。’长者送了他一把短刀，略为弯曲的刀把，比一个人中指略长的刀身，说这保留了格萨尔水晶刀的模样。”

我是在去往河坡的路上遇到这个老者。我也将路遇这个老者的情形搬演到了小说里：“在路上，说唱人遇到了一个和颜悦色的长者，他的水晶眼镜片模糊了，就坐在那里细细研磨。长者问他：‘看来你正苦恼不堪。’‘我不行了。’他的意思是，听到的好多故事把自己搞糊涂了。长者从泉眼边起身说：‘不行了，不会不行了。’他把说唱人带到大路旁的一堵石崖边：‘我没戴眼镜看不清楚，你的眼睛好使，看看这像什么。’那是一个手臂粗的圆柱体在坚硬的山崖上开出的一个沟槽。像一个男性生殖器的形状。但他没有直接说出来，他只说：‘这话说出来太粗鲁了。’长者大笑，说：‘粗鲁，神天天听文雅的话，就想听点粗鲁的。看，这是一个大鸡巴留下来！一根非凡的大鸡巴！”

“长者给他讲了一个故事，当年格萨尔在魔国滞留多年，回到岭国的路上，他想自己那么多年日日弦歌，夜夜酒色，可能那话儿已经失去威猛了。当下掏出东西试试，就在岩石上留下了这鲜明的印痕。长者拉过他的手，把那惟妙惟肖的痕迹细细抚摸，那地方，被人抚摸了千遍万遍，圆润而又光滑。然后，长者说：‘现在回家去，你会像头种马一样威猛无比。’”

后来，我向老者表达过我的疑问，格萨尔征服了霍尔回来不可能经过这个地方。因为霍尔在北方，岭国的王城也在北方。这里却差不多是南方边界，是嘉察协噶镇守过的边疆。

老者不说话，看着我，直到我和他分手，离开他的民间知识视野所覆盖的地盘，他才开口问：“为什么故事要发生在真正发生的地方？”

我当然无从回答，但对一个写小说的人来说，这句话给了我很大的启发。

从河坡继续沿金沙江而下可到白玉。从白玉沿金沙江继续南下可到巴塘。从白玉转向东北，可以到甘孜。在白玉和甘孜界山南坡，有一大自然奇观，古代冰川退缩后，留下的巨大的冰川漂砾滩。浅草长在成阵的巨石之间，质地坚硬的褐色苔藓覆盖了石头的表面。高原的风劲吹，天空低垂，一派地老天荒之感。

•

格萨尔故乡：阿须草原

但我不走这两条道路，我退回德格。由西向东翻越措拉（雀儿山）山口，回玛尼干戈镇，离开国道，上省道217线，再次从措拉（雀儿山）左肩翻越去西北方向。

我感觉到雪山总摄了大地。德格在措拉的西南，而我现在要去的地方是在雪山的西北。龙胆科和飞燕草花期的草甸。雪山。冰川。就在冰川舌尖下面，是远近闻名的宁玛派名刹竹庆寺。

旅游指南上说："寺院所在的雪山上下布满成就者的修行山洞与道场，是极具加持力的修行圣地。"还看到一则材料，说这个寺院僧人并不众多，但因为在藏传佛教各教派中，这个寺院不热心参与政治，所以喇嘛们潜心修持，有成就者不在少数，他们利乐众生，其影响远在藏区之外。我就曾在某个八月，躬逢法会，数万信众聚集而来，聆听佛音，信众中有许多是远道而来的港台信士。在格鲁派寺院中禁止僧人念诵格萨尔这个本土神人故事的时候，这个寺院却创演了一出格萨尔戏剧，不时排演。我没有遇到过大戏上演，但看见过寺院演剧用的格萨尔与其手下三十大将的面具，各见性情，做工精良。

说德格是格萨尔故乡，一来是指格萨尔似乎真的出生于此，更重要的，此领域内对于这个神化了的英雄人物的百般崇奉。一次，我们停下车来远眺雪山。路边一个康巴汉子猛然就向汽车扑来。同车人大惊，以为有人劫道。结果那条康巴大汉扑到车上只是为了用额头碰触贴在车窗上的格萨尔画像。

现在，我们到了措拉（雀儿山）的西北方。

道路在下降，这下降是缓缓地盘旋而下。从山口下降 1000 米左右，然后，草原与河谷两边的浑圆山丘幅面宽阔地铺展开去，仿佛一声浩叹，深沉又辽远。

这就是阿须草原。史诗中，主人公的生身之地。

丛生的红柳和沙棘林，掩映着东南向的浩荡雅砻江水。每次来到这里，都是这个月份，草原上正是蓝色花的季节：翠雀、乌头、勿忘草。但纯粹拈花惹草，并不需要如此深入康巴的腹地。高原边缘那些正迎着东南季风的地带，多种多样的植物往往带来更多的变化与惊喜。我三到阿须，都是为了追寻英雄故事的踪迹。

第一次到阿须是一个下午，岔岔寺的巴伽活佛在格萨尔庙前搭了迎客的帐房，僧人们脱去袈裟，换上色彩强烈的戏服，为我们搬演格萨尔降魔的戏剧。那次我没有主动去与活佛认识，而急于央人带我去寻找格萨尔降生时在这片草原上留下的种种神迹。

牧区的妇女都不在家中分娩，看来是古风遗传。在阿须，格萨尔作为神子下界投胎时，其落地处就在阿须草原一块青蛙状的岩石下面。

这个地方，在千年之后还在享受百姓的香火。

还有一个遗迹当地百姓也深信不疑，草原上一块岩石上有一个光滑的坑洼，正好能容下一个小孩的身躯。人们说，那是格萨尔刚刚出生不久，其叔父晁通要置将来的国王于死地，把那孩子在岩石上死命摔打。结果，格萨尔有神灵护佑，毫发无伤，倒是柔软的身躯在岩石上留下了等身的印痕。直到今天，这还是格萨尔具有神力的一个明证。

如此长存于岩石上的还有一个格萨尔屁股的印痕。他刚刚出生三天，有巨大的魔鸟来此作恶，神变小子背倚岩石弯弓搭箭，射死了魔鸟。也许是用力过度，将此印痕长留人间。

英雄故事的悠长余韵留给后人不断回味，功业却不能持久保留。所谓霸业江山比之于地理要经历更多的沧海桑田。

学者们差不多一致推断，格萨尔生活在1000多年前。到了清道光年间，将格萨尔奉为祖先的林葱家族只是清朝册封的一介小土司了。作为英雄之后，回味一下祖先的荣光是一种合理的精神需求。土司家族便在有上述遗迹的河滩草地上建起了一座家庙，供奉祖先和手下诸多英雄的塑像。据说庙中曾珍藏有格萨尔的象牙印章以及格萨尔与手下英雄使过的宝剑和铠甲等一应兵器。老庙毁于“文革”，林葱家族也更加衰败。直到1999年，由附近的岔岔寺巴伽活佛主其事，得政府和社会资助，这座土司家族的家庙以格萨尔纪念堂的名义恢复重建。加上纪念堂前的格萨尔身跨战马的高大塑像，成为当地政府力推的一个重要景点。前不久，我还在成都见了巴伽活佛，在一家名叫“祖母的厨房”的西餐馆里就着牛排感慨一番那个后继乏人的英雄家族。

还曾在那座塑像前听说唱艺人演唱格萨尔故事的片段。那些艺人们，特别是那种“神授”艺人，对于自己演唱的故事深信不

（右页图）

图为措拉雪山及竹庆寺。

疑，在这个艺术家普遍怀疑自身劳动与劳动成果价值的时代，唯有他们，相信自己所以演唱，是因为神的挑选。没有追问，只是接受它，像命运一样接受它。

第三次去阿须，小说《格萨尔王》即将出版。

我第一次走进了那座安静的小庙。在院中柳树荫凉下，安卧着一只藏羚羊，它面对我快门咔咔作响的相机不惊不诧。护院人说，这野物受了伤被人送到庙里，现在伤好得差不多了，该放其归山了，但看样子，它倒不大想离开了。

这是我第一次走进这个小庙，在格萨尔塑像前献了一条哈达，我没有祈祷，我只是默念：王啊，今天我要把你的故事还给你，我要走出你的故事了。这是一个小说家的宿命，从一个故事向另一个故事漂泊。完成一个故事，就意味着你要离开了。就借用艺人们比兴丰沛的唱词吧：

雪山老狮要远走，
是小狮的爪牙已锋利了。
十五的月亮将西沉，
是东方的太阳升起来了。

在小说的结尾，我也让回到天上继续为神的格萨尔把说唱人的故事收走了。因为那个说唱人已经很累了。

说唱人把故事还给神，也让我设计在了这个地方。

“失去故事的说唱人从此留在了这个地方。他经常去摸索着打扫那个陈列着岭国君臣塑像的大殿，就这样一天天老去，有人参观时，庙里会播放他那最后的唱段。这时，他会仰起脸来凝神倾听，脸上浮现出茫然的笑颜。没人的时候，他会抚摸那支箭，那真是一支铁箭，有着铁的冰凉，有着铁粗重的质感。”

文／阿来

图／陈新宇

中国唯一女活佛的前世今生

吴新华捧起无忧树下的一抔热土，小心翼翼地装进随身准备的塑胶袋中，封好口，揣入怀内，像抱着一个初生的婴儿，镇定地仿佛什么也没有发生。

据说那是2500多年前，因缘成熟，佛祖借腹迦毗罗卫国净饭王夫人摩耶降生于世。据《佛本行集经》所述，公元前565年，摩耶夫人在花园小憩时，梦见一头长着六根长牙的白象钻入她胁下而受孕。产期将临，她按当时习俗回娘家分娩，行至蓝毗尼园的无忧树下，腹中胎动。王后右手攀树，从右胁生下一个男婴，取名乔答摩·悉达多。仅仅一周之后，摩耶夫人便去世了。净饭王太子在29岁时，夜出宫门，出家修道，35岁在菩提树下悟道，创立佛教，被后世尊称为释迦牟尼。

时间柔弱无骨，须臾间便滑过数千年，不动声色地吞噬有形和无形的一切。据《大唐西域记》载，玄奘取经经过此处，当时无忧树便已枯悴。今天，曾经倾颓破败的阿育王石柱已被重新树立并用水泥保护起来。人们又在蓝毗尼给摩耶夫人修了座简朴的纪念堂。2007年冬季的这天黄昏，摄影师吴新华踏进蓝毗尼园，面对着不知何人补种的菩提树，想着自己此行的目的和怀中泥土所承之意，默默祈祷。

带着蓝毗尼的这捂泥土，吴新华赶回西藏，来到拉萨一户人家。未进门，便听得二楼佛堂飘散出悠扬的诵经声，声音萦绕在院中，拍打在墙壁上，之后又渐渐散去，一位神态雍容的妇人缓缓走下楼梯：“大吴不远千里为我取土，今天我感到了这种气息，为此特意诵经祈福。”吴新华双手捧上满载佛诞之处泥土的袋子，小心翼翼地交到她手中，如释重负。

这位妇人就是十二世桑顶·多吉帕姆·德钦曲珍，在藏传佛教中被认定是产生诸佛的大佛母的化身，同时也是中国唯一拥有大呼图克图封号（藏传佛教上层大活佛的封号）的女活佛。

在前藏和后藏交界之处，雅鲁藏布江南岸的浪卡子县，一碧万顷的羊卓雍措安详地躺在喜马拉雅群峰之中，澄澈的湖水倒映着起伏的宁金岗桑神山，湖光山色宛若梦境。从湖畔向西南观望，一座瑰丽多姿的寺庙穆然耸立在不远处的山坡上，那便是历代多吉帕姆活佛的驻锡地——桑顶寺。

20 世纪 30 年代的西藏还仿佛处在中世纪。与世隔绝的喜马拉雅山区中，外人几无到达，时间也随之冻结。宗教力量与险峻的山麓共成一道屏障，抗拒着一切现代化的企图和外部世界的厮扰。然而随着内地抗日形势日趋严峻，英国也加紧了对西藏的侵略，千年屏障日渐岌岌可危。九世班禅恰于此时圆寂，为混乱的藏地政教局面更添凶险。

历史的剧集不间断地播放，转眼来到 1941 年。此刻，十一世多吉帕姆活佛正端坐在大经堂的释迦牟尼像前。“我圆寂之后，灵魂会向着寺庙的西北方向，飞过三条大河，越过三座高山，降生到青山环抱，离河水一箭之遥的行善之家。”活佛一席话毕，身后的大经师点头不语，转身走出了大经堂。是夜，桑顶寺传出了呜呜咽咽的法号声，酥油般平静的湖面也染上了哀伤的颜色。十一世活佛圆寂后，寺内僧众纷纷聚集到大殿诵经祈祷，愿活佛早日乘愿再来，救度众生，重掌桑顶寺大业。之后，桑顶寺便派出管家、经师，伪装成平民、商人，向着她指引的方向秘密地寻找灵童。

活佛传承并非世袭，也非传贤或传徒，而是依据神秘的转世

桑顶寺镶嵌在西藏山南浪卡子县的羊卓雍措之畔，被喜马拉雅山北麓的神山环抱。神山圣湖采天地灵气，给予桑顶寺丰饶的滋养。

轮回法则。佛法的大成就者仁波切寄胎转生，复接前身之位，不昧其本性。

关于德钦曲珍被选为多吉帕姆转世灵童的原因，存在着许多传说。其一是她出生之时有诸多奇妙殊胜的瑞相，如“天现彩虹、花瓣盖地”，“德钦曲珍的阿妈梦见羊卓雍措里吹起活佛转世的法螺”，“德钦曲珍刚会说话，就说要到桑顶寺上去，还说那里有她的庙”等等，人们口耳相传，终为桑顶寺经师所闻，寻上门来；其二是她降生不久便得了重病，求神打卦后，被送进拉萨的仓姑寺，桑顶寺经师至此寺中寻找灵童，德钦曲珍认出了十一世活佛所用之物；还有一种说法颇有戏剧性：最初被经师们看中的灵童是德钦曲珍的邻居，那名女童因背上生有猪毛而被认为身负法像，德钦曲珍的父亲用钱贿赂了经师，以自己的女儿代之。

吴新华曾向活佛求证这段往事，但时过境迁60余年，十二世多吉帕姆活佛本人也无法还原当时的记忆。她只记得经师们确实带圣物来到她家，而她也大致不差地认出了十一世多吉帕姆活佛用过的耳环、汤匙等物。在活佛转世的传承体系中，这被认为是宿慧觉醒。

当时，在十一世多吉帕姆活佛临终指示方向，显现异象的女童不止德钦曲珍一人。于是，西藏摄政王达扎活佛来到大昭寺，请出乾隆帝御赐的金瓶，将所有女童的名字、出生年月刻在象牙签牌上，放入瓶中，传唤喇嘛齐集大昭诵经七日，在释迦牟尼像前抽出一个签牌。这便是藏传佛教遴选达赖喇嘛、班禅额尔德尼、多吉帕姆等重要活佛所用的“金瓶掣签”之法。在佛祖见证之下抽出的名字正是德钦曲珍。次年藏历二月初八吉日，在法乐的奏鸣声中，她被载歌载舞的僧俗百姓迎入桑顶寺，举行坐床继位大典，正式成为第十二世多吉帕姆活佛。

多吉帕姆是一位助人修行、弘扬佛法的重要女性神祇，它的起源最早可以追溯至古印度婆罗门教，是创造大神毗湿奴的化身之一野猪的女性配偶。在藏传佛教的几个主要教派中，她被视为女性本尊神之首。藏语“多吉帕姆”的本意，是金刚母猪，又称“金刚亥母”。历代流传的多吉帕姆神像中，她“身如十六妙龄女郎，一面两臂，全身红光遍满十方三世”，或为人身猪面，或在头部带有一些猪的形象特征。

西历纪元前后，佛教传入中国，在西藏，历经数百年的传播，却始终未能真正扎下根来。迟至公元755年末，吐蕃第38代赞普赤松德赞即位，藏地依然被控制在本土宗教苯教手中，苯教巫师大都出身贵族，掌握着吐蕃政权。为对抗苯教、维护王权，赤松德赞从印度、尼泊尔等地迎请佛教显宗、密宗大师寂护、莲花生入藏发展佛教。

正是在这时，莲花生大师发现，赤松德赞的王妃卡钦萨措杰是多吉帕姆的化身。为了光大佛法，吐蕃赞普王妃依从莲花生大师剃度受戒，并作为莲花生大师的明妃与其一同修道，法号“意希措杰”。

多吉帕姆出现在藏地要从意希措杰开始算起。此后，这尊重要的神祇还曾多次化身出现。但是直到1283年（元，至元二十年），藏传佛教噶玛噶举派才创立了活佛转世体系，又经过150年后，依照意希措杰的预言，阿里贡塘地区（现日喀则地区吉隆县境内）的王族后裔阿卓·却吉准美被认定为第一世多吉帕姆活佛，成为藏地唯一的女活佛。此后，多吉帕姆不断轮回转世，在西藏地区传延至今，已是第十二世。

有关桑顶·多吉帕姆活佛的教派系统，在西藏历史和宗教典籍中少有记载，其教派归属问题也众说纷纭，多讹传其为香巴噶举或宁玛派。而她实际上属于藏传佛教的一个小教派——珀东派。珀东派兼收并蓄其他诸派教法，体现了各宗派融合的特点，也因此很容易被错误归类。

多吉帕姆活佛在藏传佛教中拥有显赫的地位，而这很大程度上依赖其与格鲁派的关系。18 世纪中后期，主持桑顶寺的八世多吉帕姆·德钦旺姆是六世班禅的侄女，在七世达赖喇嘛座前剃度出家，由六世班禅亲自灌顶，迎至桑顶寺。六世班禅向她传授了诸多格鲁派密法，并把格鲁派的乃宁寺及其土地属民赐给桑顶寺。从八世多吉帕姆活佛开始，后代多吉帕姆活佛都自格鲁派活佛座前剃度。1912 年，十三世达赖喇嘛从印度返藏时，为躲避拉萨动乱曾在桑顶寺常住，与十一世多吉帕姆活佛来往频繁，并册封她为大呼图克图。从这一世起，多吉帕姆活佛在西藏的地位如日中天。

十二世多吉帕姆活佛 12 岁时剃度受戒，法号桑顶·多吉帕姆杰尊阿旺雪珠德钦曲吉准美。

年幼的十二世多吉帕姆活佛自入主桑顶寺起，便享有许多特权。小德钦曲珍出行拉萨，必经过西藏地方政府批准，派出四位僧官、四位俗官护驾。在沿途每个驿站，皆受到隆重接待。德钦曲珍的童年一直在礼佛、诵经、修法中度过，众多高僧活佛都先后做过她的导师。每年，她还要去古城江孜、春丕山讲经弘法，为徒众祈福。

这一切都在 1959 年 3 月结束。是年，西藏地方政府发动叛乱，桑顶寺正处在动乱的中心地带。叛乱者接二连三闯入寺庙，要求桑顶寺提供枪支、粮食。活佛和几个近侍避出桑顶寺，藏在羊卓雍措的湖心岛上，却仍被叛乱者找到，在枪口的“护送”下，女活佛被迫远走他乡，修行之路就此中断。

活佛先被挟持到不丹，再由不丹转道印度。1959年8月，国庆大典前夕，在中国驻噶伦堡商务代理处的帮助下，十二世多吉帕姆活佛辗转至巴基斯坦，又绕道阿富汗、俄罗斯、蒙古，最终于9月底回到北京，结束了6个多月在海外颠沛流离的日子。

归国后，十二世多吉帕姆活佛接受政府安排在拉萨居住，由入寺修行转为在家修行。1966年，“文革”浩劫降临，桑顶寺被夷为平地，活佛的修行活动也被迫中止，一隔10余年。20世纪80年代，桑顶寺复建，女活佛也恢复了在桑顶寺中一年一度举行的“岗甲萨”大法会。但她仍选择留在拉萨，在家修行。每年的“岗甲萨”大法会，是她唯一与信众接触的机会。

离开桑顶寺后，德钦曲珍建立了自己的家庭，重新拥有了世俗生活。在多吉帕姆活佛的转世系统中，这本无先例，但在共同经历了50年风云变幻的西藏信众看来，女活佛的选择已为他们所接受。

十二世多吉帕姆活佛现在已很少对人提及修行之事，也不再讲经。她说，经历了太多休滞及阻隔，她这一世，在佛法上不会有什么建树了。

她选择以重建桑顶寺，来完成自己作为护法神职责的践行。昔日的桑顶寺，依傍羊卓雍措之畔，是一座红宫与白宫相见的九层古寺，取“九级浮屠”之意，为藏传佛教寺院最高形制。史料记载，桑顶寺经由二世、五世、九世多吉帕姆三次扩建，盛极时拥有大经堂、顿都格桑绛曲神殿、弥勒佛殿、三界殊胜殿等15座殿堂，僧人数百，寺中佛塔、塑像、法器、唐卡等陈列众多，不胜枚举。

彼时的富丽庄严如今只能依靠想象描画。20世纪80年代初，吴新华初访羊卓雍措，昔日古寺已变成遍地石料废墟中央的一座孑然而立的小小房屋。1983年，十二世多吉帕姆活佛向十世班禅额尔德尼、西藏自治区及中央有关部门提出了修复桑顶寺的请求，获得批准，重建之路就此展开。

除政府资助的21万元外，重建一座寺院、召回僧侣，还需要调动更大量的资金及人力投入。德钦曲珍并不是擅长此道之人。她个性腼腆，并不热衷于交际和经营，相对于法相庄严，她更多流露出母性的温柔淳朴。重建工作在女活佛弟子们的资助下缓慢而平静地进行，这些因佛法而结识的弟子大多是长三角及沿海一带的企业家。活佛身在拉萨之外的时候并不多，她姐姐的儿子时常代为奔波于拉萨、广东两地之间，联络修建事宜。

面目凶恶狰狞的法神喇嘛在桑顶寺大殿内跳起降神法舞，十二世多吉帕姆活佛通过诵经与护法神相互感应。而后，多吉帕姆护法神降附在法神喇嘛身上，预言吉凶，消灾祛难。

桑顶寺如今建起了七层，多吉帕姆活佛认为，可以就此而止了。这也是效法拉萨的著名古寺帕邦卡——它最初由松赞干布主持建造，吞米桑布扎就是在此创制藏文并留下了由其亲书的六字真言。“文革”中，帕邦卡与桑顶寺同样毁于一旦。复建后，同样由九层降至七层。一取“七级浮屠”之标准，二来暗示这里曾遭法难。

桑顶寺的重建尚未完成。寺院至今没有围墙，山脚下的“林卡”，即花园，也尚未恢复。而十二世多吉帕姆活佛最大的愿望便是能为桑顶寺添加上自来水系统。僧人和百姓们每每从山脚下，向海拔 4600 米的山上寺中背水，实在太过辛苦。

十二世多吉帕姆活佛做的另外一件事，是联合老住持扎巴·图丹朗杰撰写了《历辈桑顶·多吉帕姆活佛和桑顶寺简志》。其中，她依据修行所得及一些散落民间的传说，将多吉帕姆活佛的传承体系重新加以梳理——活佛的佛身，最早是产生诸佛的般若佛母，她曾转世为释迦牟尼生母摩耶夫人，而后在西藏转世为空行母意希措杰，最终形成了多吉帕姆活佛传承体系。她通过密宗仪轨对般若佛母与多吉帕姆之间的关联加以验证、确认，并载入简志。正是出于对这段因缘际会的怀想，才有了十二世多吉帕姆活佛对吴新华两年前蓝毗尼之行的特别嘱托。

藏历六月，圣湖羊卓雍措之畔，骄阳似火。天空蓝得不近人情，仿佛分分秒秒都凝固至无限漫长。中午，日头下的桑顶寺，红顶白墙隐隐反射出如雪似染般夺目光芒，静候着她的主人——十二世多吉帕姆活佛的到来。

修供仪轨法会开始了，这是“岗甲萨”大法会的第八日，由十二世多吉帕姆活佛亲自主持。鼓乐齐鸣，悠长的号角声将活佛送至大殿的宝座之上。主持仪式的喇嘛为她献上哈达、酥油茶和盛满奶酪的银盘。音乐声骤转，呈升腾之势。紧接着，佛冠及金色耳环被送到女活佛面前，喇嘛恭敬地为她佩戴在头上。乐声息止。此时，殿内齐座的喇嘛们开始诵读起经文，领经人浑厚的声音响彻大殿的每个角落，如石子投入湖心漾起的层层涟漪；众僧人随之吟诵，音量高低起伏，汇成和声，将大殿笼罩在一派庄严的气象之中；经文越念越快，似浪潮般不断涌来，终至轰鸣，突然，戛然而止。接着，又一阵低吟徐徐响起。

大殿之外，挤满了前来朝拜的信众，他们或站立、或拾阶而坐，虔诚地聆听着殿内的诵读声。他们其中，并没有多少人能听得懂经文的内容，却依然不辞劳苦地从四面八方赶来，在这里长久地簇拥，只为了亲临这一神圣的现场。摩顶、加持的时候到了，信众们排着队，绕过大殿，逐一跪伏到活佛座前，为活佛献上哈达，并接受她的抚摸和加持。

队伍在缓慢地移动，法会仍在进行。太阳已落到宁金岗桑神山顶峰旁，夕阳笼罩了整片羊卓雍措。在这片神秘的高原土地上，只要信仰的力量仍未消散，佛陀的福荫便永远与这里的子民相伴，多吉帕姆活佛的转世之路还将继续漫长地走下去。

文／任超　张凌健

图／吴新华

藏北驮盐

盐人家庭

“出生了，出生了！出生了一个丫头！”——茶烧开了，随着顿珠的一声喊叫，盐人们从各自的地线卷内，扛起鼓鼓囊囊的食品褡裢走进帐篷进入自己在家中的角色。这就意味着一个由清一色男人组成的盐人“家庭”诞生了。

一个盐人“家庭”中每个成员的座次原则上是按照职位来的。格桑的“家”由 8 人组成。以帐篷的两根撑杆为中心，右边最里面为首席——55 岁的格桑，他是爸爸。驮队首领的任务可不是象征意义的摆设。他要带领大伙完成驮盐任务以至解决一个村庄或一个部落一年口粮的重任。他要具备天气对盐情的判断才能，应付各种突发事件。依次为日地，他是法官。在法官座位的帐壁上挂一节小绳子，以此标明法官的席位，称为“准绳”。左边最里面为首席——桑多，他是煨桑师，煨桑师并不一定是出家人，但理应懂得烧香念经祭祀鬼神这类简单的民间法事。格桑“家”这位年轻的煨桑师只占其位，不谋其事。第一次去驮盐的人——称为“保布”，是盐队的宠儿，受到妈妈的特别关照。但格桑家里没有“保布”也就算了。顿珠是妈妈，坐在靠帐门的左

盐人“家庭”由清一色男人组成，盐人“家庭”中每个成员的座次原则上是按照职位来决定的。

边——每天要负责生火，烧茶，倒茶，烧饭。

驮盐这种传统的运输方式即将完成它的历史使命，格桑并不希望驮盐这种运输方式消失在人们的视线当中：“我们这里的春季牧草十分紧缺，育羔草场上不能放牧驮牛。每年到了这个季节家家户户赶着驮牛去驮盐，驮牛也愿意到北方，北方的草场比这里好。我们喜欢自己从湖里捞出的盐……”

但已经萧条的驮运大道上，再也见不到往日那惊天动地的驮运大潮，取而代之的是一拨一拨拉盐的牧民车队。他们七八辆甚至十几辆车结伴而行，一车有六七个人，从人数而言不亚于当年驮队的规模。当雄县宁忠乡的次仁说：“过去用牦牛驮盐，就是到最近的赞宗盐湖，往返也需要3个多月的时间，要是到毕洛、雅根、巧尔等盐湖需要更长的时间。那时，每人要赶40头驮牛，两人作搭档就有80头驮牛，除了赶路，每天两次装卸盐包就达160次，这是非常累人的。现在用汽车拉盐，只要10天左右就够了，要是东风车七八天就可以返回老家。这样算起来，从拉盐到交换一个月就够了，剩下的时间可以做些别的活。”

扎加藏布江

临近扎加藏布江时，格桑骑马前去试探水情。

扎加藏布江是藏北最大的内陆河。初春的扎加藏布江刚刚解开封冻的面纱，江面上千帆冰舟竞相追逐，这种浮冰会给过江的人畜带来诸多不便甚至造成伤害。格桑巡视江水，好像对大家也好像自言自语地说："这江可不大好过啊。"然后踩着冰堤想要踩出一条能让驮牛们下水的口子，可是200头驮牛过江，一人一马岂能踏出一条路来？无奈又从沙滩上用衣襟兜起沙子，在岸边的冰面上撒下一条防滑的小路，好让领头牛下水。

驮牛们在盐人们声嘶力竭的吆喝声中，不情愿地被逼进冰凉刺骨的江水，不慌不忙慢慢地蹚水过江。

索加试图骑他的小花马过江，但小花马听到驮牛踩冰的声音惊得竖起耳朵直往后躲。索加抚摸着小马的脖颈，亲昵地呼喊着它的名字，但是，小马不领主人的情，寸步不进。格桑关切地对索加说："骑这种小生马过江太危险，弄不好会连人带马摔跟头，还是找一头驮牛过吧。"

索加应了格桑一声。但他还一门心思想把小马制伏了，只不过已失去了刚才的耐心，勒紧马鞍肚带，骑上马背狠狠地抽了两下鞭子。小马不仅不依他的策骑，而且侧身向后狂奔乱跑，险些人仰马翻。无奈的索加使出全身力气勒住缰绳，气得脸上的肌肉直哆嗦。

索加并不是为了调教一匹生马，而是不想给盐队的同伴留下"空着坐骑，骑牛过江"的笑柄。然而最终犟不过小马，他把缰绳交给了前来救援的桑多。在桑多的指使下，无奈的索加忍痛用牛皮鞭子猛抽猛打，小马这才战战兢兢地跟在桑多白马的后面下了水。

索加一边吆喝着把最后一拨驮牛赶进江中，一边慢慢靠近一头大驮牛，在这头驮牛下水的刹那，像一个鞍马运动员利利索索地跳上牛背。受惊的驮牛往牛群中挤了几步后，似乎明白了怎么回事，又恢复了漫不经心的步态，驮着索加向对岸走去。

在牦牛部族里有严密的等级关系，拴牛要严格按着等级来。这种等级完全是靠顶架顶出来的。驮盐人会把驮牛按它们的等级顺序拴好，这样就会秩序井然，否则要惹出麻烦。

驮队开始过江的时候，两只牧狗已表现的焦虑不安。它们在江边来回嗅着跑着，希望能找到一条不用蹚水的道路，并且发出低鸣的叫声，像是向人们求救。可是驮牛蹚水而去，人们骑马而去，没有人理它们，连个同情的信号也没有。其中一只像下了天大决心似的跳进了江水中，斜着漂游过去了。而另一只似乎胆子更小，在江边的冰堤上跳着跑着总是不敢下水，先是求救般低鸣，后来像狼一样朝天嗥叫。牧民称这种狗叫为狗哭，想想真的是坐地哭天，向苍天求救。哭天天不应，哭地地不应，最后豁出去了跳进江中，总算漂游过了江。

驮队过江之后，就在一个坐东朝西的甘泉旁扎下了营地，与一家牧户隔河相望。盐人们到牧户家去要牛粪，这是一种约定俗成的传统习惯，盐人不会不要，住户不会不给。要牛粪回来的桑多信口开河地说："这家只有女人，今晚可能要犯忌了。"

一同来的索加大喊："妈妈，煨桑师犯大忌了。"

顿珠总是不慌不忙地说："犯什么大忌了？"

索加说："他说今晚他要到那家去打狗。"

格桑："在盐湖附近可不得犯这种口忌啊。"

顿珠："那就让他吊着小盐袋转一圈营地再说吧。"

"觉达！觉达！"桑多忙赔不是，"向营部所有盐人及大首领，觉达！"

驮队开进阿吾山东边一座低矮的山口。山口上有座塔形的石堆，这是盐人们朝觐盐湖的祭台，其祭品极富象征意味。走近这座简陋的祭台时，白花花的盐湖也就展现于眼前，盐人们高声朗诵祭山颂词："索，索！索索索索索！右边是威武的老虎山，左边是灵巧的豹子山，中间山口上的花祭台，愿我们常常来翻越，愿我们年年来祭山！"念完颂词，顺手从一头驮牛身上或从怀中拿出一撮牛羊毛或随便什么东西，放到祭台上就万事大吉。

盐语与禁忌

格桑说，盐湖是干净的，是大地赐给人们的珍宝。但是，盐湖所处地域是不洁净的，有晦气的。所以，盐人要以说盐语来抵御来自各方的晦气。在家乡，也会有来自北方的晦气，但会受到家乡神灵的保护，一旦离开了家乡到了自家神灵管不到的地域，就以自己的言行来保护自己。

驮队一旦翻过各自驮盐道上的那座山脉，再也看不到家乡的山水，就意味着盐人们远离了自己的山神，山神也无能保佑这些远去的臣民。他们只有严格按照盐队的戒律小心从事，以防他乡土主神灵带给他们的灾祸。

驮盐戒律并没有明文章法，不具有宗教戒律那样深奥的理论，而是驮盐人在长期的运输中形成的约定俗成的东西。说来很简单，就是要讲盐语，不能随意与当地人见面，严格拒绝女色，不能让乞丐、女人和狗在盐队营地附近留宿。

按照这种约定俗成的驮盐戒律，犯规者要受到处罚。处罚要根据所犯戒律的严重程度而定。首先要讲盐语，说话犯规者要分

盐人们骑坐在盐袋上一面封口一面唱："蓝色的针儿唧唧叫／以为雀儿清晨在欢叫。若针儿不能穿口袋／在秀发上面磨三下。针儿要像小鸟游水中／线儿要像羊儿在欢跳。"

轻、中、重三种。轻者进行自我谢罪了事，所谓自我谢罪就是要说："觉达"，其盐语表达的意思是"对不起"。中者则要掐肉，首当其冲的当然是大腿。重者则要拔拇指甲大小的阴毛，那是说了绝对不能说出口的几个词——"天""地""盘羊""藏野驴""藏蓝羊"。其次是不能放屁，放屁在藏北牧民中视为丢脸面的事情，在盐队中放屁那是对盐湖母亲的最大不忠，无意走火者要受到掐肉的处罚，故意犯规者则要受到拔毛的处罚。发生两性关系者则要受到双重惩罚。一是把驮队妈妈的微型盐碱褡裢吊在生殖器上绕整个营地走一遭，视其情节轻重决定绕圈的次数；这种盐碱袋的大小不尽相同，一般在一两斤之间。二是要请盐队家人喝酥油茶。

无论开心也罢辛劳也罢，驮盐是男人的专利，自古至今，无一例外都是清一色的男人。

据说曾有女人参加过驮盐，女人未曾见过这么多无人所有的盐巴，不仅把盐袋装得满满当当，连衣裤都结结实实地塞满了盐巴。这让盐湖十分生气，一声巨响，山洪暴发，洪水淹没了盐湖，一汪湖水无一粒晶盐。

人们一年又一年长途跋涉前往盐湖，都没能驮回盐巴。后来，脏话三兄弟前去驮盐，他们无论如何想改变满口说脏话的恶习，还是一句一个脏字。奇怪的是，盐湖母亲满怀喜悦地赐给他们盐巴。从此，人们说着脏话，相互行使着粗俗的体罚，向母亲与情人之间的盐湖女神走去，获取等同于粮食的盐巴。据说，从此有了盐语，从此有了戒律，从此拒绝女人加入驮盐。

另一种说法是为了取悦于吉·阿热聂母神——她是驮队的保护神，盐人们在自己的手腕缠上黑白相间的线绳，以表示自己的驮运者身份。盐人们说脏话让她高兴了，才能得到她的保护。

这些无非是一种借口而已。其实是男人们为打发没有异性做伴的漫长旅途，说着与性有关的隐语来取乐。但是，在以男人为中心的部族里，承认女人存在的重要性，等于亵渎了男人的尊严，不仅有损于男人的社会地位，也将会伤害男人们虚伪的自尊。

在整个跟拍驮盐过程中，我只听到格桑说了一句完整的盐语："克尔巴措，嘎玛曩甲朽布呗桑吉啊"，意思是"盐人们，把鞋子在江水里头洗干净啊"。很明显，盐语本身并不全是"低级趣

依循古人的说法，一个藏北男人一生能参加九次驮盐，就能报答父母的养育之恩；从这个意义上来说，驮盐对男人而言，已经超出了对物质利益的索取。

味”的“下流话”。只是无法用盐语表述或某一词没有（忘记或不会）盐语的情况下，才用一个脏字顺代，以防犯规惹来的麻烦。

藏族人生活在现实与非现实的两个世界中，各种神灵无处不在。人与神灵时常需要交流需要沟通，其交流沟通的方式呈现出色彩斑斓的宗教文化。盐语这种隐语的交流对象从表面来看是盐人之间，其实是盐人与神灵的对话。驮盐这种独特的劳动和特殊的地域环境，形成了独特的与神灵沟通的语言。

赞宗盐湖

春季的赞宗盐湖不是严格意义上的湖，而是一个白色的湖盆。

下湖之前的仪式开始了。一老者从三角炉中取出牛粪火，燃起香火，小心翼翼摊开经卷，念诵《煨桑经》。格桑的驮队里的两个煨桑师都是徒有虚名，不会煨桑也不会念经，下湖之前遇上保吉一村人的煨桑仪式，了却了格桑驮队的一桩憾事。

格桑在自己的手腕上精心地缠起“都查”。“都查”是用黑白两种羊毛线缠在手腕上的护腕线。缠“都查”时，每人手里拿着一块涂上酥油的牛粪，缠完“都查”，把牛粪从帐篷的天窗里扔出。默默地在心里说：盐湖啊，亲爱的盐湖母亲，我们又来了，您的儿子们又来了。您看见了吧，我们把一年的污垢已扔掉，我们不是赤手空拳，我们都已缠上“都查”，请赐给我们盐巴吧。

一村老者的《煨桑经》咏诵完毕，格桑等人和一村的人扛着耙子走进了盐湖。驮队已没有了当年的盛事，也就用不着在盐湖里划地界。但是，格桑在用耙子挖出盐层底下的泥土打了一些记号，以示这块湖面已有人占领。在格桑看来，盐队就应该像盐队一样，唯有这样才不失传统，才可以得到盐巴。

当盐人遇上赞宗的咸水尚未结成晶盐或湖水干涸或山泉涌入等现象，视为对盐湖不恭而遭到的处罚。于是，人们更加虔诚地诵经祈祷，拿出可供于盐湖母亲的祭品——珊瑚、松石、加持药……等待着神湖大发慈悲的那一天，这种等待往往不会让人失望。“所有的盐湖都有山神土主，其实就是神湖嘛。反正这个湖和别的湖不一样，不能做坏事、不能胡来、要讲盐语。不是我在这里讲迷信，‘文革’时期有一段时间，赞宗没有结过晶盐，后来宗教政策开放以后才有了盐。”格桑如是说。

相传赞宗是嘎玛巴的神魂湖。因此，在盐人的心目中赞宗既是盐湖也是神湖，既是母亲也是情人。这并不亵渎神灵，所有的生命都在生死轮回中循环往复。今天，保吉盐人敬仰赞宗源自对嘎玛巴活佛的敬仰，对嘎玛巴活佛的敬仰源自对佛教的信仰。

由于牧民所拥有的广阔天域，使他们能借助想象的翅膀，创造出丰富多彩的神灵世界，给那些冷漠的不可征服的雪山和湖泊赋予了强烈的生命色彩，为它们编造了浩如烟海的婚丧嫁娶、生儿育女的故事，创作了人与神相互交错的多彩纷呈的精神世界。有趣的是，造物主也为牧民编造这些故事创造了有利的条件。藏北的神山圣湖几乎双双成对——念青唐古拉山与纳木错、冈底斯与玛旁雍措、达尔果山与当惹雍措、西亚尔山与俄亚尔湖等。

藏北高原有大小1000多个湖泊，其中盐湖就有200多个。牧民在编造山湖眷属的神灵家族中，不例外地把盐湖也收录进去了。在藏北有许多关于盐湖的传说，其中之一说：过去没有盐湖，格萨尔大王在雪域南征北战，统一天下之后才从姜域夺回12个伏藏盐湖，并得到莲花生大师的开光。因此，这12个伏藏盐湖的盐巴不仅是可以食用的一种矿物，而且是被藏人视为医治百病的加持甘露。著名英雄史诗《格萨尔王传·姜岭之战》中，有描述岭国与姜国争夺盐湖的战争场面。说明当时人们不仅开发利用了湖盐，而且为之进行征战。

在公元600年间，吐蕃王朝第三十二王囊日松赞率领吐蕃大军南征北战，征服了苏毗、工布、塔波、彭域、年波等地，藏族著名史书《贤者喜乐》记载：“在回来的路上，将野牛肉驮在马鞍上，因牛肉拖在地上发现了湖盐。在这以前，吐蕃除了很少一点岩盐以外，没有湖盐。这以后吐蕃就食用羌塘地方的湖盐。”

于是便出现了驮盐及其引发出来的农牧盐粮交换。驮盐这种艰辛而浪漫的运输方式至少也有1300年历史，而北方的游牧民族可能更早发现并食用了湖盐。

驮盐歌

东方出现鱼肚浮白时，顿珠一声“醒！醒！醒醒醒！”的出工号令，引来盐人们“吖！吖吖吖！”的呼应。

采盐开始了，湖水在太阳底下闪烁着耀眼的光芒，盐人们都备有一副墨镜，以防湖光对眼睛的伤害；过去，人们用一种用牛尾编织的黑色眼罩保护眼睛。采盐是驮盐生活中最艰辛、最富有文化色彩的劳动场面。藏北牧民几乎所有传统劳动都有不同的劳动歌，其中驮盐歌是最完整的一种，如果按内容可分出：《盐湖赞歌》、《途中悲歌》、《采盐欢歌》、《装盐歌》、《驮盐工具歌》、《祭祀歌》等。

“盐湖赞歌”是描述盐湖的地理位置或地貌特征为主题的歌。这种歌没有固定的演唱场景，在途中、在湖边均有人放声高歌。《途中悲歌》最能表现驮盐的艰辛与盐人的凄切。

湖盐是在湖水底下结成白白的薄薄的盐层。采盐时，要经过三道工序。

第一道工序是盐人们把盐层用耙子扒成“伽嘎”——小堆；堆“伽嘎”是快活轻松的劳动，盐人们在湖面上扒盐、堆盐。歌声和哨音不断——觉嘎嘹亮的高音、布琼高亢的中音、桑多浑厚的低音、索加总是高不上去的高音，以及顿加并不十分优美的歌喉，竞相展现给母亲，中间还有顿珠等人具有伴奏效果的悠扬的哨音。口哨不仅是藏北牧人与家畜沟通的信号，而且与劳动歌具有同等的功效。这种场面与其说是采盐，还不如说是赛歌会更合适些。

第二道工序是用“林阿”（四角有提带的光面羊皮）把“伽嘎”堆成“加崩”——大堆；鸭群般白色的“伽嘎”在盐湖中过了一夜就可以堆“加崩”。盐人们三人为一组，两人持“林阿”铺在“伽

嘎”边上，另一人将“伽嘎”用耙子扒到羊皮上面，持“林阿”的两人把盐抛向“加崩”上面。堆“加崩”是盐活中强度最大的劳动，但每个盐人都要表现出所谓的好汉形象，便竭力将劳动中的一举一动一歌一哨都做得尽善尽美，以免留下懦夫的笑柄。

驮盐是一项艰辛的劳动，《驮盐歌》唱道：“我从家乡出发的时候／我驮盐人比菩萨还美。当走过荒凉草滩地带／我驮盐人成黑色铁人。”

第三道工序是用“阿结”把盐巴背到岸边；等盐里的水分渗干后装袋打包。“阿结”是一种专门在盐湖背盐用的口袋，现在已换成了结实轻便的尼龙编织袋。背负沉重的“阿结”往返于湖中的“加崩”与岸边的“加崩”之间是一件费力又枯燥的劳动。

装盐一般在下午进行，相比之下较轻松。盐人们把盐袋装满，竖成一排一排骑坐在上面封口。这时的歌声更是此起彼伏。

盐袋封好口子，就开始打包。这种打包技法十分讲究——用绳子把盐包捆扎成四方形，绳子在盐包上呈两道横线一道竖线，然后在盐包边上包扎绳上安一个环扣和一个木制小扣子。这样，每天在牛背上装卸盐包十分方便。

告别盐湖母亲

采盐结束了，盐人们订好各自的拴牛地线，200 多头驮牛集于湖边的地线圈内，一种战前紧急集合的紧张情绪油然而生。那些身经百战的老驮牛们一副大将风度，迈着不紧不慢的方步，嗅着地线上的气味寻找自己的位置——牦牛部族里有严密的等级关系，拴牛要严格按着等级来。这种等级完全是靠顶架顶出来的。驮盐人把驮牛按它们的等级顺序拴好，这样就会秩序井然，否则要惹麻烦。要是一头富有造反精神的牛打败了它的上级牛，驮盐人要随时调整拴牛顺序，以保持驮牛方阵的秩序。

清晨，天蒙蒙亮。盐人们起来后紧过驮牛的肚带。驮队的盐人们准备就绪，格桑一声令下，盐人们把驮牛们从地线上放开，一声“乌尔啊，乌尔啊！”驮队出发了，16 个人两人为一拨，8 个牦牛方阵，披着一身朝霞，离开了神灵母亲，用步履丈量大地向生身的母亲靠近……

文／加央西热

图／谭湘江

僜人

“再过200年，‘僜人’这个民族就不存在了。”

金夏说出这句话的时候，依然笑得天真，语气间没有半点哀哀不舍的意味，仿佛是在说五点钟太阳就要下山了这么平常的一件事。那是10月下旬一个晴朗的日子，西藏下察隅的正午温度飙升到25℃以上，高原阳光如最精纯的金色烈酒，劈头盖脸地泼洒下来，所有景象都热辣得令人目眩。正是秋收季节，前院里倒满了黄澄澄的玉米棒。金夏招呼我在他家里吃道地手抓饭，捉了两只羽毛斑斓的土鸡去宰杀，在院门前的溪水中洗净内脏，后院里割来新鲜的野生韭菜和芭蕉叶，拌上附近采来的野生芝麻，清香扑鼻。

在镇上初遇金夏的时候，他去办事，脚上穿着鞋，回到村里就习惯性地脱掉了。眼看他赤足奔过那些看上去很扎人的地方：碎石、荆棘、刚收割过的田地，总有揪心的感觉。僜人原先常年赤足，金夏的祖先想必就是这样行走于山林大地吧。这位43岁的新村党支部书记有着相当典型的僜人男子体质特征：1.6米左右的瘦小身材，肤色黝黑，下巴微翘，双手短而宽。令人难忘的是他的笑容，羞涩和肆意那么奇异地混合在一起，完全是孩子的笑，在城市中年男子脸上很难看到。

用粗糙的玻璃杯喝着他家自酿的“芒琼”（一种僜人日常饮用的淡味鸡爪谷米酒），我提出想见识一下饮用“芒琼”的传统器皿，和鸡爪谷实物一起拍摄，已经忙乱了大半天的金夏提起腰刀到山上砍来青翠的竹子做成竹筒竹杯，又从后院割下一大捧鸡爪谷穗子，用双手反复揉搓，脱好粒给我。我过意不去，跟他客气说：“实在太麻烦您了。”金夏笑笑，老实不客气地说：“我也觉得挺麻烦的。”

每次想起金夏的这句回答，我都想笑——这种率真恍若隔世，让人不由得要从心底微笑。

后来才知道，这就是僜人的脾气：直来直去，有什么就说什么。

事隔几天，我将金夏关于两百年后僜人不复存在的预言告诉了梅志朋，他是察隅县政协委员，在僜人中算是知识分子和高官了。梅志朋听了，“哈”的一声嗤笑。我以为他要反驳，结果却听得他语带苦涩地对我说：“根本用不到两百年。再过两三年，连现在这点儿东西都保不住。你要想保存‘僜人’这个民族，除非把我们运到印度去。”

僜人，是我国一个特殊的未识定民族。所谓“未识定”，就是在56个民族之外、身份未获得政府正式认可的极少数民族，不称“某族”，只称“某人”。在新版身份证上，僜人的民族成分一栏里写的是：其他。他们在中国境内的聚居地仅限于察隅地区，根据2006年的最新统计数字，总人口为1391人（另外还有两三万僜人聚居在麦可马洪线以南的印度境内）。我们此行的初衷，原本是考察一个据说还过着初民生活的原始部落的奇香异色，目睹的，却是这个文化的最后一抹残阳。

早就听说过察隅有“西藏江南”的美誉。

我从云南香格里拉沿滇藏线翻山越岭逶迤西行，经然乌、过高达5300米的德姆拉山南下察隅，途中饱览雪峰夺目、白云低垂、经幡飘飘的苍凉景致，也饱受干燥寒冷之苦。陡然下到平均海拔为2300米的察隅县境内，当绿得发蓝的桑曲河水开始奔流在公路边的峡谷中，山坡上的植被从针叶林变成混交林、阔叶

（右页图）

位于喜马拉雅山脉以东、横断山脉以西的高山峡谷区，山川壮丽，水资源丰富，素有“西藏江南”之称。

林和蕨类植物，焦渴的皮肤吸收到油然袭来的湿意，那感觉说是“跌入温柔乡”也不为过。

察隅地处西藏东南部伯舒拉岭地带，东邻云南，西接墨脱，北靠波密和昌都，南连印度和缅甸。该地属喜马拉雅山脉和横断山脉过渡地带的高山峡谷区，地势起伏很大，谷地最低处海拔只有1400米，5000米以上山峰却有10多座。从印度洋吹拂而来的暖气流涌入这里的河谷，形成温暖多雨的亚热带湿润气候区，甚至有棕榈生长。当地一位四川木材商人对我感慨地说：“我差不多跑遍了西藏，最好的地方就是这个察隅。”僜人聚居的额曲（即贡日嘎布曲，意为“白色雪山之水”）和察隅曲流域，是紧邻印度和缅甸的南端河谷地带，更是这块宝地中自然条件最好的地方。

察隅其实是客乡，僜人在此定居不过几百年而已。这个处于原始社会末期的族群没有文字，历史记忆全凭口耳相传。我在当地询问过许多人，他们都说模糊记得先辈是从印度跑过来的，自己的血脉之根好像在麦克马洪线的另一边；或者，再追溯得久远一些——在神话传说里是猴子变的，所以僜人至今不肯吃猴肉。

然而，对僜人了解愈多，我对印度起源说的疑问就愈深：僜人属蒙古人种南亚类型，而印度人属雅利安人种；僜语属汉藏语系藏缅语族，而印度语属印欧语系——完全风马牛不相及。而且，从僜人的传统民居和传统服饰来看，无论是竹木结构的吊脚楼式“长屋”，还是紧身胸衣加筒裙的妇女装束，甚至包括饮食习惯，形态与风格都让人联想到云南的某些少数民族。僜人来历究竟如何？学术界也没有定论。中国社会科学院的民族语言学家孙宏开研究过僜语的语法结构和词汇系统，由此提出一个假说：大约3000年前，青藏高原有一群古狄羌沿多条路线（巴基斯坦、尼泊尔、不丹、锡金、印度、缅甸、泰国、越南）往南迁移，形成喜马拉雅南麓的藏缅语族族群，总数几百个，僜人是其中很小的一支。僜人与云南的独龙族、景颇族在语言上很接近，社会制度和风俗习惯也非常相似，显然有同源关系，估计是进入了不同的聚居地之后才开始分化。

也就是说，印度境内的僜人很可能发源于中国，后来又有极少数成员零星扩散，迁回中国境内。国境两边的僜人在文化和民族关系上原本是整体，聚居地又恰好处于中印领土交错的三不管地带，往来随意而频密。直到1926年，欧洲探险家达西·韦瑟比横跨澜沧江和怒江上游抵达察隅，然后南下进入印度阿萨姆的米什米山地，整个僜人地区都还处于无人统治的状态。

1971年，中印边境禁行，僜人再也无法自由跨界行走。当时，察隅的僜人只有区区几百个，他们与印度的族群母体的血脉联系被割断，这个势单力薄的外来族群遭遇人口众多、文化发达的藏族原住民，过去在没有中央政权干预的情况下，只能作为西藏地区的极少数派在地理与文化的边缘地带讨生活。

20世纪50年代西藏和平解放之前，僜人一直住在深山老林里，因为藏族视他们为“野人”，怕他们偷东西抢东西，不许下山，甚至不许走大路、过溜索，英国探险家沃德在1928年的探险中亲眼目睹察隅曲下游的“狩猎权被藏族满怀嫉妒地护卫着”，僜人连温泉都不敢去。西藏和平解放之后，僜人作为中印边境这一复杂敏感地带的前哨居民，享受到中央政府的诸多安抚与优待政策。但是，大批汉族边防军的进驻与混居也带来文化上的深刻冲击，正如梅志朋所言：“我们虽然住在藏区，但汉化比藏化厉害。”而且，由于僜人的少数民族身份不被国家认可，他们的文化很少得到关注，更谈不上保护。

1985年，中国社会科学院的民族学与人类学专家受国家民委之托调查僜人状况，认为他们可以划归少数民族，习仲勋曾有批示首肯，但班禅大师表态说：“西藏都是藏人，哪有什么僜人。”“谁要在西藏再设民族，就是分裂我们藏族。”此事就搁置下来。当年参与调查的陈景源教授对我感慨说：“民族在我国不完全是个文化概念，而是政治概念。甭管验定是对是错，定了就是定了。”

这次进藏之前，看到的几乎所有媒体零星报道都传达出同一种印象：僜人的生活方式处在原始社会末期，刀耕火种，结绳刻木，买卖婚姻，杀牲送鬼，服饰古里古怪但也古色古香，民族特色浓郁。从北京出发之际，我去拜访民族学家张江华教授，他曾屡次深入僜人部落作田野调查。张教授说，1976年他首次到察隅，僜人还是用三块石头来架锅，在房间地板中央的火塘上煮东西；1980 年第二次去，石头就变成了铁架子，而最新潮的僜人村购置了内地都罕见的录像机；1985 年三下察隅，已经是坐在僜人家的沙发上和他们交谈。我听了暗自心惊，估算这种“现代化”的速度，不敢对原始风情抱有期待。饶是有这等心理准备，当我看到那个观光客的失望表情，还是有点出乎意料——那天在赶往察隅的路上，因交通事故遇到那个刚游览完僜人村与我们反向而行的上海人，问起当地情况，他满脸懊丧地嚷嚷：“有什么好看的？和我们没什么不一样嘛，没意思得很，什么也没得看，我待一天都待不住就跑掉了。”

对于观光客来说，期待着在这种遥远偏僻的边陲地区看到的，首先就是富有异族情调的民居和服饰——最容易辨识的人文景观。20 世纪中期以前寻访过僜人部落的欧洲探险家们对此有过深刻的印象。

从前，僜人的住宅是用竹子修建的低干栏式长屋，近似于傣族的吊脚楼：以竹桩将整栋房屋挑离地面 1 米左右高，下层养猪养鸡，上层住人。墙壁和地板以竹篾密密编成，低矮的房顶上覆盖着厚厚的茅草，成斜坡状，3 米见方的住室沿南面走廊一间间隔开，每间都有开向走廊的门，整个形式很像火车的卧铺车厢。长屋两端前后的大门口各有刻出凹槽的木板充当梯子通往地面。前门旁往往还搭有小露台，进去依次为男主人房、妻子房、客房。长屋的住室间数各家不同，若有必要，随时可以连建新房。据说印度境内最长的长屋将近百米，多达 30 间住室，英国植物学家格思菲思博士在 1836 年竟然见过住了 100 人的长屋。在一夫多妻家庭里，每位妻子都带着自己的小孩独居一间住室，单独开火做饭，各自的田地和粮仓自己打理，与其他妻子不相往来。男主人想与哪位妻子过夜，就将随身背挎的熊皮包挂在她的门口。传统住宅内没有家具，大家围着火塘席地坐卧，三块石头支架更早的前身是三根原木，还没烧到的另一端就是睡觉的枕头。长屋的廊壁上挂着显示主人财富的牛头骨和炫耀狩猎能力的兽头骨，1869 年到过察隅的英国探险家库培曾在书信中记述道，这些动物

的头骨在当地被当作通货使用，交易中的每样物品（不管是一匹布还是一口锅）都以“头”来统称。英军上尉 F. M. 贝利在 1911 年所见的挂有 70 多个头骨的僜人家庭，应该算是巨富了。

如今，传说中竹编工艺上佳的长屋已不见踪影，到处是简陋的木房，说不清汉式藏式。只有在最冷僻角落的贫困人家，还能依稀看到一点低杆栏式长屋的遗迹：露台、木梯、火塘、不足 1.6 米高的房门……自从 1968 年政府动员僜人从山林中搬到台地居住，将藏族开垦好的田地分给他们，安置在戍边部队修建的新房，长屋就在整个察隅绝迹。

当金夏兴致勃勃为我画下长屋示意图的时候，我问他，传统民居和新式房屋的造价相差无几，盖三间都是 2 万多元，既然你们想搞旅游观光，为什么不将民居复原呢？金夏似乎没有考虑过这个问题，他想了想说，现在随大流喽，别人怎么盖咱们也怎么盖。想了想他又说，新房盖起来比较容易，原来的房子虽然舒服，不透风雨，但盖起来太费事，现在竹子难找，能把竹子编得

从前，僜人的住宅是用竹子修建的低干栏式长屋，墙壁和地板以竹篾编成，住室沿南面走廊一间间隔开，每间都有开向走廊的门。长屋两端前后大门口各有刻出凹槽的木板充当梯子通往地面。如今，这种长屋已不见踪影，到处是简陋的木房。

很细密的工匠也没有了。

过去的僜人妇女皆善纺织，野生荨麻除原色外以天然颜料染红黑两色，用原理简单的印尼式锯织机。欧洲探险家在1844年见过厚度可以挡住箭头的荨麻战服，可见僜人织工之巧。那时，男子头缠长长的黑帕或白帕，上身穿长度至大腿的无袖坎肩，腰间缠绕30厘米宽的布带，在生殖器前垂下20厘米布头遮羞，此外下身赤裸；左肩斜挎一把长约半米的锋利砍刀，佩以木板刀鞘牛皮带，开荒、伐木、杀生全靠它，右肩斜挎装什物用的熊皮包或布包，烟袋和弓箭挂在身左，是颇具男子威风的日常装备。女子插银发簪、佩银抹额、戴硕大的喇叭筒形银质耳鼓，颈挂珠串和银币项链，上身穿花纹华丽的紧身胸衣，腰部袒露，下身穿长及脚踝的黑色筒裙（长短两层），饰有横条花纹，款步摇摆间甚是妩媚。

僜人男女有时披一条可做被盖用的深色大披肩，有时头顶佩有云母的圆形竹编雨帽，均戴耳环，耳孔有的直径可达两三厘米，所以有些藏民蔑称僜人为“那哄”，即大耳孔。

20世纪七八十年代在僜人村落长期考察过的民族学家还记得，当时僜人依然穿戴传统服饰，标志性的大耳孔极有特色，他们前所未见，觉得非常新奇。但那时僜人男子就已经穿上了长裤，坚持赤裸下身的只有个别习惯顽固的老年人。民族学家王昭武教授笑道：“这个东西嘛，他不穿是不穿，一旦穿上可就脱不下来喽，觉得不好意思嘛。”余生也晚，如今在当地所见的，无非是中国各地乡村之间并无差别的汉式衣裤，只是偶然有男子斜挎砍刀走过，偶然有八旬老妪晃着耳鼓拖着筒裙。

玩赏着老辈人珍藏的织花土布和银饰，我禁不住叹气：“真漂亮啊。”但站在我旁边的一个身穿牛仔裤的年轻僜人女子很不以为然地摇头：“不觉得。”我说：“您穿也会很好看。”她又摇摇头：“穿这个，走路都走不动。”——是的，审美观在变，现代服装的方便实用也无可否认。更重要的是，工业化大批量生产的衣服售价便宜，购买容易。按粗略估计，制作一件传统的麻布上衣至少需要耗时四天：砍麻剥皮一天，煮麻晒干一天，手搓麻线三

晚，缝织一天半……制作期间还要忍受被荨麻燎伤皮肤的疼痒。而全套西装在乡村地区 15 元就可以买到，所以早就没有人再去纺织土布了。

在西藏下察隅镇的自更村，83 岁的格拉赛那颈大的银质耳鼓曾是僜人的典型配饰，如今已经鲜有人戴。

和我闲聊的女子名叫小青，32 岁，姣好的脸庞上还残留着几分稚气。她的丈夫阿罗松已经 70 岁高龄，财富、权势、交际手腕都是僜人中拔头筹的异类。僜人没有首领，社会地位最高者称“嘎背亚梅”，是族群中调解纠纷的仲裁人，像律师一样需要雄辩之才且收费高昂，一桩命案可以索取五六头牛。阿罗松的父亲日枯下曾经是额曲流域最富有的大嘎背亚梅，中国社会科学院的《僜人社会历史调查》卷宗里，记载了不少他当年敲诈勒索、欺压百姓的事例。日枯下死于仇家之手后，大嘎背亚梅的衣钵由阿罗松继承。他将父亲留下的牛群献给人民公社，入党后当上了莎琼村的村委会主任。上察隅镇长扎西平措透露：“听说阿罗松在自治区民委和国家民委都有亲戚，整个察隅，无论僜人还是藏人都不敢惹他。”一次，阿罗松举行送鬼仪式时有人贸然打扰，结

70岁高龄的阿罗松和他的第三任妻子小青端坐于自家的偏厅中，墙上挂满了显示其财富的牛头骨。阿罗松用17头牛将年轻的小青娶入家门。

果冒失鬼被罚脱光衣服当众转圈——这是下察隅镇中心小学校长罗北辉讲述的阿罗松逸事之一。

砍刀从不离身的阿罗松壮健得完全不像他的岁数，因年老而浑浊的眼眸时时闪出犀利的精光。在他家高大宽敞的砖瓦房里，正厅迎面的毛主席像旁贴着“招财进宝”，侧厅雕花描金的藏式组合柜供一尊关帝像，内厅的墙上则挂满了牛头骨——那是僜人用来炫示财富的传统标志。阿罗松的墙上有36个牛头骨和一个熊头骨，属当地首富。

显示财富的另一个传统标志，就是妻子的多寡。僜人的婚姻是买卖制，男方备下牛只和其他财物，经中间人（比如嘎背亚梅之类）向女方父母出价购买妻子，身价根据女方家庭的经济状况而定，越富有的人家索价越高。1992年，23岁的僜人小伙子新卫下迎娶一名中等人家的女子为妻，十几年来陆续孝敬给岳丈家12头牛，还有37头猪、80只鸡、30斤鱼、300斤野牛肉等等，直到最近才偿清全部身价。僜人的生产水平比刀耕火种先进不了多少，如此规模的彩礼足以让人负债累累，所以只有比较富裕的男子才能享受多妻之福。日枯下号称是额曲流域妻子最多的僜人，其实不过有五个妻子（买来三个，从亲属手中转房继承了两个）。阿罗松原先有三个妻子，小青是第三任，也是最年轻的一个，身价是 17 头牛。阿罗松入党后，遣散了前两任妻子。“留了一个老婆专用，就像专用车一样。”他笑着说。

在阿罗松家逗留的日子里，小青总是围着灶台忙碌。有几次天黑之后，还看见她驮着沉甸甸的背篓到田间干活。吃饭时她不上桌，男人说话她也从不插嘴。阿罗松喝酒喝得高兴，告诉我说，女人要是不听话就得被修理。我问怎么修理呢？他口中喊“打”，做出左右开弓抽大嘴巴的手势。

在这个男性拥有绝对权威的父权社会里，女人在婚前连吃肉的资格都没有，婚后也不能享受财产的支配权和继承权，但有义务照料丈夫分配的田地和牲畜，承担开山、垦荒、打猎、采蜜之外的一切劳作。假如丈夫不满意，随时可以将妻子转卖或转赠他人，甚至夺取性命。

日枯下就曾亲手打死失宠的第一任和第三任妻子。这样的制度好处何在？阿罗松说：“僜人夫妻是没有纠纷的。”在僜人中威望很高的原察隅县武装部长松鸟也表示：“买卖婚姻虽然是坏习惯，但有利于维持家庭稳定。”

僜女不知性别政治理论，当然不会对此撇嘴道：“男权话语！”但是信息和公路越来越四通八达的现代生活给了她们太多离开的理由和途径。她们或者与汉族或藏族的男子通婚，或者离乡另谋出路，如今留在村中的年轻僜人女子已经稀少得反常。

当我在高原阳光下撒欢乱跑的时候，很愿意将这里想象成蛮荒乐园，但村舍中绵绵飘来的港台流行歌曲不容我有此等妄念。在关于僜人的文献中反复出现的那些富有魔力的字眼——巴麦牛、弓箭、罂粟、大麻、麝香、藤脚镯、竹溜索……早就成了荡然无物的语言空壳。僜人传统风物遭到的第一轮毁灭是“文革”，“我们把党的政策贯彻得很彻底，该烧的烧掉，能丢到河里的丢河里”。阿罗松回忆起当年政绩，语气颇为自豪。然而，西藏自治区政府近年拨款 90 万元兴建莎琼民俗文化村，本打算办成收取游客门票的项目，阿罗松意欲搜求一些“老东西”来秀秀民俗卖点，神通广大的他竟也无可奈何：传统器物早没了，衣服凑不成几套，整个莎琼村都找不出一只熊皮包。

20世纪80年代，僜人的民族文化曾有过复兴的迹象，真正式微是90年代之后的事。这一轮毁灭是自发的——僜人主动放弃了许多传统器物和风俗习惯，因为那象征着“落后”，“面子上过不去”，下察隅镇长普琼有点无奈地说。僜人学龄儿童目前全部讲汉语，也让普琼很是忧虑。一旦连口头语言都失传，本来就单薄脆弱异常的僜人文化也就到了末日。孙宏开教授说：“语言消失之快，让语言学家非常惊叹，但毫无办法，只能靠国家立法保护。”“通用法立得很快，少数民族文字法就是立不起来，政府一门心思放在发展经济上，把大家往核心社会上拧，这个进程是很难阻挡得了的。”

关于传统的消亡，政协委员梅志朋认为还有一个原因，那就是宗教信仰的失落。僜人没有赐福之神的观念，但是他们相信万物皆有鬼灵，所有凶祸灾害皆因有鬼魂作祟，只有请巫师将鬼送走才能得到平安顺遂。除了研习秘传的技巧之外，巫师还需装备特殊的服饰法具，成串的虎豹野猪牙齿，孔雀尾翎和獐子腿制成的羽扇，悬挂在背后的铜铃之类，呼唤着鬼的名字舞蹈念咒。凡是遇到生育、疾病、丧葬、迁徙等生活大事，僜人都要杀牲送鬼，并且停止劳作长达数日。据阿罗松称，他有次过生日就杀掉25头牛、50口猪、70只鸡，可见僜人甘愿为送鬼付出的代价还远在娶亲之上。僜人的牛是不耕地的，专为在送鬼仪式中宰杀后分而食之。“连政府发放的耕牛都被吃了，只好改发马。”扎西平措镇长告诉我说。

梅志朋最后一次参加送鬼仪式，是三年前伯父去世的时候。听他津津有味地聊起种种细节与禁忌，例如下葬后焚烧的野菊花，守灵时门外的篝火，念经人家木梯边插的青树枝，我能体会到他言语之中流露出的那一种温暖异常的情感，几乎是乡愁。他所描绘的送鬼仪式，是生命的喜乐与族群记忆的寄托，与我在文献与报道中读到的那种野蛮血腥的印象何止天壤之别。一提到政府禁止僜人送鬼，梅志朋就按捺不住愤然：“藏族人为什么可以

挂经幡、可以有喇嘛，我们杀点老弱病残畜生，你们就不许？”和他闲聊的那天我正在吃饭，梅志朋可能觉得自己激动之下说得太多，等我抬起头来，他已经不见踪影。其实，就算政府解禁，隆重的送鬼仪式也难以再现。2004年，僜人中最厉害的巫师松当隆因杀妻而入狱，此后就再也没有人可以送大鬼了。

原先禁止僜人送鬼的时候，当时身为下察隅镇长的松鸟曾竭力反对。但谈到自己民族的命运，他的心态颇为矛盾。僜人单纯、诚实、不会谄媚逢迎的性格令他自豪，而他们好酒贪杯、固守陋习、不谙生存之道的弱点又让他忧虑。松鸟觉得，从改善生活的角度来说，遗弃民族传统“应该说是好事，更现代一些”，可他也担心僜人独特的文化会在这个进程中彻底失传，这个民族就消亡了。

而对于现在僜人所处两难困境，汉族学者的态度也很不一

曾在山林里散漫生活惯了的僜人没有务农的天分，只能靠种植鸡爪谷、青稞、苦荞等简单的粮食作物维生，在自更村，僜人的平均年收入只有二三百元。

致。张江华教授认为，僜人完全可以在保存民族特色的前提下发展经济，但当地政府目前是怎么方便就怎么搞，当然会弄得面目皆非，所以需要由民族学家和人类学家来指导。陈景源教授则坚持，要发展、要进步是每个民族的需求，什么样的生活方式更方便，为了自己的利益，他们就会采取这种方式，这是极其正常的现象，“不能咱们怎么先进怎么来，把人家当古董”。

的确，在我走访上下察隅僜人村落的过程中，对他们的贫苦有着触目惊心的感受。在生活程度属于中等的自更村，村党委书记哈藏夏告诉我，僜人的年均收入只有二三百元；即使在最为富裕的莎琼村，我看到一位97岁高龄的老人还在开荒背柴。曾在山林里散漫生活惯了的僜人没有多少务农天分，至今还只能靠种植一些简单的粮食作物维持生计（如鸡爪谷、青稞、苦荞、玉米、豆类、薯类等等），偶尔挖点药材（天麻、虫草、贝母、黄连、七叶一枝花）、打点散工补贴家用。同样的自然地理条件，若给了精明能干的四川汉人，不知会过得多么安逸，但僜人就是很穷。所以，为全村生计奔忙的党支部书记金夏顾不上为民族特色操心。“有也无所谓，没有也无所谓。”他豁达地笑笑，“只要生活过得好，变哪个人都一样。”沉吟片刻，他稍稍有点留恋地叹了口气说，“要是有钱的话，还是过去好。”

文／莫非

图／高铭

祭龙

农历二月初一，正午时分。云南省弥勒县南部的山峦深处，一队彝族老汉手提肩扛，悄无声息地走出仅有五十几户人家的陶瓦村，穿过村后的田野，进入一片竹林。“龙抬头”的日子就要到了，它寓意着大地的复苏，新的一年生产劳作的开始。为了迎接这一天的到来，在陶瓦村这个彝族阿哲人的小部落里，还在延续着古老又神奇的仪式——祭龙。它不仅将我们带回到早期的农耕岁月，甚至更早，进入到原始狩猎、乃至洪荒时代……

枯竹叶铺满了地，竹林里的那株被认作“龙树”的大黄栗树纹丝不动，气氛有些神秘而诡异，老人们杀了一只鸡煮在米饭锅里。

待鸡煮熟后，先在龙树前磕头上祭，然后剥出鸡的两根大腿骨，用一木盘托了，由这些长老轮流各自颠簸三次，最后以两根腿骨落定在盘里的方位，决定谁为这一年祭龙的“龙头”，其他人要率其家人分任烧火、杀猪、担水、捋松针、接客等不同职责。这就是“选龙头”，是对第二天正式开始的祭龙仪式的准备和安排。六七十岁以上的男性老人才有资格参加选龙头，这是人类社会进入父系权威时代的标志。最后，他们还用一种藤子捆在龙树腰上，插上那两根鸡腿骨，给住在龙山上的公龙报信：此次

二月初一，云南弥勒县陶瓦村里的男性老者或挑着担子，或手拿器具，悄无声息地走向村寨后面一片竹林。举行“选龙头”仪式，然后对第二天正式开始的祭龙仪式进行准备和安排。

祭龙将有多少人参祭，要请多少客。

陶瓦村所处的地区几乎就在北纬24度线上，海拔1700米左右，属于典型的半干旱山区。虽距离珠江上游的南盘江不远，却隔着一道大山，江水解不了近渴。从古到今，这里的彝族阿哲人都困于缺水，有时连人畜饮水都有困难，农业生产更是靠天吃饭。因为缺水，他们只能以耐旱的玉米和小麦为主要庄稼，主要经济作物烟草的收成也不好，人均年收入仅仅在千元左右。于是，传说中司水的龙成为他们的图腾和神灵，他们每年都要举行隆重而繁复的祭祀仪式。即使是在“文化大革命”横扫一切牛鬼蛇神的日子里，他们也在悄悄地祭龙。

其实，跟哈尼族一样，彝族祭龙也是祭祀神树。但陶瓦的彝族早与附近的汉族多有来往，受汉族的龙崇拜影响，虽然祭祀中仍有龙树的形象，但龙的观念已很接近汉族的龙，他们祭祀的龙依然是兴风作浪、主水的龙神。

第二天即二月初二“龙抬头”的日子。当春日暖暖升起，全村男女老少都行动了起来，有的扎葫芦，有的制作树叶衣服，年轻一点的妇女在排练祭龙的歌舞。祭祀用的猪也早已准备停当。用于祭龙的猪一定得是通体尽黑的大猪，不得有一根杂色毛，意思是求得血统的纯正。黑色是彝族崇尚的颜色。在彝族众多支系

祭龙时陶瓦村的青壮年男人装扮成原始人形象，手持石斧、棍棒等武器，护送祭祀队伍前往村寨的“龙山”，其中的一些装扮有着明显的生殖崇拜痕迹。

里，黑彝一直享有贵族般的尊贵地位，过去甚至不能与其他血统的彝族通婚。在祭龙的三天节日里，所有的用度和耗费全由村民凑份子解决，各家出一些大米和腌肉。对于一年一度的祭龙，他们似乎乐此不疲。

此时已临近中午，村里的青壮年几乎全裸了身体，腰系树叶衣服或棕裙，相互文身画脸，在身上绘蝎子、蜈蚣、虎、野猪、狗等图案，他们这是在装扮原始野人的模样。他们认为自己的祖先就是这样子的，只有装扮成这种模样，才能得到龙神的青睐，得到祖先的认可。有的“野人”还在下身部位挂上有些夸张的用不同材质制作的生殖器，甚至将它们画在身上。祭龙不仅是宣告一年春耕生产的开始，也是人们祈求生育繁衍的日子，对龙神的崇拜里边有很多生殖崇拜的成分。

其实，对于农耕文化来说，生殖主题就是其核心，“春播一粒种，秋收一石粮”，大地母亲的孕育生殖能力，在那些彝族农民看来，既神奇又自然。在当地的彝族话里，“播种”跟性交做爱就是同一个词。所以，彝族的祭龙，也有了男欢女爱、生殖繁衍的内容。在彝族的毕摩经书里，就记载有兄妹婚后生下肉团，他们将之剁碎撒向四方，结果繁殖成人类的各个分支，这几乎就跟农耕生产相似。

天刚过午，由这些手持棍、叉、弓箭等原始武器的“原始人”嚣叫着开路，引领着全村男子前往“龙山”。前往龙山的祭祀队伍还抬着一头活的大猪，带着各种炊饭用具，一路浩浩荡荡到了龙山下，人们纷纷动手制作象征性的农具和搭建龙宫的各种材料。作为重要生产力的农具自然要得到龙神的赐福。

村里德高望重的长老和选出的“龙头”脱掉上身衣服沐浴净身后，十分虔敬地来到龙山上的龙树下，念经并供奉酒菜，刨出象征龙的一块鹅卵石，小心翼翼地捧到山下，众人一阵欢呼：“龙来了！”然后用从别的村子“偷”来的清水为龙洗澡，用3对松针穿过龙石，再以88根代表女性的松针垫在龙下面，以99根代表男性的松针盖在龙上面，祈求龙神保佑村里女性有88岁的寿岁，男性到99岁才“归世”。给龙偷洗澡水时还不能被外村人看见，而且一定要用别村的水，这可能意味着避免近亲繁衍。

与此同时，有人用一种植物的柔软内芯，卷成洁白的圆盘，象征“阿乌罗布宰”，即月亮舅舅，放置在上龙山必经的“火门”下，与自己制作的玩具般的农具一起，呈献给龙神。在彝族的传统里，舅舅的地位很高，甚至超过父亲，这可能是母系社会习俗的遗存。

长老念经驱邪开过山门后，再点燃通往龙山的三道“火门”，以祛除上山祭祀者身上不洁净的东西。然后由龙头捧着龙，众野人武士簇拥开道护卫，并抬上尖叫不已的活猪，穿过火门和葱茏的树林来到龙树下，将龙石重新安放在龙洞里，以剥了皮的松枝、青冈树叶、黄栗树叶搭盖龙宫，再用12根青竹插上松针，代表一年的12个月，用24根向左发叉的松枝叉，代表二十四节气，密密麻麻插在龙宫周围。据村里80岁的李生民长老讲，那块龙石好多代以前就在那里了，自从有了陶瓦村就有那块龙石。

这样盖好龙宫后，才对准西方杀死猪，用一把木刀挖出猪的左边的扇子骨，作为守护全村的神镜，同时将一把木制的象征劳动的小钉耙、一个象征收获粮食的小刮器抹了猪血，三样东西一起用芦苇秆捆在龙树上，还在龙树上插一根用猪血浸染过的青松枝，作为防止山火、保护森林的图腾，以保证村寨和山林不失火。龙树附近的一些小树，也作为龙树的卫士，用砸扁的芦苇秆捆扎起来，森然地围站在龙树周边。昨天的信已传送到这里，请龙们来这里聚会，享受龙子龙孙的祭祀和牺牲。最后由长老和龙头率众匍匐在龙树前，给龙上祭磕头，祈求它保佑村寨风调雨顺、粮食丰收、子孙繁衍。

这些在日常生活中显得较为粗放的人们，在对待自然神灵的事情上，在对待自己敬畏的事物上，几乎做到了细致入微、一丝不苟。他们将全部的期冀、对人生的认识和感悟，全都熔铸在了一年一度的祭礼之中。

虽然经过“文化大革命”的冲击，祭龙仪式渐趋式微甚至中断了一些年，但陶瓦的彝族阿哲人现在做起来，一切仍然有条不紊、井然有序。我觉得那一种信仰不仅留存在老人们的记忆中，更深层地流动在他们的血液里。李长生长老说：“我们这里原有一公一母两条龙，后来母龙被抢走了，只有公龙守着这塘水，男龙、女龙一年中就在二月初二合和一天，我们几百几千年都要在这时祭龙。如果这一天正好是属龙日，就要将祭龙仪式后延而不能提前。龙山上的一草一木、一鸟一虫都不能动、不能吃。”

即使20世纪50年代末期“大跃进”时代大炼钢铁、20世纪80年代初包产到户时毁灭性的砍伐，龙山上的树木因其神圣性而得以幸存，有所敬畏在这里起到了很好的生态保护作用。彝族的龙山一般也是各村的水源地，保护好龙山，就等于保护了水源。而对于居住在干旱山区的彝族来说，水就是其生命。春雨贵如油，祭龙其实就是春耕前祈雨的一个仪式。所以他们将司水的龙作为自己的保护神，他们的祭龙习俗就由此而来，并将其他许多内容汇入其中。

在附近有的彝族村寨，他们祭祀的龙是母龙，先要以猪板油的薄而透明的包皮，罩在龙洞口上，意思是给母龙穿上“裙子”。在祭龙日天黑以后，他们就要在龙树上用猪的扇子骨和草，精心做成一个龙阴形状，来年希望生育的青年男子就聚在龙阴前，用碗倒上一些酒和鸡血，轮流跪在地上，先三跪九叩，撒上几把米，然后远远地将那鸡血酒泼洒到龙阴里，泼洒得既准又多的，就赢得一阵喝彩，意味着与龙交配成功，来年将生育男孩。之前，这一年里生育了男孩的父亲，还要背上儿子，端一木盘的酒菜、茶饭和几炷香，来龙树前磕头谢恩还愿，感激龙的赐子恩典。

这样祭过龙，原始人打扮的武士们就在“猎山”上重温古代狩猎的过程，哇哇叫着在山上奔跑围猎，然后用石头砍死象征猎物的鸡，再用燧石将火绒草打着，燃起熊熊的篝火将鸡烤熟，敬献过猎神树后，将鸡身上最好的部位献给村里的长老，把鸡分吃掉。这无疑是狩猎到农耕的过渡时期重大祭祀过程的保留。

祭过龙，打过猎，猪肉和各种菜也烧好了，老人们又每样取一点，带到龙树下祭献，之后点燃鞭炮，轰轰烈烈炸响过后，全村男子就在龙山下的水塘边铺撒松针，就地排成一长条龙形宴席，热热闹闹吃饭喝酒，直到天黑他们才打着火把，一路高喊着“乃古古、乃古古”回村。“乃古古”是个双关语，一个意思是种地啦，另一个意思是做爱生孩子。

祭龙时严禁妇女到龙山上。男人们祭过龙，将龙的生殖器带回村子，让女人们持之狂欢，以便生产出更多的龙子龙孙。祭龙

陶瓦的龙山隔着一个水塘与村庄相望，参加仪式的人披挂树叶和葫芦的服装在水塘边小憩。葫芦一直是他们的生殖图腾。

回村的男子们还要一个个从葫芦下穿过。据毕摩经书记载，远古人类遭遇大洪水，彝族的始祖母躲在葫芦里得以逃生，后来与龙交配繁衍了后代。葫芦也就一直是他们的生殖图腾。所以祭龙不仅意味着春耕生产的开始，也有生殖崇拜的寓意。

当天晚上，全村的小孩子扮成“小羊”，挨家挨户砸门，被砸门的人家，会好好接待孩子们，给他们一些米和红糖块，还给他们喝几口甜米酒，孩子们会放一些小石子在门口，表示龙王送来的珠宝，并大声喊：“你们家良心好，给你家送宝来了！”次日早上，用头天讨来的米，在村中心场院里煮一大锅稀饭给孩子们吃，里面放有祭龙时牺牲上的所有部位，表示他们世世代代都享有龙的恩泽。

第三天才是祭龙的高潮。下午，村里的青壮男子又装扮成野人，并在身上画出狰狞恐怖的图案，有人还杀了黑山羊，将羊角绑在头上，驱除村寨里的邪气和祟秽。送鬼驱邪时的文身与祭龙时并不一样，加上了骷髅、八卦等符号，这些符号的出现，表明原始宗教已经有了其他宗教影响的痕迹。他们还绘出各种鬼脸，阴森恐怖、狰狞可怕，各自手持刀、叉、棍棒、铁链等武器，以压倒邪恶、驱除污秽。

作为祭龙仪式的一个组成部分，驱邪仪式不再由长老和龙头主持，而由村里两位年轻的巫师毕摩杨学清和李成云主持。这两位毕摩都出生于20世纪60年代中期，都在十六七岁上跟随村里的老毕摩赵兴友念经书学做毕摩。老毕摩1998年去世后，两个年轻人就边学边做，还不时跟外地的毕摩交流切磋，也搞得像模像样了。

此刻杨毕摩手持拂尘，李毕摩抱一只公鸡。杨毕摩声调高亢地念过一阵经，口里含上酒喷向四方，由两个野人扛着“鬼楼”，一行浩浩荡荡挨家挨户驱鬼。象征魑魅魍魉的是一座竹篾编扎的“鬼楼”，里面有两个纸扎的小鬼，一男一女，还放一只瓦缸。而用于打发它们的，是一个“升斗”，里面盛有大米和酒，插着小彩旗，由一个鬼脸人物端着。还有一个乐队吹奏着不同的调子跟随驱鬼队伍行进，进屋撵鬼的曲调是一种，出门是一种，行进还

作为祭龙仪式的一个重要组成部分，毕摩（巫师）要游走全村挨家挨户进行驱邪撵鬼。

程中又是一种。

在挨家挨户驱邪的过程中，野人们挥舞刀斧、铁链，以武器顿地，发出整齐的呼喊："甲布音！"（砸死它！）"恩得来！"（勒死它！）气氛热烈而狂放，一路踢踏得尘土飞扬。进到每家堂屋，毕摩都要念经作法，用拂尘挥舞一番，然后每家的主人要从自家的灶火里捡一块火炭，放在鬼楼的瓦缸里，再浇上水，点三炷香，意思是将晦气、火灾、病魔等等全都清除出去。

全村每一家都驱过之后，正是天色昏黑的时辰，毕摩和众人就将鬼楼扛到村后，一边吼叫一边用各种武器将之捣烂在沟里，然后在路上拉起一道挂上木刀的绳子，木刀上还蘸了鸡血，意思是将各种邪恶都赶出去并隔绝在了村外，全村将有一年的清吉平安。

晚上，女人们在村里场院上围坐成葫芦形状，每家抬出一簸箕饭菜，迎接被抢走的龙女回村。据说一年才回一次村寨的龙女凄凄恻恻的，尽诉苦，大家实在受不了，就想方设法开一些玩笑，以歌舞来冲淡龙女的凄苦。其中最主要的舞蹈就是性舞"得里古里比"，村里的妇女全都穿戴上很讲究的盛装和银饰。

毕摩率队来到每户人家，在堂屋里念经作法，用拂尘挥舞一番，然后每家的主人从自家的灶火里捡一块火炭，放在鬼楼的瓦缸里，再浇上水，点三炷香，意思是将晦气、火灾、病魔等等全都清除出去。

彝族妇女的服饰几乎就是彝族自身历史的艺术化记录。这上面不仅有他们赖以为生的各种植物的抽象图案，还有他们历来敬奉的各种神物，如葫芦、青蛙、老虎、蜜蜂等等，根据彝族传说，这些神物在他们的发展历程里都起过至关重要的作用。

老妇人的衣着颜色深沉一些，她们装扮成老态龙钟的样子，用低沉的歌声向龙女讲述一年是怎么过的；少妇少女们则轻歌曼舞，以各种动作表现各个季节的农活，如薅草、挖地、收割、打场以及烹饪、纺织、缝纫等等，向龙女演示她们一年的勤劳和收获。

之后，"得里古里比"开始——上了年岁的女人身披树叶蓑衣，手持棍杖，捅向年轻女人问道：要儿子还是要女儿？其他女人则平展衣服的前襟承接龙种。她们围绕葫芦，走着龙形，边唱边舞，娱神娱人，祈求龙女将聪明能干、健康漂亮的龙子龙孙带给她们，使村寨的血脉得以传承并光大。

在陶瓦村，这一晚是女人的天下，如果有男人闯到她们祭祀龙女的场内，要受到女人们的围攻，她们还往男人们嘴里塞大肥肉和鸡腿。男人们也反过来追逐女人，相互嬉戏调闹，尖叫声、

欢笑声不绝于耳。

这完全是彝族的狂欢节。他们中的许多人似乎进入了迷狂状态，如痴如醉，真如神灵附体一般，不再有平时的戒律和拘束，肆无忌惮地释放人的本性，用他们自己的话说，原始人是不知道害羞的。

龙山上的祭龙仪式完毕，“野人”们嚣叫着重演古代狩猎生涯。用石头砍死象征猎物的鸡，用燧石将火绒草打着，燃起熊熊的篝火将鸡烤熟，敬献过猎神树后，将鸡身上最好的部位献给村里的长老，再把鸡分吃掉。

最后全村人围成圆圈打跳——在月琴、胡琴、笛子和树叶的伴奏下，男声、女声此起彼伏，相互呼应，慢慢以逆时针方向旋转着，收缩向中心，节奏越跳越快，气氛越来越浓烈，直至终了。最后人们挥泪将龙女送出村寨，大家一阵欢呼，三天的祭龙活动才告结束。

龙既是彝人的祖先，又是水神、树神、农神、寨神、火神、福禄诸神和自然保护神，它还是生育之神。李生民长老对我们这样说：“远古时老祖母与龙交配生了我们的老祖宗，龙祖要保佑全村老小，使龙子龙孙年年发达、有吃有穿、无灾无病、平平安安、五谷丰登、六畜兴旺。”

在彝族古老的经书里，曾经记载了人类濒临灭绝的三次大灾难，先祖在葫芦、龙神、青蛙和老虎等等自然之神灵的帮助下，终于一次次获救，并得以繁衍发展至今。

也许在他们的意识深处，那样的灭顶之灾还会重演，到那时候，人们还得靠自然之力和神灵的援手而脱灾免难、重获新生。所以他们不能离弃自然，不能远离神灵。他们还得保持对自然的敬畏，还得保持对神灵的尊崇，这样人类才有希望，才有未来。

文／李旭

图／林添福

消失的猎头部落

清晨，英克寨被一场大雾笼罩。浓重的雾气夹带着湿寒在树木与寨子之间穿行，让一切变得飘忽不定。在雾气中待的时间久了，便感觉有几分恶心和呼吸不畅。临近中午，浓雾依然不肯散去，它们撕扭着从四面涌来。男人们都聚集到岩山家里，商量是否应该按原计划开工。今天，是岩山起新房的日子。

冬日的佤族山寨，云雾蒸腾是极为平常的事情。

可英克寨位于佤山之巅，是富岩乡海拔最高之地，平日里始终晴朗着、居高临下俯瞰着脚下的云海，即便偶尔起雾，也会很快散去。今天这雾起得不祥，来得鬼祟，新房还要不要按原计划起建？男人们的目光开始躲闪，语气也变得含糊，外人如我，忽然意识到自己的在场不合时宜。

在岩山的坚持下，新屋还是在中午开工了，我怀疑只有半天是否够用。按佤族传统，起新房全村都会帮忙，并且必须在一天内完成，否则不吉利。

新房选址在寨子中心，勉强够塞进一座小茅草屋，除了让小路消失，让寨子更加拥挤，倒也不会带来其他改变。佤寨的布局原本就是因地势而定，山地起伏不平，巴掌大的平地都少见，需要人工整平，才能在上面起吊脚楼。土质比想象中要疏松，几铲下去就露出了岩层，页岩翻书般一片片翻起，又移到低矮处，垫起一道地基来。我看了一会儿，决定先四处逛一逛。

英克寨是云南阿佤山区腹地的一个村庄，它东靠西盟的翁嘎科乡，西侧紧临中缅边境，只有 12 户人家。十几栋吊脚楼随山势上下错落，岩山即将抛弃的老屋位于寨子的最高处，屋后紧挨着一丛密林。老屋宏大高敞，占据着寨子的最佳视野，与其他的茅草房相比，甚至有点卓尔不群的味道。我不明白岩山为何急于离开这里，去新建一座狭小的新居。正在奇怪，不想岩罗在后面叫住我："林子里不要去！"

58 岁的岩罗是岩山的弟弟，英克寨的会计，也是寨中会说一点汉话的佤族人。4 年前我第一次来到英克就住在他家，这次再回来，岩罗俨然以我的保护人自居，带着我四处转悠。老人们也都记得我，这使我更加无拘束。

"为什么林子不能进？"

"哪里都去得，就这里去不得。"岩罗迟疑了一下才说，"进去了会死人，会发疯，有鬼，这是鬼林啊——"

"寨子里没有人敢去的。以前两个人进去过，一个砍了树，出来就死掉了，还有一个发了疯。没有木鼓了，鬼什么都不怕。"

木鼓是佤族通天的神器。佤族人相信，自然界里鬼灵无处不在，佤寨的安宁，要靠木鼓沟通神人的力量，但木鼓必须经过人头祭祀才能具有神力。佤山有一句令人毛骨悚然的谚语："木鼓响，人头痒。"每年春播秋收时节，就要去猎获人头，以求丰收或报答谷神。猎得的人头被装进竹子编织的箩筐里，放在木鼓房祭木鼓，两三年后又要猎新头，旧人头就要送到鬼林，林子中栽有一排供放人头的木桩。新中国成立后猎头被渐渐废除，木鼓与木鼓房也逐步消失，但万物有灵的信仰和鬼林禁忌依然存在。

鬼林就是移供人头、祭神的地方，一切神鬼、精灵可以和人在此相遇。并非岩罗所言那么简单，我有些兴奋了："这是什么时候的事情，疯子还在吗？"

"晓不得了，都死掉了。"

"木鼓房没了，它以前建在哪里？上次你们说猎人头，猎的

（右页图）

这棵据说已经上千岁的参天榕树是英克寨的入口，寨子里的人们由此进入祖辈们赖以为生的密林，如今又从这里走出大山，进入现代社会。

人头还在吗？是放在鬼林里吗？”

岩罗立刻警觉地望着我，又不安地回头瞅了瞅下面干活的人，一口否认曾经说过猎头的事情，又说记不得木鼓房在哪里。我的提问既出乎他的意料，又令他疑虑不安，在再三告诫我千万不能进鬼林之后，他匆匆跑到下面人群里，去造新屋了。

鬼林就在咫尺之遥与我对视。荆棘、箭竹、芭蕉和枯藤在老林外围纠结缠绕，林中雀声啾啾，一头小猪从林中钻出。人头还在林子里面吗？“千万不能进去，会把鬼带回来的，有祸事的——”岩罗的声音在身后远远响着。

浓雾依旧不肯完全散去，或许是心理作用，从鬼林里喷涌而出浓雾更显肃杀之气，阴森森地使我脊背有些发凉。这种凉意如此熟悉，将我带回4年前初入佤山时，所经历的震撼、惊吓和疑问之中。

4年前，我在滇西南旅行，结识了西盟县的彝族女生小梅。见我一人跑到这里，她主动要求带我熟悉地形，原来她曾在县里当过义务导游。小姑娘告诉我，从前佤族新建村寨，都要先盖木鼓房，拉木鼓，只有拉了木鼓请天神“木依吉”进寨保佑，才能建房立寨。经历了“文革”之后，整个佤区只有勐梭镇留有木鼓、木鼓房了，“而且还是全世界最大的木鼓呢”。的确，勐梭有一个直径超过两米的大木鼓，还有成排崭新的木鼓房，可谁都能一眼看出，它们是为吸引游客而仿制的。

鉴于小梅的热情，我还是听从她的建议去“龙摩爷”一游。在过去，龙摩爷是西盟地区佤族举行剽牛和祭鼓仪式的中心。“那可是佤族的圣地哦，”她再三向我强调。可是在经历了木鼓房的失望之后，我心里却不以为然。

绕勐梭龙潭而行，我们走出芦苇丛，行至山脚，天色已黑。借着微光沿山谷中的一条林间小路向上，长满青苔的石阶滑腻异常。我正在心里后悔不该来什么龙摩爷，小梅突然停步不动，我抬起头，刹那间惊呆了。

牛头，目力所及之处全是白骨森森的水牛头。我们站在一块只有几平方米的平台上，两边的悬崖上、树上、石头上、木桩上、

祭坛上都挂满了牛头，足有上千个。许多牛头布满苔藓；有的树干从上到下挂满了牛头；有的木桩、树干腐朽后轰然倒地，牛头滚落在地，掉进水中无人理会。在牛头的包围中三五成组地立着竹桩，顶部扎着锥形竹笼，里面黑乎乎的似乎盛着什么东西。

四下里一片死寂，溪水的声音被放大数倍。竹笼的大小突然让我意识到了什么，头皮发紧，一股寒气冲了上来。只听小梅一声尖叫，拔腿就跑，我也跟在她身后，飞也似的冲了下来。

回到旅馆，小梅才告诉我其实她以前从来没有去过龙摩爷，只是听说过，否则不敢天黑后进入山谷。而那些高高树起的竹桩，应该就是传说中的人头桩。

几天之后，我离开西盟，继续向西南的佤山深处行去。在孟连，三个拉祜族姑娘把我指向了英克：那个中缅边境上的佤寨几乎与世隔绝，只有密林中由佤人的光脚板踩出来的小路能通向那里，你得自己背菜翻山进去。

在英克寨的第一夜，我被单独安排在村口一间小泥屋里过夜，墙的上半部分是用枯枝编成，屋顶望得到星辰，夜风在房间里穿行。

龙摩爷是每个佤族部落都有的供奉人头、祭拜神灵的鬼树林。猎头习俗废后，佤族人用牛头代替了人头。云南西盟佤族自治县的这处龙摩爷，以前的人头桩和新添的牛头和平共处。

次日晚饭时分，英克寨的会计岩罗请我去了他家，老人们都在，他们带着白酒和烟锅，围着火塘挤坐在地上。老人示意我盘腿坐下伸出双臂，拿鸡蛋在我手臂上滚动良久，将麻绳在我双腕系了死结，三人挨个来过。然后又要我将竹筒中的酒倒于掌心，立肘，酒液直冲肘心。

这是佤族判断陌生人是否值得信任的方式，如果酒液不能流到肘窝，就证明我是不受欢迎的人。直到此时，我终于第一次看见笑容从众人脸上展开，我大舒口气，从进寨子时一直紧紧悬着的心开始慢慢放了下来。

拴绳仪式是佤族人对外来者表示认可的一种方式：把白色麻绳压在一碗白米和鸡蛋之间，由老人拿鸡蛋在外来者手臂上滚动后，用麻绳给手腕打上死结，再将酒倒入外来者的掌心后立肘，如果酒液一直流到肘窝处，外来者就是值得信任的，否则将不受欢迎。

在酒精的作用下，不一会儿气氛就变得热烈起来。我渐渐发觉气氛开始不对头，老人们的神情中混合着某种莫名的压抑和兴奋，有意压低声音谈论着什么，时不时挥动双臂配合手势，甚至有些兴高采烈。我摇摇身边的叶满老师，悄声问道："他们在说些什么？"

叶满老师是几里外佤寨小学的女老师，一个刚满 20 岁的佤

族姑娘。当晚她和一位男老师提了一瓶酒来到岩罗家里，自愿担当翻译的职责——我这个陌生人到来的消息传得很快。叶满犹豫着、吞吐着，显然不愿意回答我的提问，我却一股不达目的不甘休的劲头。

她终于开了口："他们在谈猎人头呢。"

话起头了叶满就慢慢给我翻译起来："我们阿佤以前要用人头祭地，那样谷子才长得好……头砍下来，手和脚也剁下来敲木鼓……头发用刀割下来，拴上铃铛挂狗脖子……不砍拉祜族，他们比我们还穷，不好，要汉人和傣族的最好……要砍女人的头，头发越长越好……缅甸那边的还来砍，砍我们呢……"

阿佤女人们开始环起臂膀跳舞、唱歌。她们反复吟唱着，又拉我起身加入到舞蹈的圆圈里，联臂，顿足，扭腰，起胯，甩发。在接近中央火塘时，一个老妇突然斜冲过来按住我的双肩，捧住我的脸，再从我的头顶开始一点一点地在我全身游走，直至我的足腕；她的手很重，狠狠地挤压着我，仿佛要把我的魂魄从我的身体里挤出来；她的眼睛逼视着我，充满渴望。

我站着不动，任她的手游走在我身上每一处。很痛，又似乎感觉迟钝，竟也没有感到恐惧，但我心底明亮如拭：她喜欢我，想留下我的生命、我的福气和我的灵魂。佤寨的这一夜，如此漫长、神秘。

岩山的新屋终究没有能在天黑前盖好，人们只是挖好了地基，黄昏时分便聚集在岩山的儿子家吃饭。岩山家杀了一头猪，请帮忙建房的村民放开肚子好好吃一顿。每人都分到了一块猪肉和几节血肠来就白米饭。剩余的被女人们一份份送往各家，无论多少，全家老少都能分到一点，完全按照传统进行。

酒足饭饱，人们依旧围坐在火塘边，可再也没有人唱歌、跳舞和聊天了。村里有了电视，所有的人都盯着它，哪怕一句汉语也听不懂，照样看得津津有味。我特地去了两里外的村子里买了四瓶白酒，还请了小学老师岩赶做翻译。

趁着全寨男人都在，我决定开门见山。

白天在建房的工地，我就已经开始询问人们对木鼓与猎头知道多少：老人们对我的问题避而不谈，而岩罗似乎开始刻意与我保持距离。年轻人则一脸茫然，一律回答不清楚：老人平日不说，喝了酒说点，可谁爱听老头子的酒话呢，“都是搞迷信”。

“不是我们不相信你，这两年寨子里有许多怪事，也不敢说给乡里，更不能说给其他人。窝朗（管鬼和管木鼓房的人）早就没有了，摩巴（巫师）也没有，不知该问谁。大家都害怕得很。”岩罗终于开了口。

1996 年 60 多岁的岩差进鬼林后发了疯，见树砍树，见人砍人。过了两年一个声音命令他去烧木鼓房，木鼓房早就破烂不堪没人管了，烧木鼓房时也连累烧掉了整个寨子。几年后，岩山在木鼓房遗址上建了自家的新屋，起先没有发生什么事情，但从去年起，单单这座屋连续两次遭了雷击，岩山被击倒在地，昏迷了几个小时。为了请神求平安，就在屋外立了牛头桩。可接着屋里突然出现了三个碗口大小的地洞，深不见底，有老鼠、蛇等钻进钻出。岩山害了怕，才想起屋子是起在原来的木鼓房上，牛头桩也是立在曾经立人头桩的地方，所以无论如何也要另起新房。前天夜里大榕树上两次出现怪事：三个扁箩大小的“鬼”在大榕树上发着强光，照得白天一样亮，寨子里许多人都亲眼见到的。

今早的雾也凶险，怎么就今天起新房遇上了呢？

木鼓没有了，镇不住鬼，外人来得多也带来了不好的东西。

“有些东西，看又看不见，摸又摸不着。不相信你去进鬼林，转去转来，你都难于转出去。如果你一定要抬东西回来，大风就会来撞你。不相信你做了看，有东西就会来撞你、整你。搞不好危及人类，世界都发起灾来！”

人们七嘴八舌地跟我说了起来。围着忽明忽暗的火塘，他们又似乎在说给自己。不比上次谈猎头谈得自娱自乐，这次 70 岁的岩山和寨子里最会讲老故事的 72 岁的岩龙，开始认真回忆，而在一旁静听的不仅有我，还有英克的小伙子们。

“猎头是帝国主义特务害我们，骗我们猎的。打倒帝国主义！”岩龙大喊一声口号后，才开始了他的故事。

“英克”的意思是“迁徙过来的寨子”。100 多年前，因为部

族仇杀，英克的佤族人由缅甸南康武迁徙过来这里，那时候这片林子里“鬼”多得很，血祭和仇杀从来没有停止过。20 世纪 40 年代，寨子里还猎过一次人头。

那是在中午，摩巴做了很多仪式，然后在村外的路边垒锅做饭。有一个叫老李的贩盐巴的汉族商人路过这里，用脚踢我们的锅子和火，岩文就跳起来从背后把老李杀死，又用砍刀把他的头砍下，装进带来的人头挎包。出去的男人们离寨很远就放枪，寨子里的人听到后就敲响木鼓，全寨人到寨门放鞭炮、唱歌子、跳舞迎接。砍头回来，就像过年一样。

“那个时候我（岩龙）还很小，不害怕，远远地用石头敲人头，家里人就拉住我说不能这样，人头是我们的客人，客人来了要好好待他，要给它唱歌、送饭。”

“木鼓你晓得没，见过不？”岩龙突然问我。

在云南民族大学的博物馆内留有一对 20 世纪 60 年代从西盟岳宋寨带回的木鼓，用整段木头挖槽镂空，鼓分公母一大一小，公木鼓用红毛树，母木鼓用麻公树，鼓面挖有女阴形状的洞。因为时间久远和曾经频繁的摩挲，木鼓散发出一种特别的黝黑、油

英克寨地处云南省西南部的中缅边境之上，几乎与世隔绝，两三年前这里才刚刚通了公路。过去，只有密林中佤族人的光脚板踩出来的小路能通向那里，进寨的访客得自己背着食物翻山。

亮的光泽来，馆内工作人员告诉我，也许国内只剩这唯一的一对木鼓了。

见我点头，岩龙继续讲他的故事。

人头拿回来后要抬着它绕木鼓房转九圈，边转边跳，要向人头撒米、撒木灰，祈求赐福。抬在路上的时候还要用手去摸它，手上沾到了血也不能洗掉，就用血手抓饭吃，沾了血的米和木灰以后也要撒在每家的谷子地里。人头由窝郎放到木鼓房里两个木鼓中间的竹架上，竹架子长 2 米，上部编成圆形箩样，是专供人头的。

寨子里高兴啊，敲木鼓，要喝酒唱歌一晚上的。

岩龙说得兴奋了，开始手舞足蹈。酒疯子岩相似乎也感受到了这种混合着严肃、激烈而神秘的气氛，时时地盯住我的眼睛，用压抑着的声音对我说："不怕、不怕，喝酒！"——在佤寨，你至少会遇见一个以上像岩相这样的酒精中毒者。

"猎头是没有办法的事情。没有人头来祭，木鼓就敲不响，神请不下，神会生气鬼也来欺负人，庄稼也长不好，人和牲畜会饿死。"可英克人少寨子小，砍头砍不赢，主要还是花钱买人头，不好买到，买人头是大家凑钱出来。还有花钱雇人来猎头，如果那个人在规定时间内拿不回人头，他就要把自己的头赔给英克寨。还有一个是 1952 年的事情，具体时间晓不得了，两个汉族商人在我们这里做生意，一个把另一个害死了，我们听说以后就找到那个人，把死掉的那个人的头买了回来，用死人头来祭祀木鼓、祭地。解放了，国家就不给猎头了。

"猎头我们从前确实有过，以前砍是对的，现在不砍了，也是对的。原来有的木鼓烧的烧，滚丢的滚丢，人头也就不知道去哪儿了，都是搞迷信哇——"不知何时，电视已经关掉，黑暗使得佤寨的夜晚更加安静。

岩山显得不那么忧心忡忡了，起身拉我去他的屋子里，指"鬼洞"给我看。头灯的照射下，碗口大小的地洞好像真的有寒气呼呼地往上冒。尤其是火塘左侧的洞口，与火塘上方吊挂着的一捆鸡腿骨相呼应，连我也感觉到了一种说不出的难受来。而在屋外右侧立了一根一人高的木桩，木桩顶部的竹篾紧捆着两个背靠背的、白黄色的牛头骷髅，在背后深墨色的莽林的映衬下，真有点毛骨悚然。我悄声问岩山："以前鬼林里的人头桩就这个样子的吗？"

"不是的。人头桩上要刻人头像，在头像周围划一些斜方格，格子里要涂石灰和牛血。木桩顶端要挖空，人头就放在里面，再盖上一块石板，莫要老鹰和野兽叼了去。"

"上次有个老女人使劲地摸我，从头到脚地摸，是什么意思？"

"她喜欢你呢，想要留下你。以后不要让人摸你的脚了，对你不好，凶得很……人和人不一个样子嘛。"

经过了这一夜，全村人给我起了个新名字：觉娜，在佤语里，意思是"天上来的人"。岩罗则主动提出要带我去他姐姐的寨子——英西寨，他姐姐叶格家要"做迷信"。

做鬼仪式从早晨八点杀猪、卜鸡卦就开始了，5 位曾经做过鬼的老人集中在火塘的周围，剔得极干净的猪头骨挂在火塘左侧的房梁上，被烟熏得发黑，看样子有些年头了。一大捆鸡腿骨两只一对用细线捆成"V"字形，吊在屋檐下。鸡腿骨是在算鸡卦后留下来的，据说鸡卦是佤族卜卦中最准确、最普遍，也是最难的一种卦。

老人们就蹲在骨头下面忙碌着，口中念念有词。

这是佤族的"做鬼吃"：拌有大米、小米、红米、香料的拌饭，煮熟的猪肉和猪内脏，被分门别类放在新鲜芭蕉叶上包好，用草绳吊挂在室外屋檐下，等待鬼的享用。做鬼的对象，叶格家两岁的孙女被父亲抱了过来，由一位穿着胸口印有骷髅的黑色 T 恤的老妇喂了酒，用白色麻绳拴住额头，再由父亲替她吃一口"做鬼吃"的拌饭后，被送回床上。

小姑娘从出生起就时常头疼，叶格认定是一个叫"吉由"的鬼在孙女身上作祟，让她的灵魂和身体分离。孩子的父亲在看病吃药总不见好之后，也就一心听从老人的安排了。仪式之后，鬼享用的拌饭被分到在场的每个人手中，我也分到了一份捧在手里，饭里混有肉末，很香。

人们开始坐在地上喝酒。

“接下来做什么？”

“没有了，就喝酒。寨子里的人今晚不许出门，今天做鬼了嘛。”

“除了做鬼，什么时候还会杀猪？”

“祭谷子就要杀了，要杀两只小猪、三只鸡和新收的谷子挂在火塘上，供给鬼。”祭谷，是佤族最神圣的一项宗教活动，通常都伴随着猎人头的“血祭”，他们认为只有用人头祭祀，谷子才能长得好有收成。杀猪、杀鸡是传统的一部分，还是猎头被禁之后的替代物？

“他们老人晓得猎头的事情吗？”

“都晓得嘛，他们参加过的。”

我狐疑地看了看进屋后一直给我解说的、英西寨年轻的小队长——整个解说过程他都兴致高昂，宛若节目主持人，他不停地建议我拍照：“可以打灯嘛。”摆出一副见多识广的神情——可是老人们看起来年龄不过五六十岁，可能参加过猎头吗？！“你可不可以请他们给我讲讲？”

“不行的，他们害怕的，会哭，今天做鬼了嘛，不能讲。”

“什么时候能讲，你晓得猎头不？”

“我讲不来。要再过一星期他们才能讲。”

在佤寨的这许多天之后，我以为这场亲历的宗教仪式将会是一个高潮。然而预期中的神秘氛围并没出现，我甚至可以察觉出老人们在做鬼过程中流露出的生疏和试探。

小队长拉我从屋子里出来，走到寨口的榕树下，突然对我说：“给我十块钱好了，你今天看了做鬼嘛。”他停顿了一下，“不是我向你要钱，做迷信要给钱的嘛。”我看着他把钱塞进上衣口袋，觉得这场做鬼真的结束了。

佤山外的世界从没有停止变化。猎头血祭，从人类文明中一个堪称普遍的现象，变成今天几乎绝迹、连记忆都已模糊的“隐私”，已经走过了几千年的历史。我在图书馆寻找猎头民族的线索，这才意识到西方的人类学家一直没有停止过对它的研究。从历史文献和考古资料中你会发现，在遥远的过去，猎头活动普遍存在于亚洲东部和南部、南太平洋诸岛、非洲、南美洲以及古代欧洲的凯尔特人和斯基泰人中间。

当代学者通常将猎头习俗解释为原始的灵魂崇拜，也就是说，猎头部落通常倾向于认为人头中包含着某种“灵魂物质”，通过占有它，就可以获得某种超凡脱俗的能力。

曾普遍存在于台湾少数民族中的猎头习俗在日据时代最后消亡；20 世纪 30 年代，菲律宾的土著伊隆戈特部落在美国政府的干涉下停止了猎头。在南美的亚马孙丛林，至今仍有少数印第安部落保持着猎头的传统——这是我查找到的唯一一例仍然存活的猎头习俗。

亚马孙丛林中的大多数印第安部落已经改用替代品，甚至把假人头作为工艺品卖给游客。

在印度尼西亚西南部的苏拉威西，马普隆多人用椰子代替人头，继续维持着他们的祭祀活动。在佤山，最后的猎头事件出现在 20 世纪 50 年代。当时毛泽东主席与西盟的佤族大头人岩坎商量能不能不砍头，用别的东西代替。岩坎的第一反应是，祖上留下的规矩，不砍不行。根据史料记载，岩坎和中央政府经过反复的协商，终于让佤族人的猎头习俗停止在 1958 年。

没有了木鼓和人头祭的佤山人如何适应新的现实？这个问题也许并不像它一眼看上去那么“落后”和“原始”。时代车轮滚滚向前，传统价值在“现代化”的巨轮下解体，这是我们生活在今天的每个人都不陌生的体验。适应新现实是痛苦的，从佤山人的生活中，我仿佛看见了自己。

与岩富教授的会面更加深了这种感受。岩富是在北京从事教学和研究工作的佤族学者。从西盟回到北京，我决定去拜访他。他身量不高，身材魁梧，据说酒量极大。说明了来意之后，岩富教授睁大了眼睛：“你这女娃胆子太大了！我们佤族人自己的学生都不知该怎么研究猎头。猎头是说不清楚的。”

猎头说不清楚，这是岩富教授的总体评价。

他的担心不无道理。让他不能接受的是，佤族的文化丰富多彩，有多彩的民间传说，富于魅力的歌舞，为什么我偏偏要关心猎头？在他看来，猎头如何进入佤族的信仰体系，很难解释。有一种说法是，这是古代中原的皇帝对边疆民族采取的羁縻政策的一部分：远方的强权制造了猎头可保风调雨顺的神话，然后灌输给当地人，使他们永远处于蒙昧状态。

“猎头这事不好说，就算说，现在也说不深刻。”岩富教授反复强调。

然而佤族人向“现代”迈进的脚步已经无可挽回地将猎头记忆远远抛在身后。最偏远的英克寨如今已经通了公路，看电视成了寨子里的人们最大的嗜好，出外打工的年轻人早已去过了北京、上海、深圳……

4 年前，岩格去过上海，经历了种种挫折，两手空空而归后，他发誓不再外出。

岩格蓄着一部山羊胡，并且染成了黄色，我问他知不知道以前留胡子的人头会被必砍无疑——胡须茂盛似乎象征了长势良好的庄稼。

佤族人没有敢留胡子的。

“胡子是为纪念嘛，老人家的话可听得，也听不得，他们吓人的。”

“你进过鬼林吗？”

“没有。我敢的嘛，我带你进去……还是不进去好，去那里不好……不是我不敢去。”也许是为了转移话题，他指着一个两三岁模样的小娃对我说：“这个娃子是汉人。他妈妈去外面打工遇见汉人生的，后来那个男人跑掉了，他妈妈只好把他带回来丢给她家里人养，自己又去外面打工了。娃子可怜呀——”

小娃娃正扶着门呆呆地望着我们，他光着下身没穿裤子。一时我们都没说话。

良久，岩格突然对我说：“要我砍别人的头或者被人砍去自己的头，都可以的，我不怕的。或许这样更好些。”

文／孟卓拉姆

图／林添福

寻羌

过去有三代人，由三代的神管着。

第一代神所管的人有现代人的九倍高，牙齿有九个手指宽，脚有九拍长。那代地壳是木头做的。地火上去，地壳燒毁，天翻地覆，那一代人都死光了。第二代神所管的人有现代人的三倍高，牙齿有三指宽，脚有三拍长。那代地壳是铁做的。铁生锈，地壳稳不住，天翻地覆，那一代人也都死了。第三代神是东巴协日，他所管的人就如现代人那样高，牙齿是一指宽，脚如现代人的一拍长。这时地壳是石头做的，这样地壳稳住，人类也就生存下来了。

——《尼萨》第一章“开天辟地”

2008年12月的一天，我坐在松潘县城内一家饭店的房间里，一边听着两位来自松潘大尔边沟的老人唱《尼萨·开天辟地》这一章，一边为他们的演唱录像录音。

这是汶川震灾后，为抢救羌族文化我仅能做的一些事。此时我心中除了为川震死难者悲恸外，也百感交集。这个史诗，以两世代人死于地壳翻覆为开始。民间口传故事中又提及，地壳稳了后，地下还有一只牛，它动一动地面就有大地震。后来神东巴协日怜悯人，就用绳子将那牛紧紧绑了，但忘了绑它的耳朵。所以，后来这牛耳朵动一动地面就还要震。这史诗中有关地震的内容，究竟是本地人古老经验的积累，还是预言？或者经验与预言原来就分不开？

我的寻羌之旅始于 1994 年。那一年夏季，在我学术生涯中发生了一个重要转变。对曾是年少轻狂的我来说，在此之前两年得到哈佛大学博士学位，又在这一年得到驰名国际学界之历史语言研究所的终身聘职，40 岁以后的学术生命中还会有什么可令人振奋的转变？

然而就在这一年，我首次踏上大陆的土地。由北京到西安、西宁，一路上造访各地考古与民族研究机构，到处递出我印着“哈佛大学博士”的名片，卖弄着我在西方苦读有成的学问。直到一天，我来到四川阿坝藏族羌族自治州的汶川，见到我硕士、博士论文中的研究主题——羌族。

1994 年夏，在西安，陕西考古所的朋友领着我到处看西周早期遗址；我遥想，当年姬姓族如何与土著姜姓族合作开拓此基业。而后，我由西安搭上往西宁的火车。在穿越陇山时我望着车窗外，依稀看见 2000 多年前西戎中的秦人吞并邻近诸戎部落，残余的戎人携老扶幼越过汧水、陇山往西迁徙的景象。火车进入湟水河谷；当年一个神话般的戎人——无弋爰剑，受秦人追捕逃到此，是什么样的神奇让他以及他的后世子孙成为羌人的领袖豪酋？在西宁、湟中、湟源等地，我望着河谷上大片大片金黄色的油菜花田，仿佛见到汉代羌人各大部落彼此争夺这些美好河谷，以及后来，当这些河谷成为汉军屯驻的田地后，他们微卑地要求汉军许他们在没有人耕作的河谷里放牧。由西宁返回西安后，我乘火车穿越秦岭。在自古号称难行的山崖蜀道上仍可见一截截残存的巨木栈道；我想古羌人是否便是由此穿过秦岭天堑，一波波地进入川西北成为两汉魏晋时的白狼、白马等羌部？

如此我一路跟随文献记载中的历史记忆，追寻羌人来到汶川。然而便是在此，突然，前面那些历史臆想以及我 20 年来的羌族研究成为一场空幻梦境。面对真真实实的羌族，我觉得自己对人、社会、民族、历史等知识贫乏得可笑。

于是此后到2003年的10年间（除了1999年我身在美国），我每年都在羌族地区住上一两个月，在真实的“人”与“社会”面前从头做一个学生，重新寻找古代羌人与今之羌族。

汉化：荞麦的故事

汶川大地震发生后，我一直急着打听几位羌族朋友的安危。到了6月初，只剩得一位北川朋友董正寿信息全无。6月中旬我到了成都，但无法进入北川灾区。我托曾穷石打探，她来自平武，父亲在平武、北川熟人都多。6月下旬的一天晚上，我在北京参加中央民族大学教授们的邀宴，正在酒酣耳热之际，我的手机收到穷石发来的简信。她写道，根据她父亲得知的可靠信息，董先生是失踪在倒塌的北川县委大楼内的干部之一。看完简讯，我仰头喝下一杯白酒，算是替老友送行。

1996年初的冬季，我又进入羌族地区。先到北川，同行的有前北川民族宗教局的王泽元。董正寿是泽元的老友。我到北川的第一天，泽元便安排他以及其他几位北川人做我的“报导人”。正寿之外的几位北川朋友都较年长，也都十分熟悉地方掌故与文史资料。相对来说，正寿比他们年轻得多，且对地方文史不是那么感兴趣。我们闲聊时，他提到羌族最有特色的食物是荞麦馍馍。他说，他要做点来让我尝尝。当时我并未着意。第二天一大早，他真的带着热腾腾的荞麦馍馍来敲门。想到他可能在天还没亮便起身揉面，我对他的待客热忱十分感动，也因此对荞麦馍馍印象深刻。后来在一些访谈中，我逐渐了解“荞麦”在本地有特殊的社会意义，而且它的意义在近现代有很大变化。

20世纪50年代以前，由于族群间的歧视，在本地沿溪河的各村落、城镇人群间形成“一截骂一截”的情况。也就是，每一地方的农村民众都被下游村落及更下游的城镇居民喊作“蛮子”或“山蛮子”，但他们都自称是“汉人”，而骂更上游的村落人群为“蛮子”。我在北川青片乡曾听得一个笑话。当地人说，以前有汉人来本地买猪，他们走进村落中到处问：这是不是蛮子的村子，我要找蛮子买猪。当地人回道：不是，不是，我们是汉人，蛮子还在上头。这些汉商走到上游村落，当地人仍然说蛮子村落还在上游。于是，来找蛮子买猪的汉人就一直往深山里走，永远找不到蛮子的村落。

那么，荞麦怎又和这些有关呢？这是因为，愈往上游去，愈是高寒且土地贫瘠，玉米、大米都长不好，只有种能耐寒耐贫瘠土壤的荞麦、青稞等粮食，因此愈上游的村落民众平日吃荞麦愈多。就是这样，过去荞麦被当作是“蛮子吃的粮食”。还有便是，荞麦磨粉做成的荞麦面或馒头，要比小麦面粉做的颜色暗些。这也符合人们对“上游蛮子”的意象。由于高山上阳光辐射强，且愈住在上游村寨的人生活愈困苦，人们在烈日下劳动的时间也愈长，因此他们经常看来皮肤黝黑。这也使得过去本地人们常以“荞麦”影射“上游的人”或“蛮子”。

这一年夏，我再访北川。正寿领着泽元与我，一同到他位于小坝乡内外沟的老家。我们先搭车到小坝，第二天清晨，沿着一条狭窄险峻的山路走入沟中。内外沟是白草河上游的一条支流山沟，正寿的老家位在深入山中的内沟里。内沟有四个村：上沟村、酒厂村、茶关村、茅岭村。正寿老家在茅岭村河坝组。在这儿，我一路上观察是什么样的环境，让人们“一截骂一截”的相互歧视以及歧视造成的汉化效果。

被视为“蛮子”的人，需努力印证本家族是汉人。我在内外沟经常听到人们告诉我，他们的祖先是“湖广填四川”时来到本地，因此家族本源是汉人。还有些人强调，他们祭祖以及过端午、中秋的习俗是如何地道；同时他们也闲言闲语，说本村某家人的年节习俗不对。更让我印象深刻的是，一天晚上，我们与几位本地老人喝酒闲聊。一位老人从怀中掏出张皱皱的纸，对我说：王教授难得有你这样有学问的人来这儿，昨晚我作了首四言绝句，要请您指教。对于粗识李白、杜甫的我来说，当时真是窘得很，我忘了自己是如何借着酒醉将场面撑过去的。后来我才知

道，在这些深山村落中读过古书能作诗为文的老辈人非常多。

北川人的羌族认同，由20世纪80年代中期开始逐渐强化。到了20世纪90年代中期，也就是我初至北川的那几年，许多山间村落百姓都自称羌族，并以此为荣，城里的羌族知识分子更努力强调本地特殊的羌文化。青片、白草等河川上游村落百姓的一些非汉习俗、记忆，现在都成了珍贵的少数民族文化资产。在这气氛下，过去被视为“蛮子粮食”的荞麦，成了本地羌族有代表性的特色食物。那几年，我常与北川朋友餐宴，当荞麦面、荞麦馍馍上桌时，朋友们总要强调它们是北川羌族最有特色的食品。在泽元送我的一本《北川羌族资料选集》中，我读到一则有关荞麦的地方民间故事：《荞子与麦子》：麦子很瞧不起荞子，理由是它的面粉太黑。而荞子却说，我虽黑一点，但一年收两季，还在屋头过年哩，而你麦子一年只收一季，还在坡上过年。把麦子气得肚皮上裂了一道口子。

编者在故事后写道：“这也从另一个侧面看出羌族视荞麦为本民族谷神，从而存有对其偏爱的心理。”或许正寿也是在这样的民族认同与文化情境下，亲手为我做荞麦馍馍。

亿万年前青藏高原抬升并向东挤压，在川西制造出一条“皱折”带，这里是汶川大地震发生的地方，也是30万羌民的家园。

2001年我打北川过，特别去看望正寿、泽元，当时正寿已到县委工作，泽元也当上了北川民宗局局长。这年，我从正寿口中又听得有关“荞麦”的信息。他说他们单位组织一个大型会议，许多官员来到北川，他负责后勤支援。正寿得意地告诉我，一天他安排大家在“农家乐”享用以荞麦为主食的餐宴，官员们都十分满意，大家对这正宗的“绿色食品”赞不绝口。

后来几年，我在北川、松潘成都发现将荞麦视为“绿色食品”或“养生食品”的人愈来愈多。没有人因恐怕被当作“蛮子”而忌吃荞麦，大部分人都以荞麦为本地羌族特色食品为荣，更有少部分人需担忧自己饮食过度的身子而将荞麦视为“养生绿色食品”。这样的时代社会变化，无需深奥的社会变迁理论，便表现在人们对“吃荞麦”这回事的观感上。

真实的羌：与世隔绝的村寨

1995年夏季我的羌族地区勘察之旅，主要目的是了解整个地区的梗概，设法选个最适合的田野调查点。依据我在美国所习的社会人类学，这最好是个与外隔绝的村落，从经济生产、社会组织到宗教信仰皆自成体系。

后来我听说，松潘小姓沟埃期村便是最偏远的一个羌族山沟村寨。埃期村是毛老师（毛明军，藏名克木杰）的家乡，他是我在羌族地区最早认得的几个朋友之一。

我首次去埃期村是一伙人同行，那天我们到达沟口时天色已暗。先是一行人走错路，到了阳山面的洁沙寨。洁沙寨的人送我们到阴山面白花寨时，已是晚上十一点了。进了门不免客气寒暄一番，毛老师的母亲还替我们煮了些东西吃。最后我被安排睡在一个小房间，昏暗的烛光中，我隐约看到房中零乱地堆着些农具、马具，屋角有几坛酒，屋中弥漫着浓浊的烟熏味。这就是寨子里的房子，我终于住进了一个偏远的羌族村寨，可能是从未有外人到访的寨子。虽然床上的牦牛毡有些粗糙，虽然塞着羊毛的

70 岁的龙波（右）和 54 岁的龙波泽里都是小姓沟的羌民，他们身上穿的就是类似藏族大衣的传统服饰。

被子带着些异味，然而我却在自己的人类学异邦想象中兴奋得许久未能成眠。

第二天早晨醒来，一张开眼，面前的景象却让我愣住了——我见到的是，天花板上贴的台湾青春偶像林志颖的大幅海报。我感到失望、荒谬，又觉得好笑。就在如此的百感交集中，我从典范人类学之梦中惊醒过来。后来我才知道，那是朗绰的房间，朗绰是毛老师的妹妹，那年只有 12 岁，与台湾、大陆、香港许多小女孩一样崇拜影星偶像。虽然后来埃期沟仍是我经常造访的地方，但更多的时间我由一个沟寻到另一个沟，尝试由多元差异中认识“羌族”。

杜杰是毛老师的父亲，我一般称他“阿各”（叔叔）。他汉话说得不好，有好长一段时间，我都很难听懂他说的话。但我知道他希望了解我这个外地人，就像我想了解他一样。常常我们坐卧在火塘边，他手里不时捻着一串佛珠，感兴趣地听我与村民们的谈话。毛老师的妈妈热米他是独生女，杜杰由邻近热务沟来上门（也就是入赘的意思）。热务沟的村民都是藏族，像他这样由热务沟来上门的藏族在埃期沟有好几个。我曾经问过他一个笨问题：你是藏族，为什么会到羌族地方来上门？他的回答是，从前他不知道自己是藏族。他的村子属于“羊部落”，许多人病了，他逃出来，逃到这也是“羊部落”的埃期沟白花寨。后来我逐渐了解，我们所关注的“民族”认同与区分，过去在这儿并不存在或并不重要。在这儿，重要的是佛教教派的认同与区分，特别是黑教(苯教）与黄教。人们以汉话说的“羊部落”，本地话说就是“察合”；经轮逆时针转，六字真言为“嗡嘛智么耶萨理嘟”，所以又称“嘛智”。“牛部落”本地话称“博合”，经轮顺时针转，六字真言为“嗡嘛呢叭咪吽”，又称“嘛尼”。前者是黑教，后者是黄教。

我每次到埃期沟都住在杜杰家。他平日事不多，春季与初夏上山采药，然后到松潘去卖药材，偶尔也上山看看放在山上的牛马。在一天或一年中，他做得最多的事可能是敬菩萨。除了早晚膜拜、参加邻近各寺庙的庙会外，走在山上也经常看见他祭拜各个山神。近年来祭本地大山神“革日曩措”，参加的人愈来愈少，且只在村寨外较近的山边祭拜。听毛老师说，今年只有杜杰一个人上到神山底下。以前，祭山神可凝聚一个群众，并借以强调大家共有的资源领域与界线，一个寨子有一个寨子的地盘，一条沟有一条沟的地盘，山神便是这些地盘界线的维护者。现在，大家都认为广大山区是“国家公共财产”，没有哪个地方的人可以据为私有，所以山神愈来愈没人认真地祭了。山神失了势力，地盘界线就模糊了，为了挖药、争草场，各沟各寨民众间的冲突也多了。

毛老师的妈妈，如同深沟中大多数的村寨妇女，终日屋内屋外忙碌着。尤其是田里的事，多由母亲带着女儿来做。有些老辈村寨妇女，一生中没出过本村寨的这条沟，一个极简单的理由便是，每天都有活要做。20世纪90年代我在那儿时，热米他虽去过几趟松潘城，但其他地方也去得少。热米他说，刚结婚时她与杜杰骑马到黑水，到那儿的亲戚家耍了几天，那可能是她此生中少数的几次远行。我听她说话感到很吃力，原因是她的话中有许多“反转话”。本地汉人称藏、羌族说的“反转话”，指的是将动词放在句子结尾的一种本地四川话。譬如，热米他常说我：“你那么大个子，饭只一碗吃呀！”

羌在汉藏之间：无毒不成寨

在羌族地区到处走了两三年后，我以松潘埃期沟作为较“藏化”的田野点，北川小坝乡内外沟为较“汉化”的点，而茂县永和沟居于两者之间，是我的田野考察重点之一。毛老师是松潘埃期沟人，而威州师范学校的周老师（周吉祥）则是茂县永和沟人。他俩是对我田野工作帮助最大的羌族朋友，可以说，若没有他们帮忙，我可能无法完成这些研究。毛老师常说周老师“天上的事知道一半，地上的事全知道”。周老师的朋友多，而且到处都有。老童便是他的老友之一，住在河坝村垮博寨。1996 年冬我们相识时，他与周老师都年约五十，比我大四五岁。老童十分精干，我常觉得，他可以代表中国改革开放后得以发挥个人能力的“农村个体户”。那一晚，老童找了一个年轻酒师傅陪我们喝酒。酒师傅带来自家烧的上好白酒。喝到午夜时分，我们四五个人都醉得不像话，那酒师傅却毫无醉意。我们问他有好大酒量，这 9 岁起便在酒坊里学制酒的师傅答道：“我只知喝饱，不知喝醉。”我们只好都甘拜下风。我们在老童家可以喝到最好的酒，吃到最好的腊肉。后来几年，我又去了永和沟三四趟，有时只为了喝童家的酒。

也是一个喝酒的晚上，我们围坐着聊天，说起流传在羌族村寨中的一个谚语，“无毒不成寨”。一个本地老人提起过去“毒药猫”闹得多凶时，同行的毛老师、周老师以及来自茂县赤不苏的树全，都纷纷谈起他们家乡毒药猫的事。那天晚上便成了毒药猫之夜。根据他们的说法，毒药猫是一种有毒、有巫术的人，通常是女人。她们就在寨子里，白天与一般人无异，但到了晚上就会变成各种动物，外出害人、吃人。毒药猫女人有个小口袋，藏在火塘上铁三脚的下面。铁三脚，是一个有三支脚架起的圆铁框，放在火塘上，上面可以放个锅炒菜，放个壶烧水。

在羌族屋里，铁三脚是个神圣的东西，它代表家里的火神或灶神。毒药女人将她的魔袋藏在铁三脚下。所以有的羌族老人说，毒药猫和家里的灶神是勾在一起的。毒药猫的口袋里装着各种动物的毛，到了晚上，她把手伸到口袋里去，摸到什么毛就变成什么动物。一般我听说的都是变成牛或马，把走夜路的人吓得摔下悬崖。人们又说，毒药猫女子格外漂亮，尤其是她的一双眼睛飘呀飘的，特别勾引人。

还有一种说法是，村寨里有个毒药猫老婆婆，有人到她家里，她端食物来招待客人时，将有毒的指甲浸在盘碗边的汤里，人们吃了就会胀肚子死掉。更夸张的传说是，晚上毒药猫会成群聚在一起宴乐、吃人肉；他们轮流做东，轮到的人就要把自己的丈夫或儿子拿来让大家吃掉。一个寨子中，哪个女人是毒药猫，似乎大家心里都有数，但我从来打听不出来。因为说哪个女人是毒药猫，这是很严重的事——让人夫妻失和，女儿嫁不出去，甚至跳河——所以大家都不愿说也不敢说。

女人会成为毒药猫，听说是由于母亲遗传，她母亲还要从小教她法术。刚学会走路或刚会说话时，她母亲就要偷偷地教她。趁着没人的时候，把火笼烧起来，把做馍馍的大铁盘搁在上面，再把小女孩与动物的毛都放在盘上面，要她打滚然后变成各种动物。由于相信毒药猫会遗传，所以若母亲被村子里的人怀疑是毒药猫，那么她女儿在本地附近就很难嫁得出去。

黑虎沟、三龙、赤不苏一带流传着的一个毒药猫故事的主角，像是今日所有毒药猫的祖宗。这故事说，寨子里有个女人是毒药猫，她丈夫知道。一天晚上她从外面回来，先甩了一只人手进来，她丈夫就把那手藏起来。那毒药猫从窗子爬进来，找不到那手，又怕天亮她变不回来，只好算了。第二天这丈夫就准备一桌酒菜，把他爱人的兄弟们请来。吃到一半，他把那手臂拿出来，说，你们的姐姐是毒药猫，我不要她了，你们领回去罢。这几个兄弟就只好把姐姐带回去。他们走在半路遇到一条河，这几个兄弟对那毒药猫说，姐姐你那么厉害，能不能将这条大河拦腰截断，让我们过河呢？那姐姐就用手对江中向左右各推拍了三次，两头的河水就被阻隔，中间让出一条通路。他们过河以后，兄弟们又问姐姐，你可不可以把你身上的毒在这条河中洗干净？那毒药猫说，可以，只不过我如果把毒彻底洗干净的话，那人类每天就会死三次、活三次。因此她下了河去，但没把毒完全洗掉。所以现在毒药猫还是有毒；人也每天只死一次、活一次，就是晚上睡觉、早晨起床。

这个传说似乎表现了人世间不能没有“毒药猫”。村寨生活从来不怡然舒适，毕竟这是高海拔山区，气候变化无常，田里的收成极不稳定，村寨百姓还得到高山上去放牧、挖药、捡柴来补贴家计，这使得生活中的意外与危险更多。过去尤其如此，由于资源竞争过于激烈，各个村寨间彼此打得很凶，所以过去村寨民众对外界十分畏惧。而毒药猫则是人们的想象与创造——创造一个内部敌人作为代罪羔羊，来化解群体内部的紧张关系，这是人类凝聚“我群”的惯用伎俩，这个用来凝聚“我群”的“毒药猫”恰好能从一个侧面反映出村寨民众对外界的恐惧。随着村民与外界的增多，现在，毒药猫传说只是人们的闲聊话题。

茂县黑虎沟的石砌碉楼受地震影响较小，仍保留了当年风烟滚滚的御敌气势，但整个羌族地区的灾后重建，会像这山脊上的小路一般，曲折而又漫长。

变迁：新时代老端公

1998年初的冬季，我到永和沟过年之前先到了茂县黑虎沟。这是岷江西岸一条支流造成的深长沟谷，里面原有“五族”，目前分作四个大队（村）。黑虎五族，原来是五个村寨群：二给米、阴嘴河、蔼紫关、耕读百计、爬地五坡。

1998年在黑虎沟，我访问了一位老端公任永清。“端公”在羌语中被称作“释比”，是巫师的意思。老人11岁时父母双亡，跟着爷爷住。他爷爷是个端公，作法都带上他，所以他11岁起开始学法术。先学叫魂、招魂，再学驱鬼祛邪。学了12年，到了23岁还未学全，本乡就解放了。后来他有30多年没作法，“文革”时还是为了曾行“封建迷信”而戴高帽子。到了20世纪80年代后期，才又有人找他作法事。他说，那时有些经文、仪式都忘了，慢慢地又想起一些来。我曾访问过其他几位老端公，抄录过他们如“雪山冰尸咒”般听来恐怖的咒语、经文，听他们说过去端公法力是如何如何高强，其中一个法术最让出门时常遗漏东西的我羡慕，即端公出门作法常忘了带鼓，此时他们念个咒家中的鼓就自己飞出，直飞入端公手中。我曾问任永清老人能否替我做个祈平安的法，他说可以，但要花三天准备材料。后来因我要先离开而作罢。

端公手里拿着师傅传给他的小鼓和法铃等法器。羌族没有文字，历史的传承主要依赖端公诵唱史诗。到1980年代，会说唱经文的端公所剩无几。这些本土文化的记忆者与传述者的减少，加速了本土文化的衰落。

后来几年，我又三度到黑虎沟，最后一次是在2002年夏季，北京某学术文化机构在茂县举办大规模羌族文化国际学术会议，会议的重头戏是在黑虎沟举办羌族祭山会。为了这会议，阿坝州羌族各县都动员了不少工作人员。周老师也是大会工作人员之一，负责会议活动的摄影。那是个艳阳高照的早晨，黑虎河坝的一块约篮球场大小的地被清理出来作为祭山会场。会场的一端竖起了一个祭台，另一端安放了数排座椅，这是为学者嘉宾、各级地方领导准备的。祭典开始前场地周边早就挤满了看热闹的附近村寨民众以及消息灵通的观光客。近祭台处，更挤满了手持各种摄录音设备的记者、学者与民众，我也凑在中间。待重要学者、领导干部寒暄握手接着纷纷坐定后，锣鼓号乐声响起，一队端公边跳边走地往祭台走来。

此时，我望见四年前的那老端公被其他端公簇拥着，显然他是主祭者。端公队伍渐渐移近时，场中骚动起来。原来被围在外面的民众为了能更切近地看热闹而往内挤，场内的媒体记者更是纷纷移动他们的重摄影装备往祭台靠。锣鼓声、工作人员的呵斥声、观众兴奋的呼叫声……在众声喧哗中，我引颈望去，希望知道那老端公在做什么。我看到的只是一张表情木然的脸，此时我想知道的是，他究竟在想什么？他跪下身子，周边所有的摄影机都围上去，闪光灯此起彼落。我已见不到埋在记者堆中的他。这可能是所有端公从未企及的光荣时刻。他站起身来，我再度看到他。他口中念念有词，此时一个带茸毛的录音头由一根长金属杆递过来，几乎要触到他嘴边。他会不会忘了词？当然这时没有人在乎他在念什么。他再度跪下前，我惊觉自己忘了拍照，立即按

杂谷脑河由西北流向东南，在汶川注入岷江。河边山崖上的小道是茶马古道的一段，古道关口震后犹在。这条路也是当地羌民前往理县、马尔康等地的一条捷径。

下我的相机快门。迟了一步，我只照到一堆几乎是叠在一起的摄影记者。12 岁的孤儿学端公，谁料得到，端公年老时还有这样的际遇？

震后重建：孝子变孽龙

2008 年汶川大地震后，我担心着灾区朋友及深山村寨民众的安危。灾后几天，我便联系上松潘的毛老师，知道松潘大体上受灾不严重。约在 6 月初我才与汶川城内的周老师通上电话，当时他已忙着到处拍摄各界救灾行动及灾民安置情况。我问他需要些什么，他说只要送些空白的 DV 录像带给他。汶川在清代是瓦寺土司驻地，末代瓦寺土司是索老先生。听说地震发生时，他正在都江堰看病，所以也未受灾。永和沟、水磨坪、三龙沟、黑虎沟、蒲溪沟等地受灾情况陆续传出来。几乎过去我所熟悉的这些羌族高山深沟村寨都成了重灾区，房屋严重受损，所幸地震发生时的 5 月是出外打工、上山采药的季节，留在寨子里的人中午时分也多在田里，所以村寨民众死伤并不严重。

在我进行羌族田野研究的那些年，汶川是我进入羌族地区的第一站，从一条沟到另一条沟的中间，我经常到汶川住上一两天。汶川县城也是我的“信息中心”，四面八方各沟的民众常来县城办事、购物、做点小买卖，因此我可以打听到各地路况以及我要找的人在不在沟里。

汶川一带流传一个孝子变孽龙的故事。前汶川县文化站站长汪友伦曾对我讲过这个故事：汶川有个瞎眼老婆子，死了丈夫，跟一个儿子相依为命。这个儿子对母亲十分孝顺，他天天上山割草，到城里卖。老婆子对他说，儿呀，你真辛苦，每天要上山割草。那儿子答说，不辛苦，山上那丛草今天割了明天还长，好像永远割不完。老婆婆说，你干脆把那草挖回来栽在我们院里，免得再费力气上山割草。那儿子就去把草挖回来。他挖的时候，看到草根底下有一个珠珠，他就把珠珠带回来，草移种在屋前。他把珠珠埋在米缸里，第二天米缸里的米满出来，外头的草却死了。米缸里的米愈掏愈多，那儿子就放米给寨子里的人，整个寨子的人都去吃那米还是吃不完。一个有钱人知道了，仗势来抢。那孝子心一急，把那宝珠挖出来含在嘴里，一不小心将珠子吞进肚里。富人抢了米缸离开后，那儿子感到口渴，但怎么喝水还是渴。他妈就要他到河边去喝，他在岷江边上喝了七八天的江水，他妈再去看他时，发现自己的儿子变成了一条龙。那条龙需要更多的水，于是便沿着岷江往下游去。他舍不得离开老母，边走边回头望他母亲，所以造成岷江一个个的回湾。孝子变成的龙到了都江堰，在这儿变成一条孽龙到处害人。后来被这儿的二郎神制伏，把他锁在铁链上。汶川的人说，以后在都江堰掏沙（疏浚），都要掏到那锁龙的铁链子才行。

渴，渴望，对富足生活的渴望让一代代岷江上游的年轻人离开母亲，顺着岷江进入成都平原。在我多年来进出羌族地区后，有时身在台湾，闭上眼，岷江上游每一个熟悉的回湾都宛如在眼

当地羌民在震后的首个清明节前来祭奠，远处的山谷包围着废墟中的北川县城。羌族人口在地震中减少10%，难以计数的文化遗产被毁坏，羌族的文化传承受到了极大影响。

前，更何况是那些离乡的羌族年轻人。然而岷江上游的孝子，来到成都平原却成了一条被二郎神以铁链锁在江底的孽龙，这是否意味着在外面他们曾受到许多冤屈与有志难申？

如今山里的人到成都、深圳、北京打天下已是稀疏平常的事，孝子故事失去了它流传的社会背景与动力，成为“只有老年人摆”的故事。与此相类似，山神和地盘神信仰表现人们对本地资源的竞争与划分，现在人们愈来愈不在意山神所守护的地盘，毒药猫传说反映村寨民众对外界的恐惧，现在成为真正的神话；而荞麦则由“蛮子的粮食”成为“羌民族特色食物”。我通过10余年的寻羌之旅，深刻体会岷江上游高山深沟民众曾走过的艰辛岁月，贴近感触他们的忧惧与爱憎情感，我在羌族地区记录的点点滴滴，那些人、事与人们所传述的故事，它们的背景是自20世纪上半叶以来便逐渐变化消逝的本地社会文化。1994年至2003年间，我在羌族地区所找到的并非传统，而是变迁。

汶川大地震以及灾后各种复建工作，势必为羌族社会带来另一波大变化。在此之际我整理的这些老记忆，并非为了建构一个“传统羌族社会”以作为重建的参考模型。我认为即使没有这地震，灾前的羌族社会文化也将成为过去。或许，也是我的希望，这重建不是复旧而是蜕变，而且羌族的蜕变可能为整体中国民族关系与构成带来新局面。

文／王明珂

图／陈新宇

傈僳族婚礼

送亲寻新郎

农历腊月二十，对凉山彝族自治州德昌县巴洞乡团结村的傈僳族姑娘张正秀来说，是一个非常重要的日子，由大姑娘成为新娘是她一生中的重大转折。19岁的张正秀排行老二，有一兄一弟。哥哥2001年结婚，中专文化，现在家务农是张家的顶梁柱。弟弟在校读书。前些年由于家庭困难，张正秀未能上学，张正秀讲自己没有读书是最大的遗憾。作为村干部的母亲在外要忙公家的事，回家又要照顾多病的丈夫。那时哥哥在外读书、弟弟年幼，地里的农活、家务使贤惠能干的张正秀过早地成熟。在一次激情飞扬的“打跳”中，张正秀认识了同村的傈僳族青年杨才富。21岁的杨才富小学毕业上了一年初中后回家务农。俩人相恋后各自请父母去说亲。按傈僳族的习俗，定亲不兴媒人，不讲究彩礼。说亲多由男方父母或哥姐出面，带少许糕点、糖果、面条等礼品。若女方家愿意联姻就收下礼物，并把女儿的生庚属相告诉对方。之后，母亲为女儿缝制嫁衣，也就有了今天的婚礼。

傈僳族实行族内婚制。婚姻有“姑表亲优先”的习俗，即姑姑生的女儿必须先嫁给舅舅的儿子，其次才是堂姑亲和姨表亲。

婚礼分别在男女双方家举行，须请两位男子主持，傈僳族称“娃拿扒”——即证婚人。农历七月半后说亲、定亲，婚礼多在腊月至次年二月举行。规矩是：“男方不给聘礼，女家不陪奁。”

傈僳族的婚礼别具一格，据旧志记：“婚时新妇步行，两人舁棚、遮护而行。贺者以羊为礼，相与吹葫芦笙、开跳舞会。”其传统礼仪盛行至今。傈僳族婚礼繁缛，充满神秘色彩。

新娘深林刮脸

时近中午，张正秀在舅母和姐姐的陪同下出门往山边走去。我立马尾随其后。不料有两位同行也跟了出来，舅母叫我赶快走，我便跟他们在十分难行的山路上小跑起来。把同行远远地甩在身后。来到山边的松林时，我已筋疲力尽，新娘却消失在密林之中。隐约听到同行们在远处的呼喊声，而我却跟丢了目标。

刮脸是傈僳族婚俗中的重要环节，从不让外人特别是男性看见，因为在极为隐秘的大山深处的密林里进行，所以充满种种神秘色彩。

为拍到刮脸的镜头，我找到一直在忙碌的新娘的母亲吉正英，说了不少关于保存傈僳族历史文化的重要，以及宣传傈僳族的必要等等的话。当村主任的吉正英最终同意了我的要求，但她说还要给羞于见人的女儿做工作。

就在我焦急地在树林里徘徊时，好心的舅母出现在眼前，拉扯着我到了密林深处。看来吉正英给女儿做通了工作，同意我这个外族男人拍摄刮脸的过程。

新娘张正秀坐在一块相对平坦但杂草丛生的林地间，舅母拿出事先准备好的石膏粉，涂抹在她发际边长有汗毛的地方，然后用手轻揉汗毛，并将其一根根拔掉。半个多小时的刮脸，张正秀把头依偎在舅母的怀里，不知是羞涩还是疼痛，她一直用头巾紧紧捂着脸。我问了许多傈僳族老人，新娘婚前为什么要刮脸拔汗毛，说法不一，都说这是传统，是老祖先传下来的。

拔去汗毛表示姑娘已长大成人，每个傈僳族姑娘都要这样做，拔了汗毛死后才能转世……

刮脸之后，意味着张正秀将开始新的生活。

舅母仔细检查并认真地拔完发际边沿的汗毛，用手擦去脸上的石膏粉。然后反复为新娘梳理头发，编成两根发辫，用红头绳扎好，披上花头巾。

刮脸回来后，张正秀由姐妹陪伴在闺房。外面送亲的酒席在热闹中开席，舅母回到闺房为她洗脸洗脚换嫁衣。按传统要将新娘洗过的水泼洒在闺房的地上，以示吉利。新娘穿上由亲人缝制的绣花衣裙，从头到脚焕然一新。穿戴整齐后，新娘由伴娘陪同坐在闺房门旁的草地上接受祝福。女方家请的懂礼仪的阿巴莫手持菜花和松针叶在堂屋敬女方家神，告诉家神姑娘要出嫁的事，给前一天夜里来到新娘家领亲的两位娃拿扒挎上两条交叉打结的红布，表示娃拿扒已承诺为女方家领亲。

傈僳族婚嫁历来十分简朴，娘家给女儿的嫁妆只有一件长衫、一张长头帕和一床陪送的被褥。张正秀的嫁妆比起以往傈僳人家有很大的变化。除传统的嫁妆外，添加了大红木箱、沙发、组合电视柜等，送亲的姐妹们也多了抹口红、画眉、拿塑料花的时尚。

送亲领亲

敬神祈祷的仪式完成后，送亲的姐妹在闺房里吃饭，娃拿扒在堂屋里吃饭。期间新娘的伴娘和嘎玛（傈僳族的山歌手），将要和娃拿扒、阿巴莫对山歌。嘎玛唱《婚姻调》："父母养育女儿

啊多艰辛 / 新娘啊年幼无知不善理家哟 / 拜托男方家哟多体谅。”娃拿扒以歌作答：“女方家的人请放心 / 别舍不得新娘离家 / 女儿虽然离开了娘家 / 但心里还是想念着父母。”山歌你问我答，感情真挚动人。让在场的我已感觉十分酸楚。

娃拿扒催促再三，依依不舍的女儿才叩拜父母、叩拜家神，在葫芦笙手的领亲曲中缓缓启程。出堂屋跨门槛时，舅母帮张正秀提起裙摆，其意是不让新娘把娘家的财运扫走。此时，葫芦笙手和送亲的姐妹又返回堂屋手牵手跳起领亲舞。

送亲不论是山高坡陡路途遥远，新娘都必须和送亲的人一起走路。张正秀在舅母的搀扶和女伴的簇拥下跟着娃拿扒和葫芦笙手走在前面，而送亲的男宾只能跟随其后。途中悠扬的葫芦声伴着山歌喜气洋洋，弯弯曲曲长长的送亲队伍在黄土飞扬的山野中煞是好看。按傈僳族人的习俗，送亲途中要安排三次休息。第一次是新娘出娘家门后在室外小憩；第二次，则由娃拿扒根据路途的远近适当安排；第三次休息的时间较长，而且在新郎家附近。此时，要等男方家送来茶水和草烟，在由娃拿扒将草烟分发给送亲的客人，不论男女老幼是否吸烟都见人一份。也许这是“上山打猎见人有份”这一古老习俗的延续。

待新娘家派人前来迎亲时，男女双方的葫芦笙手要相互致意，高奏乐曲同声庆贺。新娘在娃拿扒和葫芦笙手的带领下来到新郎家的院坝，送亲的人将被褥举过头顶把新娘罩在中间，待新娘走到堂屋门外时，男方家接亲的人便会抓起羊屎粒撒向新娘，其意是驱赶新娘从野外带来的饿鬼和病魔。男方家的人从新娘身后接过被褥，新娘进屋时，不能与新郎及家人碰面，意思是避免婚后不和。

婚礼到此我一直没有看见新郎。按傈僳族人的习俗，今天是杨才富大喜的日子，所以新郎官可以什么都不做，尽情地享受婚姻带来的喜悦。新娘进入洞房后陪伴她的还是舅母，舅舅却迫不及待地四处寻找新郎。躲藏在衣柜后的新郎最终被找到，舅舅将其送入洞房和新娘相见。

傈僳族婚礼最热闹、最丰盛的是男方家的婚宴，俗称“正

（左页图）

傈僳族新娘的盖头极具特色。传统的盖头是由土布缠裹的，包得如车轮一般硕大，现在许多地方新娘的盖头已经改为新样式了。

在婚礼上，众人高举大红被面进行驱邪仪式。

酒”。正酒席除了与女方家的送亲宴相同，还要宰羊。羊肉除供食用外，羊头、羊脚另有特殊用途。

送亲仪式在娃拿扒、伴娘及姐妹们的领亲舞中结束，接下来便是男方家的婚宴开席待客了……

草地婚宴

傈僳族的婚丧嫁娶都是自己操办。山寨附近的亲朋好友也会前来帮忙，傈僳族人叫“相帮”。张家的姑娘要出嫁，杨家的儿子娶媳妇，只要听到消息都会不请自来，这是傈僳族祖辈传下来的习惯。

婚宴讲究吃单不吃双，通常是吃九大碗。现在生活好了，碗数也变成 11—13 个。主菜是猪肉羊肉做的香拐、酥肉、墩子肉、炒肉；素碗有萝卜、白菜、土豆、榨菜、凉菜。

婚宴在婚礼的前一个月就开始准备，首先要请一个主厨，由他安排酒席的菜谱和碗数，估计婚礼来多少人参加，有多少人吃饭。临近婚礼时，还要派人到附近的集市采购白酒、啤酒、蔬菜、作料等。

草地婚宴，是由傈僳族狩猎时获取猎物见者有份的传统习俗演化而来。

张正秀的婚礼有400多人参加，婚宴采用先到先吃轮流开饭的方式进行。可谓你方吃罢我登场。傈僳族原本是狩猎民族，上山打猎，无论谁打到猎物，都把肉平分摆在地上的树叶上，男女老少共享，这种习俗沿下来变成如今的草地婚宴。在场坝上新郎家的人用四条柴块摆成饭桌大小的方框，并在框内铺上松树的松针叶，放上碗筷酒菜，客人以柴块当凳吃酒席。酒席不论大人小孩均8人一桌，婚宴视场地大小一次可摆几桌至十几桌不等。在场坝的上方要摆可坐10—20人的两个大桌，是专门为送亲的长辈而设的。长辈必须男一桌、女一桌，不能混坐。待酒菜上齐后，新郎在一位长辈的带领下，来到大桌向新娘的长辈叩拜行礼。新郎的父母要各拿一瓶酒，端一碗肥肉分别陪客人，给新娘家的长辈敬酒致意。

为照顾远道而来的客人，主人家特意安排我和乡干部在屋里吃饭。桌上的菜也比草地宴多两样，我借口还要拍照而委婉地谢绝了主人的好意。

通常这样的婚宴都要吃到天黑才结束。随后，新房里摆一桌酒席，新娘张正秀的舅舅、舅母和葫芦笙手由迎亲的两男两女陪着吃饭。待他们吃完酒席，请拜喝酒的仪式就要开场了。

喝喜酒丢请拜钱

傈僳族新郎新娘拜堂，俗称“请拜”；请拜在新郎家宴请送亲人和宾朋后傍晚举行。请拜仪式前，要将前面提到的羊头、羊脚请到堂屋中的神龛上供奉；还要找一对童男童女把草席铺在洞房门口，以备新人谢拜之用。新郎新娘被带到堂屋，站在草席上。他们面前放一簸箕用来放赠给新人的礼金，簸箕里还要放四碗酒。几位男子在供奉男方家神的墙边摆开许多酒碗，一切就绪，请拜仪式开始。

堂屋里松明闪亮，挤满了看热闹的大人和小孩。照傈僳族的习俗，须由男方家的人先请拜，讲究辈分高低先后，新郎的小辈是不能请拜的；之后才轮到新娘家的人进屋丢拜钱。请拜的人只要往簸箕里丢拜钱，不论多少，新郎新娘都要鞠躬答谢。负责敬酒的人从簸箕里端两碗酒左右交叉后递给客人，客人交叉接过碗后，要将右手碗里的酒倒进左手的碗中，并把空碗还给敬酒的人，然后端着酒退出堂屋与他人慢慢品尝。簸箕里的拜钱渐渐多了起来，一元、两元、五元、十元的票面居多，偶尔也有二十、五十、一百的大票。看着如此热闹的场景我也激动起来，其实我们已凑了份子送了彩礼。此时我是想讨碗喜酒，图个喜庆，也学着请拜人的样子往簸箕里丢了二十元钱，一对新人鞠躬，敬酒人递酒，那感觉真是美极了……

摇羊头取新名

娃拿扒，在婚礼中扮演着特殊的角色。他不同于汉族的媒人，既是婚礼的主持操办者，又是证婚人、领亲人，婚礼中的大凡小事都由他尽力操办；如请拜人想换零钱，便找到娃拿扒，娃拿扒就来到堂屋的簸箕旁，当着大家的面将钱化整为零，然后交还给请拜人。所以，谁家能请到好的“娃拿扒”，婚礼就成功了一半。作为专门操办婚礼的人，每年的腊月至次年的二月期间，能干的娃拿扒要忙十来个婚礼；但有一条不能破例，那就是不能主持操办与他同姓的女方家的婚礼。

在女方家的客人丢完拜钱后请拜结束，接下来娃拿扒要为一对新人取新名。先由男方家请的一位德高望重、懂礼仪的阿巴莫端酒为跪于草席的新人祈讨吉利的封赠语，新人饮酒。然后，两位娃拿扒各端一碗切碎的熟羊肝分发给在场的人，其中一位能说善道的娃拿扒从神龛上取下事先供奉的羊头羊脚，向家神敬酒两次，告诉家神要给新人另取新名了。傈僳族有这样的习俗，即新人的新名只有他们本族人才知道。另外，即使是本族也要分大小长幼，长辈可以叫新人的新名，小辈不行。张正秀和杨才富的取新名仪式结束后，我问娃拿扒他俩的新名叫什么，娃拿扒极严肃地告诉我，新名是不能对外族人讲的。

娃拿扒手拿羊头羊脚在家神面前上下摇摆，口中念念有词。首先祝福新郎的祖先老爷、叔叔婶婶，然后是平辈的兄妹，以及小辈的孙孙。取新名有时会反复多次，娃拿扒风趣幽默的言语不时引起堂屋内外客人的哄堂大笑。新名的诞生必须征得在场人的同意方能生效。自此，一对新人就不再使用原来的名字。

婚礼狂欢

请拜喝酒还在进行，屋外又响起了悠扬的葫芦笙。这是婚礼的最后高潮——通宵“打跳”（蹢脚舞），直至天明。

傈僳族的新郎新娘新婚当天晚不闹洞房，而且不能同房。由男、女陪伴（新娘的兄嫂或姐姐姐夫）陪同，在新房共眠。

参加婚礼的亲朋好友来自不同的地方，路程近的几十里，远客要走一天的路。吃过喜宴喝完请拜酒已是晚上八九点钟，回家不可能，新郎家又无法解决几百人的住宿，加之冬季的高山又十分寒冷。所以，跳舞就成了他们的最佳选择。

追寻着葫芦笙的乐声，我来到吃喜宴的场坝，只见场中两堆熊熊燃烧的篝火，人们围着篝火在葫芦笙手的伴奏下“打跳”起

"打跳"是傈僳族男女青年的狂欢节，他们在"打跳"中相见、相识、相爱。

舞。"打跳"以蹢脚为特色，故称"蹢脚舞"，是德昌傈僳族婚丧嫁娶、丰收建房和祭祀时举行的一种大型集体舞蹈。蹢脚舞在婚礼中多次出现，也最为隆重。舞步有三脚、七脚、搅脚、靠背等多种变化形式，舞蹈节奏激昂，舞姿轻盈，充满依恋浪漫之情。傈僳族男女青年在"打跳"中相见、相识、相爱。

按传统的傈僳族婚俗，第二天早晨，新郎和新娘要带未成年的弟妹上山放羊，表示新家庭的诞生，新生活的开始。关于上山放羊还有一种说法，在20世纪80年代初傈僳族还不同程度的存在父母包办婚姻的情形，所以婚前男女双方都很少见面或未见过面。而带上天真无邪的弟妹，主要是让他们调节气氛，让害羞的新娘和新郎更好地交流沟通。这种现象已成过去时，随着社会的发展，特别是改革开放以来傈僳族人的生活发生了巨大变化，傈僳族男女青年有更多的接触时间，自由恋爱，婚姻自主已成为一种新的风尚。上山放羊的习俗就这样保留下来，并且赋予了新的含义。

文、图 / 胡小平